Unanständig

Rosa Sophie Mai

Unanständig

Autobiografischer Roman

Für Scarlett

Weil du mich immer unterstützt.
Weil Berlin ohne dich nur halb so schön wäre.
Weil du toll bist.

Der Befreiungsschlag

»Und es kam der Tag, da das Risiko, in der Knospe zu verharren, schmerzlicher wurde als das Risiko, zu blühen.«   ANAÏS NIN

»Wer war das?«, brüllt er mich an. Hendrik. Mein Freund. Ich sehe ihn verständnislos an: »Du spionierst mir nach?« Der Hamburger Regen prasselt an die Fensterscheiben, der Himmel ist grau und bewölkt. Sturmböen wehen durch die kahlen Äste der Bäume. In Hendriks Wohnung ist es zwar warm, aber nicht gerade gemütlich.

»Nein, ich … ich habe dich und diesen Kerl heute zufällig gesehen. Also, wer war das?« Er sieht auf mich herab. Ich sitze auf dem bequemen Sofa im Wohnzimmer, auf dem wir irgendwann, vor einer gefühlten Ewigkeit, auch mal schöne Stunden verbrachten haben, und kann nicht glauben, was er mich gerade fragt. Wut steigt in mir auf: »Du siehst mich ›rein zufällig‹ während meiner Mittagspause und begrüßt mich nicht?! Erzähl mir doch keinen Scheiß!« Ich hasse Hendriks Eifersucht. Um ehrlich zu sein, hasse ich mittlerweile auch unsere Beziehung.

Am Anfang unserer Beziehung vor knapp drei Jahren hatte ich noch die Hoffnung, dass er sich ändern würde. Mittlerweile weiß ich es besser. Menschen ändern sich nicht so einfach. Im Gegenteil: Ihre Macken prägen sich noch stärker aus. Seine Marotten, die ich anfangs noch süß fand, wurden das, was mich mittlerweile am meisten abstößt. Seine Eifersucht begleitet uns stets wie ein lästiges Insekt. Sie surrt nervtötend um unsere Köpfe, lässt uns nicht schlafen und stößt uns in eine Spirale aus langem Streit und kurzer Versöhnung. Doch anstatt einen Ausweg zu suchen, machen wir immer weiter. Mir ist mittlerweile schon ganz schwindelig, aber es geht weiter. Warum eigentlich?

»Rosa, ich halte das nicht mehr aus! Andauernd triffst du dich mit irgendwelchen Männern!«

Er geht in dem kleinen Zimmer seiner Wohnung auf und ab, die abgezogenen Dielen knarren bei jedem seiner Schritte. Er ist nervös, schnaubt immer wieder. Schüttelt den Kopf. Murmelt vor sich hin: »Du betrügst mich doch! Ich weiß es!« Mir wird schlecht. Mein Blick folgt ihm.

Er sieht gut aus, eine hübsche Hülle Mitte 20. Groß, recht sportlich, blond. Beruflich erfolgreich. Doch mittlerweile wirkt er auf mich armselig. Krank. Ungesund. Während ich ihn früher nicht lange genug ansehen konnte, weil ich so verknallt in ihn war, löst er jetzt nur noch Übelkeit in mir aus. Er versucht mit aller Gewalt, mich in einen Käfig zu sperren, mich einzuengen.

Dabei flirte ich nicht mal mit anderen Männern, wenn ich allein unterwegs bin – aus Respekt ihm gegenüber. Fremdgehen kommt für mich einfach nicht infrage. Und das, obwohl unser Sexleben seit geraumer Zeit ungefähr so vor Erotik prickelt wie der Abendgruß des Sandmännchens. Ganz zu schweigen davon, dass wir eigentlich gar keinen Sex mehr haben. Warum tue ich mir das überhaupt an?

Ich bin 23, ich sollte meine Jugend genießen und nicht mit jemandem wie Hendrik verplempern. Andauernd unterstellt er mir Affären, sagt er mir, dass ich dies und jenes nicht anziehen und mal lieber eine Diät machen sollte. Ich war schon so oft kurz davor, mich zu trennen, aber ich habe es einfach nicht geschafft. Die Macht der Gewohnheit und die Angst, allein zu sein, haben mich stets davon abgehalten. Verzweifelt sehe ich auf den Boden.

»Das ist totaler Quatsch. Ich betrüge dich nicht«, sage ich kleinlaut.

»Tz, von wegen!«, antwortet er abfällig und geht weiterhin wie ein nervöser Tiger auf und ab.

Sein Misstrauen macht mich kaputt. Jeder Tag bringt einen neuen Streit mit sich. Und so verbringe ich die meiste Zeit bei der Arbeit und in meiner Freizeit damit, ihm hinterherzulaufen, ihn anzurufen, zu beruhigen. Doch er ist sauer, grundlos beleidigt, drückt mich weg, lässt mich auf seine Mailbox sprechen. Ruft nicht zurück. Es macht mich irre. *Er* macht mich irre! Ich hasse diese Momente, in denen ich mich so hilflos und allein gelassen fühle. Und bei ihm geht es mir ständig so. Im Grunde besteht unsere Beziehung nur noch daraus, sich zu streiten, um dann zu versuchen, diese Streitereien wieder aus der Welt zu schaffen. Wobei er sie vom Zaun bricht und ich ihm so lange hinterherlaufe, bis wir uns wieder vertragen. Wie Kinder, die Ticken spielen. Nur, dass dies keinen Spaß macht. Wir juchzen nicht. Er schreit und ich weine.

Statt mich auf meinen Job als Redakteurin und Moderatorin zu konzentrieren und meine Kreativität auszuleben, denke ich nur an unsere Diskussionen, die eigentlich schon längst zu richtigen Kämpfen mutieren. Das ist auch der Grund, warum ich nur noch Bekannte und keine Freunde mehr in Hamburg habe. Meine ganze Energie fließt in die Beziehung! Hätte ich sie in meine Arbeit und Freundschaften gesteckt, wäre ich jetzt mit Sicherheit in einer Führungsposition und würde das mit einer Schar der liebsten Kumpel und Freundinnen feiern. Vielleicht hätte ich auch schon längst die Weltherrschaft an mich gerissen. Ein Lächeln huscht über mein Gesicht.

»Was gibt's denn da zu grinsen?! Lachst du mich aus?«, schreit Hendrik mich an. Ich schüttle den Kopf. Aber nicht, weil ich ihm auf diese Weise antworte, sondern weil mir klar wird, dass ich die Beziehung beenden muss. Sie ist so kaputt wie eine komplett zersprungene Vase, die nicht mehr zu kitten ist. Es reicht. Ich kann nicht mehr.

Ich stehe auf, nehme all meinen Mut zusammen. Dann höre ich mich ruhig und bestimmt sagen: »Hendrik, ich halte das auch nicht mehr aus. Ich habe da einfach keinen Bock mehr drauf. Andauernd streiten wir uns, es vergeht kein Tag, an dem wir es nicht tun. Der Typ war mein neuer Boss. Ich hab dir sogar von ihm erzählt, erinnerst du dich? Ich habe und hätte dich nie hintergangen.«

Er bleibt abrupt stehen. Stille. Der Wind heult in diesem Moment so laut auf, dass ich mir vorkomme wie in einem Film. »Was soll das heißen?« Seine Augen funkeln mich böse an, die nackte Wut steht in seinem Gesicht. Doch ich halte seinem bösen Blick stand, sehe ihn an und sage das, was ich schon viel früher hätte sagen sollen: »Ich trenne mich von dir.«

Sein Gesicht wird rot, zieht sich verkrampft zusammen. Er sieht aus, als explodiere er gleich. »Du blöde Schlampe!« Die Aggression in seiner Stimme macht mir Angst. Für einen kurzen Moment befürchte ich, dass er mich jetzt zusammenschlägt, und weiß nicht, was ich machen soll. Die Polizei anrufen? Weglaufen? Wenn er mich tatsächlich verprügelt, habe ich verloren. Er ist mir körperlich absolut überlegen. Ich will gehen, so schnell wie möglich diesen Kerl in sicherem Abstand wissen. Doch ich bin wie gelähmt. Ich erinnere mich kurz, dass ich mich bei ihm einst sicher und geborgen fühlte. Kommt mir vor, als wäre es in einem anderen Leben gewesen.

»Verpiss dich! Hau ab zu deinem Lover! Von wegen dein Boss! Das ist doch dein neuer Freund!«, brüllt er mich an. Ich wende mich ab, will zur Tür gehen, dann sehe ich im Augenwinkel, wie er seine geballte Faust hebt. Spinnt er jetzt vollkommen? Doch statt mir eine reinzuhauen, boxt er wütend fluchend in die Wand. Aus seinen Knöcheln quillt ein bisschen Blut. Eine Beschimpfung jagt die nächste.

Ich muss hier raus! Ängstlich greife ich nach meiner Tasche, laufe in den Flur, nehme hektisch meine Jacke vom Haken. Zum Glück habe ich vorhin meine Schuhe nicht ausgezogen. Er folgt mir mit lauten Schritten, quetscht sich an mir vorbei, rempelt mich. Dann reißt er die Haustür auf und schubst mich brutal raus. »Lass dich hier ja nie wieder blicken, du Nutte!«

Ich stolpere aus meinem persönlichen Beziehungsalbtraum ins Treppenhaus. Mein Herz rast. Ich schnappe nach Luft. Das war keine Trennung, das war die letzte Schlacht eines langen, zermürbenden Kampfes namens Partnerschaft. Hendrik wirft die Haustür zu. Laut knallend fällt sie ins Schloss. Für mich klingt es wie der erlösende Befreiungsschlag, auf den ich insgeheim so lange gewartet habe. Erleichtert atme ich aus und laufe zitternd die Treppen hinunter.

Was wäre neu ohne Beginn?

Ich habe wegen Hendrik in dem einen Monat, den wir jetzt getrennt sind, nicht eine einzige Träne vergossen. Und das, obwohl Weihnachten naht und sich (laut den Medien jedenfalls) angeblich jeder nach einem Partner sehnt. Ich gehöre eindeutig nicht dazu. Zum ersten Mal in meinem Leben bin ich gern Single. Ich genieße meine Freiheit in vollen Zügen. Niemand engt mich ein oder verbietet mir etwas.

Die Trennung macht mich so glücklich, dass ich aus dem Lächeln gar nicht mehr rauskomme. Jedes Mal, wenn ich im überfüllten Fünfer-Bus zur Arbeit fahre oder einkaufen gehe, wundere ich mich, warum mich die Menschen so freundlich ansehen. Am Wetter kann es nicht liegen: Der Winter in Hamburg ist kalt und nass. Letztendlich stelle ich dann fest, dass ich es bin, die, wie die Katze aus dem berühmten Wunderland, unentwegt grinst und dass die Leute schlichtweg mein Lächeln erwidern.

Es ist, als hätte ich mit dem Ende der Beziehung einen alten hässlichen Mantel abgeworfen, den ich viel zu lange getragen habe. Dreckig und stinkend lag er auf mir. Die schönen Seiten verdeckend. Jetzt, wo er weg ist, fühle ich mich fast, als sei ich schwerelos. Mir wird zum ersten Mal bewusst, dass ich mich während der Beziehung regelrecht aufgegeben hatte. Unsere Vorstellung von Liebe war so unterschiedlich, dass es nicht gut gehen konnte. Trotzdem verbog und verrenkte ich mich, um seinem Ideal gerecht zu werden. Träumte von einer gemeinsamen Zukunft. Stets begleitet von kindlicher Naivität, dass sich alles doch noch zum Guten wenden würde. Baute Luftschlösschen aus rosafarbenen Seifenblasen. Glücklicherweise sind diese längst geplatzt. Komplett zerstört. Und vor mir liegt jede Menge Platz für was Neues. Das Leben hat mich zurück.

*

Ich sitze im Bademantel an meinem kleinen Küchentisch vor meinem surrenden Laptop und suche nach einem Job als freiberufliche Redakteurin in Berlin. Neben mir steht ein Latte macchiato, die kleinen Blasen im Milchschaum platzen leise vor sich hin. Sonntagvormittag. Es schneit. Gestern Nacht, als ich keinen Schlaf fand, kam mir plötzlich ein Gedanke: Ich sollte meine Freiheit so gut auskosten, wie es nur geht.

Was ist im Leben schlimmer als nicht genutzte Chancen? Als das langweilige Versinken im Alltag? Sicher, ich habe einen tollen Job – ich arbeite als Moderatorin und Redakteurin bei einem großen Hamburger Radiosender –, aber da ist keine Herausforderung mehr. Diese Routine, diese Sicherheit öden mich nur noch an. Ein Tag gleicht dem nächsten. Mein Alltag ist absolut vorhersehbar. Außerdem habe ich es so satt, dass ich mich bisher immer nur zurückgenommen und eingeschränkt habe.

Ich will was anderes erleben: andere Leute (Männer!) kennenlernen, fremde Straßen erkunden. Die Nächte in anderen Clubs als denen rund um den berühmten Hamburger Kiez zum Tag machen. Freiberuflich arbeiten. Unabhängig sein. Mein Jungsein genießen. Jetzt bin ich dran! Ich will mich entfalten, wie es mir passt, fernab aller Zwänge und Gewohnheiten. Deswegen habe ich beschlossen, nach Berlin zu ziehen. Wann würde es besser passen als jetzt? Richtig: nie.

Außerdem erscheint mir Berlin so wild, frei und grenzenlos. Vielleicht, weil diese Stadt tatsächlich eingesperrt war. Als müsse sie alles nachholen, was sie einst verpasste. Genau das will ich auch!

Rosa in Berlin

»Give a man a free hand and he'll run it all over
you.«   MAE WEST

Hamburg verabschiedet mich ein paar Wochen später mit
bestem Winterwetter: Die Sonnenstrahlen glitzern scheinbar
tanzend auf der Elbe. Der Januarhimmel ist blau, es ist eisig.
Vereinzelt liegt noch Schnee. Ich fahre die Landungsbrücken
entlang Richtung A24. Mein Ziel: Berlin, mein neues Zuhause.

In zwei Wochen fange ich endlich meinen neuen Job bei
einem Berliner Radiosender an. Das Beste ist, dass ich nicht nur
fürs Schreiben, sondern auch fürs Sprechen von Beiträgen und
Werbungen bezahlt werde. Auch beruflich geht's also endlich
vorwärts, denn als Sprecherin wollte ich schon immer arbeiten.
Bis es losgeht, habe ich noch genug Zeit, meine wunderbare
Wohnung in Schöneberg einzurichten. Zwei Zimmer, klitzeklei-
ner Balkon, der so schmal ist, dass gerade mal ein Sixpack Bier
draufpasst, Duschbad, Altbau, Hinterhaus. Perfekt für mich!

Die Wohnungssuche in Berlin war anstrengend, schließlich
konnte ich wegen meines Jobs nur an den Wochenenden zu
den Besichtigungen fahren. Hinzu kam, dass es immer kälter
wurde und andauernd S-Bahnen ausfielen. Zum Glück konnte
ich bei Scarlett schlafen. Sie ist bisher die einzige Freundin, die
ich in Berlin habe.

Wir haben uns vor ein paar Monaten bei einer Fortbildung über interne Kommunikation kennengelernt. Sie ist 26 Jahre alt, PR-Beraterin für Upperclass-Unternehmen und wohnt mit ihrem Freund Ben in einer traumhaften Dachgeschosswohnung in Charlottenburg. Obwohl wir uns eigentlich kaum kannten, sicherte sie mir sofort ihre Unterstützung zu, nachdem ich ihr von meinem Plan erzählt hatte. Ich schlief in ihrem Gästezimmer und investierte das gesparte Hotelgeld in mein Gastgeschenk: zwei Flaschen Rosé-Champagner, die wir gleich am ersten Abend vernichteten. Wir unterhielten uns wie alte Freundinnen, ich erzählte ihr von der Trennung und meinem neu entdeckten Lebensgefühl. Sie erzählte mir von ihren komplizierten Erlebnissen mit Männern, bevor sie ihren Freund Ben kennenlernte. Wir konnten nicht aufhören zu reden und so wurden die Besichtigungen zur Nebensache. Wir gingen frühstücken, feierten Silvester zusammen, betranken uns in Scarletts Lieblingsbars.

Nach fünf durchzechten Wochenenden in Berlin erhielt ich – dank eines kleinen Flirts mit dem Makler – endlich die Zusage für eine Wohnung in Schöneberg. Für meine Wohnung in Hamburg fand sich glücklicherweise so schnell ein Nachmieter, dass ich nicht doppelt Miete zahlen musste. Und mein Vater war so lieb, mir den Umzug mit einem Unternehmen zu sponsern! Manchmal läuft einfach alles wie am Schnürchen!

Im CD-Player meines Autos läuft Peter Fox. *Alles neu*. Ich singe lauthals mit und kann es kaum erwarten, mein neues Zuhause zu erreichen. Mein Handy surrt. Eine SMS. Die Nachricht ist von Hendrik. Mein Herz klopft schneller. Mir wird kalt. Seit dem Rauswurf aus seiner Wohnung habe ich glücklicherweise nichts von ihm gehört.

Rosa, ich will unbedingt mir dir sprechen. Vermisse dich!
Penner! Manche Leute merken erst, was sie hatten, wenn es weg ist. Und ich bin weg. Ich lösche die Nachricht und murmele: »Ich aber nicht mit dir!« Glaubt er wirklich, dass ich ihn jetzt noch sehen will? Nachdem er mir nachspionierte, mich als Nutte beschimpfte, mir Affären unterstellte und ich Angst hatte, dass er mir eine reinhaut? Und diesem Sack habe ich fast zwei Jahre meines Lebens geschenkt! War ihm treu wie ein dusseliger Hund. Aber die Zeiten sind vorbei! Ab jetzt werde ich meine Freiheit genießen mit allem was dazugehört! Ich stelle den CD-Player leiser und wähle Scarletts Nummer. »Hey Süße!«, meldet sie sich fröhlich. »Alles klar bei dir?«

»Und wie! Heute ist doch der große Tag!«

»Dein Umzug, stimmt!«

»Ja! Heute komme ich und morgen die Möbel. Das ist doch ein guter Grund zum Feiern, oder? Was machst du heute Abend?«

*

Ein bisschen erschöpft, aber glücklich sitze ich neben Scarlett auf einem cremefarbenen Ledersofa in einer stylishen Bar mit langem Tresen in der Kurfürstenstraße. Ich habe mir mein dunkelblaues Lieblingskleid angezogen und mit hellbraunen Lederstiefeln kombiniert. Es ist noch früh, gerade mal 20 Uhr, dazu ein Dienstag, deswegen ist es ziemlich leer.

Wir warten bei gemütlichem Licht und Lounge-Musik auf unseren Rosé-Sekt. Ich erzähle ihr gerade von der SMS von Hendrik, als uns der gut aussehende Kellner unsere Drinks bringt. Er lächelt uns an und sieht wahnsinnig sexy dabei aus.

Dreitagebart, braune Haare, blaue Augen. Wunderbar geschwungene Lippen. Sein schwarzes Hemd sitzt perfekt und lässt seinen schlanken Körper erahnen. Ich schenke ihm meinen schönsten Augenaufschlag.

»Danke.«

»Jederzeit!«, sagt er, zwinkert mir zu und geht zurück an den Tresen. Scarlett kichert. »Darauf, dass du endlich hier bist!« Sie nimmt ihr Glas in die Hand.

»Jaaaa!«, quieke ich zurück. Wir stoßen an. Der Rosé-Sekt perlt angenehm in meinem Mund. Scarlett fährt sich durch ihre hellbraunen Haare.

»Lass dich von diesem Idioten nicht runterziehen. Der hört schon von allein wieder auf, dich zu nerven. Das sind die letzten Zuckungen.«

»Du meinst Hendrik? Den habe ich schon längst vergessen. Mich nervt es nur, dass er sich jetzt wieder gemeldet hat. Glaubt der wirklich, dass ich noch was mit ihm zu tun haben will?«

Scarlett zuckt mit den Schultern. »Wahrscheinlich. Ignorier ihn einfach.«

»Genau das habe ich auch vor. Was glaubt er, wer er ist? Schmeißt mich aus seiner Wohnung und kommt dann wieder angekrochen wie ein bekloppter Wurm.«

»Er *ist* ein bekloppter Wurm!« Wir lachen und stoßen noch einmal an. »Reg dich nicht auf. Das macht nur Falten. Außerdem sieht es so aus, als ob du schon einen neuen Verehrer hättest.« Sie macht eine leichte Kopfbewegung zur Bar. Der gut aussehende Kellner sieht mich schmunzelnd an, während er gekonnt die Gläser poliert.

»Seine Ausstrahlung ist wirklich ... umwerfend!«, stelle ich fest und trinke noch einen Schluck.

Scarlett, Alkohol, ein bisschen flirten – so habe ich mir meinen ersten Abend in Berlin vorgestellt!

»Oh ja«, stimmt Scarlett in meine Schwärmerei mit ein, »wenn ich nicht schon so lange mit Ben zusammen wäre, könnte mir Mr. Sexy auch echt gefährlich werden ...«

»Vollkommen zu Recht! Wenn er so weitermacht, wird er mir gefährlich.« Ich streiche mein Kleid glatt.

»Rosa, du bist echt cool! Dein Bett ist noch nicht mal in Berlin und du willst schon einen abschleppen!«, amüsiert sich Scarlett und trinkt einen großen Schluck.

»Mein Bett kommt morgen zusammen mit den anderen Möbeln. Bis dahin gibt es Alternativen. Ich war lange genug monogam.«

»... Und wieder ein Grund zum Feiern!«, lacht Scarlett und winkt den Kellner zu uns ran. »Scarlett!«, zische ich kichernd. Nach dem anstrengenden Tag zeigt bereits das erste leere Glas leichte Wirkung.

»Was denn? Ich möchte doch nur noch was bestellen ...!« Sie sieht mich mit großen Augen an, als sei sie die Unschuld vom Lande.

»*Du* bist cool!«, lache ich. Der Kellner nickt uns zu und kommt grinsend zu unserem Sofa. »Na, was kann ich für euch tun?«, fragt er. Seine Stimme ist angenehm männlich. Unsere Blicke treffen sich. Ich bekomme Gänsehaut. »Wir hätten gern noch mal dasselbe wie eben«, sage ich. Ein Wunder, dass ich überhaupt einen Ton rausbekomme. Dieser Typ ist dermaßen heiß, dass es mir fast die Sprache verschlägt. »Gern. Gibt's was zu feiern?«

»Und wie!«, freut sich Scarlett. »Rosa ist heute nach Berlin gezogen!«

»Rosa, ja? Hi, ich bin Alex!« Er streckt mir seine breite Hand entgegen.

»Hi Alex!«, lächele ich und nehme seine Hand. Sie ist warm und groß, sein Händedruck schön fest. »Und das ist Scarlett!«

»Hey!« Er streckt auch ihr seine Hand entgegen. Seine Arme sind ziemlich muskulös. Nicht so übertrieben wie die von Arnold Schwarzenegger in den Achtzigern, eher athletisch, als ob er viel Basketball spielen würde.

»Woher kommst du denn, Rosa?«

»Aus Hamburg.«

»Ah, aus dem hohen Norden! So unterkühlt, wie man es euch Hamburgern nachsagt, scheinst du aber gar nicht zu sein.«

»Ich kann ja nicht jedes Klischee erfüllen ... Aber du machst auch nicht gerade den Eindruck, als hättest du die berühmte Berliner Schnauze.«

»Täusch dich da mal nicht. Wenn es sein muss, habe ich die! Allerdings nur bei Leuten, die ich nicht mag ...« Er lächelt mich an. »Rosa, schön, dass du da bist! Die nächste Runde geht auf mich. Sozusagen ein kleiner Willkommensgruß für dich!«

»Danke, lieb von dir!« Einen kurzen Moment, der sich für mich anfühlt wie eine Ewigkeit, packt mich sein Blick und lässt mich nicht mehr los. In mir kribbelt es.

»Wow, was war das denn?«, flüstert Scarlett kichernd, sobald Alex wieder hinter der Bar steht und die Drinks mixt.

»Wieso?«

»Ihr habt euch angesehen, als würdet ihr euch jeden Moment anspringen! Ich dachte für einen kurzen Moment, der nimmt dich hier auf dem Tisch ...«

»Och, da hätte ich absolut nichts gegen gehabt …«, grinse ich.

»Der ist absolut scharf auf dich!«

Ich beobachte ihn. »Das beruht hundertprozentig auf Gegenseitigkeit. Wobei mich wundert, dass er sich nicht an dich ranmacht. Du bist doch viel hübscher als ich.«

»Du spinnst!«

»Nein, ich meine das absolut ernst!«

Ich habe mich immer gefragt, warum Männer überhaupt mit mir flirten, da ich in meinen Augen nie besonders schön war. Ich fand immer mein Gesicht zu rund und die Brüste zu klein. Außerdem bin ich mit meinen 179 Zentimetern ein wirklich großes Mädchen und habe die meisten Männer stets überragt. Scarlett hingegen ist 1,65 Meter groß, hat ein schmales Gesicht, lange hellbraune Haare, große grüne Augen, wohlgeformte große Brüste und ist gut proportioniert. Hinzu kommt, dass sie anscheinend immer das perfekte Outfit anhat. Nie ist ein Rock zu kurz oder zu lang. Alles sitzt wie angegossen. Am schönsten aber ist ihre Ausstrahlung: natürlich und schön, als ob sie sich dessen nie wirklich bewusst gewesen wäre. Wäre ich ein Mann oder lesbisch – ich würde mich in sie verlieben und nicht in mich.

»Oh, du bist süß!« Sie sieht mich liebevoll an. »Ich freue mich so, dass du nun hier bist!«

»Und ich mich erst! Ich kann das noch gar nicht richtig glauben!« Wir umarmen uns.

»Rosa, Scarlett: Darf ich vorstellen?« Alex steht mit einem Tablett mit drei pinkfarbenen Drinks in Martinigläsern vor uns. Ich habe gar nicht gemerkt, wie er zurückgekommen ist. In der Mitte der Gläser schwimmt eine spiralförmige Zitronenschale. Sehr stylish. »Meine neue Kreation ›Rosa in Berlin‹!«

Er beugt sich runter und stellt die Gläser vor uns ab. Seins behält er auf dem Tablett.

»Kaum bist du hier und schon hast du deinen eigenen, nach dir benannten Drink!«, schmunzelt Scarlett. Ich bin froh, dass sie überhaupt was sagt, denn jetzt bin ich einfach nur sprachlos. Schnell schließe ich wieder meinen Mund. Vor lauter Überraschung über den nach mir benannten Drink habe ich ihn leicht geöffnet, als sei ich ein Karpfen.

»Prost!« Alex hebt sein Glas. »Glaube mir, wenn du den ausgetrunken hast, findest du deine Sprache wieder!«

Ich muss lächeln und fange mich. »Danke. Willst du dich nicht zu uns setzen?«

»Später gern, jetzt hab ich noch zu tun … Eigentlich dürfte ich nicht mal mit euch trinken, aber …«, er zieht verschmitzt eine Augenbraue hoch, »… manchmal muss man sich einfach über bestimmte Regeln hinwegsetzen!«

Seine Art ist so lässig und sexy, dass ich schon bei seinem Anblick heiß werde. Diesen Mann will ich!

Ich lächle ihn an. »So muss es sein! Prost!« Wir stoßen an. Die Zitronenschale wird von dem pinkfarbenen Drink hin und her geschaukelt. Ich trinke einen Schluck. Wie eine fruchtig-herbe Geschmacksexplosion breitet sich »Rosa in Berlin« in meinem Mund aus. »Wow! Schmeckt sehr gut! Was hast du denn da zusammengemixt?«

Er sieht mir in die Augen. Sein Blick fesselt mich. Erregt mich. Mir wird heiß. Zwischen meinen Beinen kribbelt es. Und fast flüsternd sagt er: »Das verrate ich dir später.« Es klingt wie ein Versprechen. Für einen kurzen Moment stelle ich mir vor, wie er mich an die Wand drückt, mich leidenschaftlich küsst, ich durch seine Jeans seinen harten Schwanz an meinem Bein spüre, während seine großen Hände unter mein Kleid wandern, um …

»Entschuldigung! Wir würden gern was bestellen!« Die beiden Männer am Nachbartisch sorgen dafür, dass sich unsere Blicke trennen. Ich nippe an meinem Glas. »Moment«, sagt Alex flüchtig. Und zu uns gewandt: »Ich muss leider weitermachen.« Ich konzentriere mich darauf, zu sprechen: »Kein Ding. Wir bleiben noch ein bisschen. Schließlich will ich doch wissen, woraus mein Drink besteht.« Er grinst und geht zu den Gästen.

»Ich enthalte mich meines Kommentars.« Scarlett sieht mich vergnügt an.

»War das so offensichtlich?«, grinse ich.

Sie nickt langsam »Ja, das war es. Ich fühlte mich recht überflüssig.«

»Echt? Das tut mir leid!«

»Quatsch!« Sie winkt ab. »Hab Spaß! Du bist schließlich Single und in Berlin! Aber: Sei vorsichtig.«

»Das mach ich. Auf uns!« Wir stoßen erneut an. Das Klirren der Gläser wird zum Soundtrack des Abends.

Später holt Scarletts Freund Ben sie ab. Sie passen perfekt zusammen. Ben ist ein attraktiver Mann, der viel und hart für sein Geld arbeitet, seinen Reichtum, auf den sein großes Auto und die schmucke Wohnung schließen lassen, aber nicht raushängen lässt. »Sollen wir dich noch rum fahren?«, fragt er mich fürsorglich.

»Ich glaube, Rosa will noch nicht nach Hause«, grinst Scarlett angeheitert und zupft ihrem Freund einen Fussel von der Schulter. Er sieht mich irritiert an. Auch ich muss grinsen. Genau in diesem Moment treffen sich Alex' und meine Blicke.

Er zwinkert mir zu. »Wie recht du hast!«, raune ich. Wir verabschieden uns, ich nehme mein Glas und setze mich zu Alex an den Tresen.

»Na, hat Scarlett genug?«, begrüßt er mich erfreut.

»Ja, sie muss morgen früh aufstehen.«

»Du nicht?«

»Nein, ich fange erst in zwei Wochen wieder an zu arbeiten.«

»Cool. Das heißt, du bleibst noch ein bisschen hier? In einer Stunde habe ich Feierabend. Schlussdienst ...«

»Und dann?«

»Verrate ich dir, was in dem Drink ist!«

Ich muss lachen. »Versprochen?«

»Versprochen.«

Wir geben uns die Hände. Sogar diese Berührung zwischen uns ist heiß. Macht Lust auf Berührungen an ganz anderen Körperstellen. Wie sich seine Hände wohl zwischen meinen Beinen anfühlen ...? Oder sein Mund ...? Bei dem Gedanken werde ich feucht. Keine Ahnung, ob es an dieser immensen sexuellen Anziehung zwischen uns liegt oder daran, dass ich seit einer gefühlten Ewigkeit keinen guten Sex mehr hatte.

Alex stellt mir ungefragt immer wieder neue »Rosa in Berlin« hin, sobald mein Glas leer ist. Mittlerweile bin ich bei Nummer drei angelangt. Falls er das macht, um mich rumzukriegen, ist das absolut überflüssig. Auch stocknüchtern würde ich mit ihm mitgehen. Dieser Mann raubt mir einfach den Verstand. Ich bin angetrunken und fühle mich begehrt. Zum ersten Mal seit langer Zeit. Ein großartiges Gefühl. Er weiß anscheinend genau, was er will (mich!) und wie er es bekommt. Den schmalen Grat zwischen direkter Anmache, ohne plump zu sein, und federleichter Erotik beherrscht er wie kein anderer.

Die Bar leert sich zusehends. Irgendwann sind wir allein. Ich bin aufgeregt, weil ich nicht weiß, was gleich passiert. Ob überhaupt was passiert. Und wenn ja: Wird es wirklich so geil, wie ich es mir vorstelle?

»Feierabend!« Alex schnappt sich die Schlüssel aus einer Schublade und schließt die Tür ab. Ich bleibe an der Bar sitzen und drehe mich auf dem Hocker zu ihm um, schlage meine Beine übereinander. Meine Ellbogen stütze ich auf dem Tresen ab. Ich beobachte ihn, wie eine Katze die Maus beobachtet, die sie gleich fangen wird. Dabei bin ich wohl eher die Maus. Mein Herz schlägt schneller. Alex kommt auf mich zu. Die Spannung zwischen uns ist kaum zu ertragen. Wieder packt mich sein Blick, lässt mich nicht los. Wir sagen nichts. Nur die Musik läuft unbeirrt weiter. Ich atme tiefer, spüre, wie sich mein Brustkorb langsam hebt und senkt. Ich muss schlucken. Alex bleibt dicht vor mir stehen. Er sieht zu mir runter. Unsere Gesichter sind so nah beieinander, dass ich seinen Atem in meinem Gesicht spüre. Dann beugt er sich ein Stück zu mir runter, stützt sich mit den Händen am Tresen ab, ich öffne leicht meinen Mund.

Er küsst mich, seine Bartstoppeln kratzen an meinem Kinn. Er fasst mit seiner Hand in meinen Nacken und zieht mich an meinen hellblonden schulterlangen Haaren ein Stück nach hinten. Ich stöhne leise, sein Griff ist fest, der leichte Schmerz erregt mich. Er sieht mich an, beugt sein Gesicht an mein Ohr. Flüstert: »Cointreau.« Küsst mich wieder. Diesmal länger. Schiebt mir langsam seine Zunge in meinen Mund. Dieser Mann scheint genau zu wissen, was ich will. Als hätte er meine Gedanken gelesen, zieht er mich wieder an den Haaren nach hinten. Folgt mit leicht geöffnetem Mund meinem Gesicht. Er beißt mir in mein Ohrläppchen. »Cranberrysaft.« Ich muss lächeln. Er beißt wieder in mein Ohr, »Zitronensaft«, zieht an meinen Haaren. Ich schließe meine Augen. Seine dominante Art törnt mich wahnsinnig an. Ich spüre seinen warmen Atem an meinem Hals, er küsst ihn, seine Hände wandern an meine Taille. Ich lehne mich vor, spreize meine Beine, greife mit den Händen seinen festen Po, drücke ihn an mich. Er atmet lauter. Über seine Schulter hinweg sehe ich zur gläsernen Tür. Mit Sicherheit kann man uns von der Straße aus sehen. Der Gedanke erregt mich noch mehr und so ziehe ich mir mein Kleid über den Kopf. In BH und halterlosen Strümpfen in Stiefeln sitze ich vor ihm. Ich danke mir selbst insgeheim, dass ich vorhin nicht die bequeme Wollstrumpfhose angezogen habe.

Er sieht an mir herunter. Flüstert: »Fuck, bist du heiß!« Er schiebt meinen BH nach oben, beißt mir in meine Brustwarzen. Ich stöhne lustvoll auf, genieße die neu entdeckte Erregung durch Schmerzen. Öffne seine Schürze, seinen Gürtel und seine schwarze Jeans. Er trägt schwarze, enge Shorts. Die beste Unterwäsche für einen Mann! Wir küssen uns gierig. Ich greife nach seinem harten Schwanz. »Warte …«, keucht er, »lass uns nach hinten ins Lager gehen.« Er umfasst meine Taille und küsst mich. »Hier kann ich dich sowieso nicht so nehmen, wie ich will.«

Ich komme mir vor wie eine Stripperin, als ich Alex in Unterwäsche und Stiefeln ins Lager folge. Kaum sind wir da, drückt er mich zwischen leeren Cola-Kisten an die kalte Wand, geht in die Knie und zieht meinen String aus. Er küsst meine glatt gewachsten Schamlippen. Ich hebe mein Bein ein Stück an. Seine Zunge umspielt meinen Kitzler. Er saugt daran. Steckt mir zwei Finger rein. Meine Hände krallen sich in seine vollen

Haare. So gut hat mich noch keiner geleckt. Ich stöhne lauter, es scheint ihn noch mehr zu erregen, er leckt gieriger, fester. Ich bin kurz davor zu kommen. »Fick mich, Alex …«

Er richtet sich zu mir auf, küsst mich. Ich schmecke mich und werde noch heißer. Er hebt mich an, als wäre ich eine Feder. Ich habe gar nicht gemerkt, wie er sich seine Shorts runtergezogen hat. Ich spüre seine warme Eichel an meiner nassen Spalte und halte es kaum noch aus. Sein harter Schwanz gleitet in mich. Kurz denke ich daran, dass wir kein Kondom benutzen, aber es ist mir egal. Ich bin einfach zu geil. Außerdem nehme ich die Pille.

Langsam fängt er an, seine Hüften zu bewegen, zieht seinen Schwanz fast raus und drückt in mir wieder rein. Er ist heiß und nass. Ich drehe fast durch. Der Schmerz von der rauen Wand, an der ich lehne, tut sein Übriges.

Alex scheint ein sexueller Jackpot zu sein. Wir küssen uns, atmen lauter. Er wird schneller. »Oh ja, mach's mir!«, keuche ich und beiße in seinen Hals. Er fickt mich härter, fester. Ich komme laut und heftig. Wie elektrisiert zuckt mein Unterleib. Kurz darauf zieht er seinen Schwanz raus und spritzt mir keuchend auf den Bauch. Verschwitzt küsst er mich auf den Mund. »Willkommen in Berlin!«

*

Nachdem ich den Umzug gut hinter mich gebracht habe, verbringe ich den nächsten Tag damit, Kisten auszupacken und meine Wohnung einzurichten. Auch wenn ich kein großer Fan von Umzügen bin, verursacht das reine Glücksgefühle! Ich kann immer noch nicht glauben, dass ich tatsächlich in Berlin bin!

Nachmittags treffen Scarlett und ich uns in einem französischen Bistro am Savignyplatz. Es ist mittlerweile schon wieder dunkel. Nur die Laternen und der frisch gefallene Schnee leuchten der Dunkelheit entgegen. Sobald ich draußen bin, zeigt sich mein Atem augenblicklich in Form eines weißen Wölkchens. Ich reibe meine Hände aneinander und freue mich jetzt schon auf den Sommer. Jeder erzählt mir, wie toll es dann in Berlin ist. Ich glaube es aufs Wort. Schließlich liebe ich diese Stadt auch bei Minusgraden.

Scarlett und ich bestellen zwei große Schalen Milchkaffee. Die leise Musik wird immer wieder von der lauten Kaffeemaschine übertönt. »Los, erzähl! Wie war es noch mit dem Barkeeper?« Ich grinse und löffle den Milchschaum von meinem Kaffee. »Du meinst Alex?«, frage ich, um sie ein bisschen auf die Folter zu spannen. »Scarlett, es war der absolute Oberhammer!«

»Hattet ihr Sex?« Ich nicke und erzähle ihr sehr oberflächlich, was passiert ist, nachdem sie weg war. Die kleinen Details behalte ich für mich, da Scarlett zwar Sexgeschichten hören will, aber auf zu viele Informationen keinen Wert legt. Während ich die Nacht Revue passieren lasse, kann ich selbst kaum glauben, dass ich es gemacht habe. Noch vor ein paar Monaten wäre das undenkbar gewesen! Da war ich noch fest liiert und irgendwie in mir selbst gefangen. Mein Singleleben ist eindeutig spannender!

Amüsiert hört sie mir zu. »Du bist echt unterhaltsamer als alle Klatsch-und-Tratsch-Sendungen zusammen!« Mein Handy piepst. Eine SMS von Alex. Wir haben uns gestern den ganzen Tag über versaute Nachrichten geschickt. Eigentlich wollten wir uns nach seinem Feierabend treffen, aber ich war einfach zu müde. Umziehen ist selbst dann anstrengend, wenn man nur zuguckt.

Rosa! Hab heute Abend frei ... Lust? Alex

Ich grinse. Scarlett sieht mich neugierig an. »Na, wer schreibt dir? Alex?« Sie kennt mich wirklich schon sehr gut. »Ja. Er fragt, ob er ihn heute sehen will.«

»Und?« Sie trinkt einen Schluck Kaffee. »Willst du?«

Ich grinse. »Oh ja ...!«

Sie kichert. »Was ist das zwischen euch? Ich meine ... verliebt ihr euch gerade?«

»Um Gottes willen, nein!«, sage ich eine Spur zu laut. Das Pärchen am Nachbartisch sieht zu uns rüber. Wir müssen beide über meine sehr klare Antwort lachen.

»Er ist Barkeeper und sieht gut aus, er wird mit Sicherheit viele Affären haben. Das zwischen uns ist nichts Besonderes. Es ist nur Sex. Und genau das will ich: einen unkomplizierten Fuckbuddy.«

»Bist du dir sicher, dass er das auch so sieht? Vielleicht ist es übertrieben, aber eventuell solltest du mit ihm mal darüber sprechen.«

Ich überlege. Ist es nicht offensichtlich, was Alex will? Schließlich hat er mich im Getränkelager gebumst. Er wird in mir wohl kaum die Mutter seiner Kinder sehen. Hoffe ich zumindest. Aber: Sicher ist sicher. Wenn ich was Neues anfange, dann richtig. Also schreibe ich zurück: *Lust ist gar kein Ausdruck ... PS: Ich bin so eine. Ich will alles. Nur keine Beziehung.*

Wenn das nicht deutlich ist, weiß ich auch nicht. Ich sende sie ab und bekomme kurze Zeit später eine Antwort: *Ich auch ... PS: Weihen wir deine Wohnung ein?*

Nichts lieber als das!, schicke ihm meine Adresse und die Uhrzeit. Lässig. Ein Sex-Date! Das wollte ich schon immer mal haben! Ich freue mich wie ein kleines Kind auf Weihnachten und bin tatsächlich aufgeregt.

Zu Hause räume ich natürlich erst mal meine Wohnung auf. Zum einen bin ich echt unordentlich und zum anderen gibt es Dinge, die ein Mann einfach nicht bei mir sehen soll. Erstens: meine Antipickelcreme. Soll ja niemand wissen, warum ich reine Haut habe ... Zweitens: meine Knirsch-Schiene. Wobei ich eigentlich nicht mit den Zähnen knirsche, viel mehr beiße ich nachts ziemlich heftig die Zähne aufeinander. Sieht bestimmt lustig aus, leider konnte ich mich selbst dabei noch nie beobachten. Drittens: mein größtes Geheimnis – mein zerknautschter Winnie Pooh. Er schläft bei mir im Bett, seit ich elf Jahre alt bin. Mein Vater hat ihn mir geschenkt, als wir gemeinsam im Disneyland waren. Ich finde ein Kuscheltier im Bett einer erwachsenen Frau komisch. Zumindest, wenn sie eine heftige Sexorgie plant. Also verschwinden Pooh & Co in meinem Schrank.

Punkt 21 Uhr klingelt es an meiner Wohnungstür. Bevor ich aufmache, stelle ich zwei fertig gemixte »Rosa in Berlin« auf das kleine Tischchen im Flur. Alkohol und Sex – eine großartige Kombination! Ich betrachte mich noch einmal kritisch im Spiegel. Mein kurzes schwarzes Kleid schmeichelt meinen in schwarzen halterlosen Strümpfen steckenden Beinen, pinkfarbene Pumps schenken ihnen zusätzliche Länge. Der schmale, pinkfarbene Taillengürtel zaubert eine schlanke Silhouette. Meine Haare sind offen und geglättet, die Augen schwarz geschminkt. Ich drücke den Türsummer, öffne die Haustür einen Spalt und zupfe noch einmal meine Haare zurecht.

Als ich Alex auf den Treppen höre, lehne ich mich mit den beiden Drinks in den Türrahmen. Er erreicht den dritten Stock (meine Etage!). Augenzwinkernd sage ich: »Willkommen in meiner Wohnung!« Ich fühle mich wild und verwegen. Ab sofort werde ich sämtliche meiner Fantasien ausleben, so viel steht fest. Alex grinst mich an, in seiner Hand hat er eine Flasche Wodka. (Ein guter Mann!) Er kommt mit großen Schritten auf mich zu, greift mit seiner freien Hand um meine Taille, zieht mich an sich ran. Der pinkfarbene Drink schwappt ein bisschen über und rinnt über meine Finger. Ich atme seinen Geruch ein, wir küssen uns. Seine Lippen und Hände sind noch ganz kalt. Ich werde sofort geil. Die Anziehung zwischen uns ist unglaublich stark. Er dirigiert mich bestimmt in meine Wohnung.

Ich stelle die Gläser wieder ab, ohne dass wir einen Schluck getrunken haben. Die Tür fällt ins Schloss, wir küssen uns und ehe ich mich versehe, bin ich auch schon wieder halb nackt. (Der Vorteil an Kleidern: Sie lassen sich schnell wieder ausziehen!) Das Kleid liegt auf dem Dielenboden des Flures. Meine Unterwäsche und die Schuhe habe ich noch an. Ich ziehe Alex seine Klamotten aus, oben ohne steht er vor mir. Er ist trotz meiner High Heels noch ein Stückchen größer als ich, sein Bauch ist flach, die Brust rasiert. Was für ein Mann!

Wir stehen uns atemlos gegenüber, sein Blick hält mich fest, dann nimmt er mein Gesicht in seine Hände und küsst mich ganz langsam. Ich werde noch heißer, stöhne leise, überall kribbelt es. Ich fummle hektisch an seinem Gürtel und bekomme ihn nicht auf. Männergürtel sind für mich ähnlich kompliziert zu öffnen wie BH-Verschlüsse für Männer. Er öffnet ihn selbst, ich ziehe seine Hose runter, er atmet lauter. Sein

Schwanz steht wie eine Eins, als ich ihm auch die schwarzen Shorts runterziehe. Ich küsse ihn, massiere seinen Penis. Wandere mit meinem Mund zu seinen Brustwarzen, lecke sie und knabbere vorsichtig an ihnen. Langsam knie ich mich vor ihn, küsse seinen Bauch. Sehe ihm die ganze Zeit ins Gesicht, er lässt mich nicht aus den Augen (nur wenn er sie vor lauter Erregung schließen muss) und streichelt mir über den Kopf.

Noch nie habe ich mich dermaßen zu einem Mann hingezogen gefühlt. Ich lecke langsam seine Eichel, sauge an ihr, werfe ihm immer wieder einen Blick zu. Sein Stöhnen klingt wie ein tiefes Schnurren. Es macht mich so heiß, dass mein String schon ganz nass ist. Ich liebe es zu blasen. Und ich habe absoluten Nachholbedarf. Fast schon gierig lutsche ich seinen harten Schwanz, seine rasierten Eier. Er streichelt meine Haare, ohne die von so vielen Frauen gehasste Hoch-runter-Klischeebewegung zu machen. Ich genieße es, ihm zuzusehen, wie er immer heißer wird, kurz vorm Kommen ist.

Dann greift er mein Haar im Nacken und zieht mich mit festem Griff hoch. Ich stöhne lustvoll auf. Er küsst mich, dreht mich im nächsten Moment um, sodass ich ihm meinen von unserem Lagerfick noch zerkratzten Rücken zukehre. Er streichelt meinen Po. Ich spüre seine Eichel zwischen meinen Pobacken. Er drückt sich an mich, beißt in meinen Hals. Seine Hand wandert unter meinen String an meine glatte Muschi. Er atmet lauter, als er fühlt, wie feucht ich bin, und steckt mir zwei Finger rein. Flüstert in mein Ohr, wie sehr ich ihn anmache. Seine Hüften drücken sich gegen meine. Ich drehe mein Gesicht zu ihm, wir küssen uns. Unsere Bewegungen werden schneller, dann hält er inne. Zieht seine Finger aus mir raus, schiebt meinen String runter. Er geht in die Knie. Ich spüre seinen Atem zwischen meinen Beinen und spreize sie. Strecke ihm meinen Po noch ein Stückchen weiter entgegen. Stütze mich mit den Händen gegen die Wand. Die Pose erinnert mich an die eines frisch gestellten Verbrechers. Ich muss grinsen. Alex drückt meine Pobacken auseinander und fängt an, mich zu lecken. Saugt an meinen Schamlippen. Gibt mir einen Klaps auf den Hintern. Ich stöhne auf. Er schlägt wieder zu. Dieses Mal fester. Mich erregen die Schmerzen so stark, dass ich fast komme.

»Schmeckst du geil ...«, schnurrt Alex zwischen meinen Beinen. Ich lächle zufrieden, werde mit Sicherheit rot, aber das sieht er ja zum Glück nicht. »Und du leckst so geil ...«, erwidere ich. Er saugt fester, ich stöhne noch lauter. Bestimmt hört man mich im ganzen Treppenhaus. Aber das ist mir so egal ... Alex stellt sich wieder hin und drückt von hinten seinen Schwanz in mich. Er fühlt sich so gut in mir an. So, als ob er extra für mich gefertigt worden wäre. Seine Bewegungen sind fest und tief, er stößt erst langsam, dann immer heftiger in mich.

Mein Orgasmus ist so intensiv wie kein anderer zuvor. Ich glaube zu explodieren. Er zieht seinen Schwanz aus mir raus und wichst auf meinen Hintern. Mist, wieder kein Kondom benutzt. Ich bin zu leichtsinnig, denke ich tadelnd. Aber das Gefühl, wie Alex' Sperma langsam meine Pobacken runterläuft, ist dermaßen sexy, dass ich diesen Gedanken schnell wieder verwerfe.

Ich drehe mich um, greife nach den Drinks. Wir stoßen an. »So, den Flur hätten wir ...«, sagt Alex noch völlig außer Atem. »Wo machen wir weiter?«

Wir trinken aus. Erst dann lasse ich mir das Sperma vom Arsch wischen. Alex mixt uns einen neuen Drink, ich zünde uns zwei Zigaretten an. Wir machen es uns in Unterwäsche auf meinem großen Sofa gemütlich. Er sieht sich um. »Schön hast du es hier!«

»Danke. Ich mag meine Wohnung auch. Könnte mal renoviert werden, aber ich finde gerade das so sympathisch an ihr. Wo wohnst du eigentlich?«

»In Kreuzberg. Meine Wohnung ist winzig. Dagegen wohnst du in einem echten Palast. Kannst mich ja mal besuchen kommen.« Er grinst herausfordernd.

»Gern«, sage ich und puste den Rauch der Zigarette Richtung Zimmerdecke. Die Wohnung eines Mannes anzusehen, finde ich immer spannend. Sie verrät so viel über den Charakter. »Warum bist du genau umgezogen?«, fragt er. Ich überlege kurz. Auf die nervige Geschichte von Ex-Wurm Hendrik habe ich keine Lust und doch möchte ich mich ihm öffnen. »Kennst du den Spruch ›Nach Hamburg geht man, um Geld zu verdienen, nach Berlin, um sich zu verwirklichen?‹ Das trifft es ziemlich genau.« Er lächelt. »Finde ich gut …«

Dann drückt er seine Zigarette aus und beugt sich zu mir rüber. Flüstert: »Sorry, ich kann nicht anders.« Küsst mich. Leckt mit seiner Zungenspitze die Innenseite meiner Oberlippe. Ich werde schon wieder geil. Ich strecke meine angewinkelten Beine aus, er greift an meine Hüfte, zieht sie zu sich ran. Küsst mich wieder, öffnet meinen BH, beißt vorsichtig in meine Brustwarzen, leckt meine Nippel.

Ich genieße es. Trinke noch einen Schluck. So muss es im Paradies sein. Mit meiner freien Hand greife ich in seine Haare. Kraule und beobachte ihn. Sein Rücken ist breit und muskulös. Genau wie seine Arme. Sein Kopf wandert tiefer, er greift in meinen Slip und fängt langsam an, meinen Kitzler zu massieren. Dabei sieht er mich an und freut sich sichtlich, als ich meine Beine spreize. »Deine Pussy ist umwerfend!«, sagt er. Was für ein Kompliment! Dann küsst er mich mit weichen Lippen zwischen den Beinen, als küsse er meinen Mund. Ich liege wie eine Königin nackt auf meinem Sofa, trinke, lasse mich von einem heißen Mann lecken. Alle Selbstzweifel über meinen Körper, mein ständiges Mich-zu-dick-Finden, sind in diesem Moment einfach nicht mehr vorhanden. Alles was zählt, ist unser großartiger, hemmungsloser Sex, wie ich ihn niemals zuvor hatte.

Berlin,
der schönste Spielplatz
der Welt

»Schönes Leben, schöne Welt / Shake Baby,
Baby shake / bis uns der Himmel auf'n Kopf
fällt.« AUS »DER LETZTE TAG« VON PETER FOX

In keiner Stadt möchte ich momentan lieber sein als in Berlin. Zwar ist es immer noch kalt, aber immerhin schneit es nicht mehr und die Eisschollen sind geschmolzen. Meine Wohnung sieht auch immer mehr wie eine aus und vor drei Wochen habe ich angefangen, wieder zu arbeiten. Die Kollegen sind nett und lustig. Auch mein Chef scheint in Ordnung zu sein. Da ich jetzt freiberuflich arbeite, muss ich nicht jeden Tag in den Sender. Das gefällt mir außerordentlich gut! Ab und zu kann ich sogar von zu Hause aus arbeiten!

Wenn das der Fall ist, schlafe ich natürlich erst mal aus und frühstücke in aller Ruhe. Wenn ich anfange zu arbeiten, ist es immer schon später Vormittag. Meistens trage ich mein bevorzugtes Arbeitsoutfit, den Bademantel. Herrlich! Ein ganz neues Lebensgefühl! Das versteht allerdings nicht jeder: Als neulich der Postbote bei mir klingelte, weil ich das Paket für meinen Nachbarn annehmen sollte, öffnete ich ihm in meinem Ich-arbeite-zu-Hause-und-sehe-auch-so-aus-Look. Er musterte mich ausgesprochen abfällig. Bestimmt war er der Ansicht, ich sei ein faules Stück, das sich zu schade zum Arbeiten ist. Schließlich war es bereits zwölf Uhr mittags. Am liebsten hätte ich mit einem lässigen Spruch gekontert, zum Beispiel dass man keine Uniform braucht, um fleißig zu sein. Nur ist mir das natürlich erst eingefallen, als ich wieder am Laptop saß. So viel zum Thema Schlagfertigkeit.

Abgesehen davon, dachte ich bisher, dass die Berliner nicht so viel Wert aufs Aussehen legen würden wie die Hamburger. Wahrscheinlich aber auch nur, wenn man Stunden damit zubringt, sich so zu stylen, dass man nachher wieder ungestylt aussieht. Seitdem gehe ich nicht mehr an die Tür, wenn es klingelt und ich noch im Arbeitsoutfit bin. So eitel bin ich dann doch.

Die Paketgeschichte hatte allerdings auch was Gutes: Ich habe meinen Nachbarn Rüdiger Zöllner kennengelernt. Ein waschechtes Berliner Urgestein, ungefähr Anfang 50, mit starkem Dialekt! Er hat mir sofort das Du und seine Hilfe beim Handwerken angeboten. Darauf werde ich bestimmt zurückkommen. Rüdiger lebt, wie er mir sofort voller Stolz erzählte, seit vielen Jahren mit seiner Familie (seiner Frau sowie »den beiden Lausebengeln«) in unserem Mietshaus. »Lausebengel« klang im ersten Moment für mich sehr interessant! Ich dachte an gut aussehende Jünglinge mit gelocktem Haar Anfang 20, die mich zu wilden Studentenpartys mitnehmen würden. Gerade als ich mir vorstellte, wie wir zusammen hemmungslose Sexorgien feiern könnten, erwähnte Rüdiger das Alter seiner Sprösslinge: Sie sind noch nicht mal zehn. Jetzt geht meine Sexfantasie aber langsam mit mir durch!

Die Sonne scheint, es ist früher Nachmittag. Da ich bereits meine Arbeit erledigt habe und mich mal wieder zu dick finde, pumpe ich mein Fahrrad auf und fahre los. Aufgrund fehlender Radwege, irrer Autofahrer, rasender Busse und in der zweiten Reihe parkender Lieferwagen ist das in manchen Teilen von Schöneberg eine recht lebensmüde Angelegenheit. Obwohl die Autos kaum Abstand halten und ich ab und an geschnitten werde, macht es mir nach dem ersten Schrecken irrsinnig viel Spaß. Meinen Kiez kenne ich mittlerweile schon ganz gut und so beschließe ich, eine kleine Sightseeingtour zu machen.

Der Strom der Großstadt reißt mich mit. Ich fahre die Bundesallee hoch, überquere den Ku'damm. Lasse die Gedächtniskirche und die Touristen am Zoo hinter mir, nehme eine Abkürzung durch den Tiergarten Richtung Straße des 17. Juni, die Scarlett mir gezeigt hat. An manchen Stellen des hochgelegenen breiten Weges kann man auf den Zoo hinuntersehen und zum Beispiel Esel, Ziegen und andere Nutztiere bewundern. Trotz dieser eher langweiligen Attraktion stehen immer wieder Menschen am Zaun und sehen fasziniert nach unten. Am meisten amüsieren mich jene Geschäftsleute, die mit ihren Aktenkoffern extra deswegen den Weg verlassen und sich ins ungepflegte Beet stellen. Wie kleine Kinder sehen sie sich neugierig die Tiere an. Dabei merken sie nicht, dass sie die interessantere Attraktion sind.

Ich fahre durch den Tiergarten direkt auf die Siegessäule zu. Angestrahlt von der Sonne leuchtet sie gülden. Vorbei am Schloss Bellevue geht's entlang der Spree ins Regierungsviertel. Dort angekommen steige ich ab, schiebe mein Rad. Bewundere die historische Architektur des Reichstags und die modernen Neubauten. Denke an die Geschichte Berlins und bekomme Gänsehaut. Auch die Pflastersteine, die wie die längste Narbe der Stadt den Verlauf der Mauer nachzeichnen, lösen in mir große Dankbarkeit über meine neu gewonnene Freiheit aus. Darüber, dass ich niemandem Rechenschaft ablegen muss. Ich schiebe mein Fahrrad weiter Richtung Brandenburger Tor. Was Alex wohl heute macht? Ich habe ihn außer ein paar Dates nach unserer kleinen Einweihungsparty nicht mehr gesehen. Zwar haben wir uns ein paar versaute SMS geschrieben, aber selbst in einer Sexbeziehung will ich momentan einfach keine Regelmäßigkeit. Sogar das engt mich ein – Ex-Wurm Hendrik sei Dank! Wenigstens hat dieser Volltrottel sich nicht mehr gemeldet. Hoffentlich bleibt das auch so.

Meine Gedanken landen wieder bei Alex. Nach jeder Menge Selbstbefriedigung in den letzten Tagen habe ich echt mal wieder Lust auf einen Mann! Ich krame mein Handy aus meiner scheinbar bodenlosen Handtasche, um ihm zu schreiben. Meine Suche wird durch ein »Bock auf Party?« unterbrochen. Das strahlende Gesicht eines jungen Typen sieht mich an. Er hat genau einen einzigen Flyer in der Hand, ist ein kleines Stückchen größer als ich, trägt Sonnenbrille, Mütze und Schal und sieht verdammt cool aus. Meine Güte, in Berlin wimmelt es anscheinend nur so von heißen Männern. »Ist der neue Club von einem Kumpel. Ein echter Insidertipp! Wir sind in Friedrichshain und spielen Elektro und House.« Ich nehme den Flyer und sehe ihn mir an. Eine knapp bekleidete Comicfrau mit wehenden blonden Haaren und rotem Kussmund sieht mich zwinkernd an. Auf der Rückseite steht das heutige Datum. »Heute?« Es ist Mittwoch, Scarlett muss morgen arbeiten, sie würde bestimmt nicht mitkommen. Dafür ist sie einfach zu diszipliniert.

»Klar! Wir feiern von Mittwoch bis Sonntag!« Ich muss schmunzeln. Wenn das der Postbote hören würde, er würde bestimmt auf der Stelle tot umkippen. »Na, was ist? Kommst du?« Ich schüttele den Kopf und gebe ihm den Flyer zurück. »Nein. Ich muss morgen arbeiten.« Eigentlich habe ich frei, doch allein auf eine Party zu gehen, finde ich einfach merkwürdig. Außerdem weiß ich ja auch gar nicht, wo dieser Laden ist. Wahrscheinlich weiß es der Typ selbst nicht so genau. »Hey, du bist jung! Arbeit ist keine Ausrede! Komm vorbei – ich würde mich freuen!« Er nimmt die Sonnenbrille ab und sieht mich mit großen braunen Augen an. »Bitte ...«

Ich schiebe meine Ray Ban ein Stück nach unten: »Nein ...«

Er lacht. »Pass auf!« Er zaubert einen Stift aus seiner Hosentasche, kritzelt etwas auf den Flyer und drückt ihn mir wieder in die Hand. »Meine Nummer. Überleg's dir! Die besten Partys finden unter der Woche statt. Und das Beste: Unsere ist geheim. Jedenfalls mehr oder weniger. Keine Touris! Glaub ja nicht, dass wir jeden einladen ...«

Ich ziehe eine Augenbraue hoch, gucke ihm in die Augen, sage in der Hoffnung, nicht rot zu werden: »Okay. Vielleicht.« Manchmal bin ich noch genauso schüchtern wie mit 14, auch wenn mir das kaum jemand glaubt. »Alles klar, dann bis später! Wie heißt du eigentlich?«

»*Vielleicht* bis später ... Ich heiße Rosa.«

»Cool. Theo!« Er macht einen übertriebenen Knicks. »Rosa, wir sehen uns heute Abend!« Mir gefällt seine direkte Art. »Lass dich überraschen!«, lächle ich. Dann setze ich meine Sonnenbrille auf und schwinge mich auf mein Fahrrad. Hoffentlich zerstöre ich meinen lässigen Abgang nicht noch, indem ich irgendwo gegen fahre. (Zum Beispiel gegen einen Touristen. Die scheinen nur ein Ziel zu haben: einem vors Fahrrad zu laufen.)

Ich überfahre niemanden und werde auch nicht überfahren. Und das, obwohl ich den ganzen Nachhauseweg äußerst unkonzentriert radle, weil Theo in meinem Kopf herumschwirrt. Er lässt nicht mal Platz für Gedanken an Alex. Das soll schon was heißen! Erstens: dass er mich reizt. Zweitens: dass ich trotz des intensiven Einsatzes meines Vibrators spitz bin. Drittens: dass es nicht schwer ist, mich zu beeindrucken.

Da ich außerdem viel zu lange nicht mehr tanzen war und der Meinung bin, dass es jetzt an der Zeit ist, neue Dinge (wie zum Beispiel allein ausgehen) auszuprobieren, beschließe ich, mich zu melden. Falls die Party schlecht ist, oder sich Theo als Freak entpuppt, kann ich immer noch abhauen und mich bei Alex melden. Ein guter Plan! Ach, manchmal ist das Leben wunderbar einfach.

Meiner kleinen Radtour sei Dank fühle ich mich mindestens drei Kilo leichter und sportlich. Bevor ich mich dusche und hübsch mache, melde ich mich bei Theo. Das heißt, ich habe es vor. Auf mein Handy starrend, überlege ich, was ich ihm sage, wenn ich anrufe. Oder ist eine SMS doch besser? Ich bevorzuge eindeutig zu telefonieren, was Männer erfahrungsgemäß hassen. Da Theo eindeutig ein Mann ist, entschließe ich mich für eine SMS. Ich tippe *Hey Theo* ... Und jetzt? Mir fehlen die Worte. Und so was nennt sich Kreative ... Da mir nichts einfällt, lege ich das Handy beiseite und öffne erst mal eine Flasche Sekt. Ein bisschen Alkohol hat schließlich noch niemandem geschadet. Ich nehme mein Glas mit ins Badezimmer und proste meinem Spiegelbild zu. Währenddessen grübele ich laut murmelnd vor mich hin, was ich denn jetzt schreiben könnte. »Hast noch Lust?« oder »wie sieht's aus?« klingt verzweifelt und blöd. Zumindest weiß ich jetzt, was ich nicht schreibe.

Nach einer gefühlten Ewigkeit entscheide ich mich für: *Hey Theo, na dann zeig mir mal, wie gut man unter der Woche feiern gehen kann! Ich bin dabei! Rosa.*

Nachdem ich sie abgeschickt habe, finde ich die SMS sehr plump und selten dämlich. Darauf trinke ich erst mal einen Schluck Sekt. Kaum habe ich runtergeschluckt, surrt mein Handy. Das ging aber schnell! *Cool. Ich hol dich um 23 Uhr ab. Wo wohnst du?*

Theo kommt Viertel nach elf. Kurz bevor ich runtergehe, werfe ich noch einen Outfit-prüfenden Blick in den Spiegel (kurzes Jeanskleid, schwarze halterlose Strümpfe, schwarze Pumps) und stelle fest, dass ich gut aussehe (ein seltener Moment). Meine Fingernägel sind pink lackiert, meine Augen im Smokey Eyes Look geschminkt. Ich tupfe mir noch etwas Gloss auf die Lippen. Auf geht's!

Theo lehnt lässig am Taxi und raucht eine Zigarette. »Hey Rosa, gut siehst du aus!« Theo trägt wie heute Nachmittag eine Mütze. Ansonsten sieht er aus wie ein typischer Werber: Chucks, locker sitzende Jeans, schmaler Schal, einen Parka mit Fellkapuze. Fehlt eigentlich nur noch die Nerdbrille mit dickem schwarzen Rahmen. Keine Ahnung, ob er wirklich in der Werbebranche arbeitet oder nur diesen Style mag. Wir begrüßen uns mit Küsschen und fahren durch die halbe Stadt in den Club nach Friedrichshain. Während der Fahrt führen wir sehr unterhaltsamen Small Talk. Zum Glück ist Theo nicht schüchtern!

Die Musik dröhnt uns schon auf der Straße entgegen, obwohl sich der Club in einer stillgelegten Fabrik im Hinterhof befindet. »Ein Insidertipp!«, erklärt mir Theo beim Reingehen. So oft wie er das erwähnt, scheint er echt sehr stolz darauf zu sein. Den Türsteher begrüßt er mit Handschlag. »Das Ding ist noch so neu, dass es noch nicht mal einen richtigen Namen hat!« Oder eine Garderobe. Die ist wahrscheinlich zu uncool für so einen hippen Laden.

Hier öffnen und schließen Bars und Clubs wie im Zeitraffer. Eine angesagte Location jagt die nächste. Stets dicht gefolgt vom Konkurs. Ein Grund, warum es für Berlin keinen Bar- oder Clubführer gibt – kaum wäre er veröffentlicht, wäre wohl die Hälfte aller Läden auch schon wieder dicht.

Theo nimmt meine Hand. Ich mag es, wenn Männer so selbstbewusst sind und wissen, was sie machen. Er führt mich an der noch mäßig gefüllten Tanzfläche vorbei und bleibt vor einer schwarzen Tür stehen. Irgendjemand hat an sie sehr kunstvoll mit silbernem Edding »Crew only!« geschrieben. Er schließt auf und wir landen in einem kleinen, nach kaltem Rauch riechenden Raum mit großem Sofa und dreckigem Glastisch. »Ist für die Crew. Falls die mal kurz chillen wollen oder so.« Oder so. Sehr interessant. Ich ziehe meinen Mantel aus.

Er dreht sich zu mir, macht eine kurze Pause und lässt seinen Blick über mich gleiten. »Du siehst echt sexy aus.«

Es leben die Männer mit Hintergedanken!, freue ich mich im Stillen und lächele ihn herausfordernd an. »Danke.« Er versteht meine Aufforderung, kommt auf mich zu und bleibt dicht vor mir stehen. Er neigt seinen Kopf und küsst mich langsam und intensiv. Welch gute Entscheidung, mich bei ihm zu melden! Wir küssen immer leidenschaftlicher, seine Hände landen auf meinem Po. Ich spüre seinen kleinen Bauch durch seine dicke Jacke und ziehe sie ihm aus. Ich bin so scharf, wie ein fünfzehnjähriger Junge am ersten Sommertag am FKK-Strand sein muss.

Theo presst seinen Ständer gegen mich. Ich werde feucht und stöhne leise. Er öffnet mit seiner Hand meinen Kiefer noch ein Stück weiter und schiebt mir gekonnt seine Zunge ganz tief in meinen Mund. Seine Gier törnt mich wahnsinnig an. Meine Muschi prickelt wie ein frisch eingegossenes Glas Sekt. Ich presse meine Hüfte gegen seine. Er schiebt seine Hand unter mein Kleid. Unter meinen String. Seine Finger gleiten in mich. Strapse sind einfach praktisch! Ich stöhne lauter, öffne seine Hose, hole seinen Schwanz raus und fange an, ihm einen runterzuholen. Wir werden immer lauter, können nicht aufhören, uns zu küssen. Dumpf dröhnt die Musik durch die Wände.

Er zieht sich Pulli und Shirt aus, seine Mütze fällt runter. Kurze braune Haare kommen zum Vorschein. Er schiebt mich auf das Sofa und legt sich auf mich. Wie viele Leute hier wohl schon gefickt haben? »Hast du Kondome?«, frage ich. Oh, wenn ich nüchtern bin, kann ich so anständig sein! Er springt regelrecht auf, kramt aus der Innentasche seiner Jacke ein Gummi, rollt es sich über und setzt sich zu meinen Füßen aufs Sofa. »Setz dich auf mich!«, sagt er bestimmt. Ich richte mich auf, ziehe mein Kleid aus, schiebe meinen String beiseite und nehme auf seinem prächtigen Schwanz Platz. Er sieht mir fluchend vor Geilheit dabei zu. (»Scheiße macht mich das an! Oh Scheiße …!«) Ich sauge ihn förmlich in mich auf. Er drückt sein Gesicht zwischen meine kleinen Brüste und lässt mich ihn reiten. Er flucht in mein Dekolleté: »Fuck, oh ja …«, wirft seinen Kopf zurück und sieht mich an. Wir ficken uns mit den Augen und es dauert nicht lange, bis wir beide kommen.

Als Theo seine Hose wieder hochgezogen hat, greift er in seine Taschen und legt ein kleines Etui auf den schmutzigen

Glastisch. Er reibt sich die Hände: »So Baby, und jetzt geht die Party richtig los!« Es gibt also Männer, die keine Ruhepause nach dem Sex brauchen! Ich ziehe mir wieder mein Kleid an und streiche meine Haare glatt. Werfe noch einen Blick in meinen kleinen Handspiegel, den ich immer bei mir habe, und begutachte mich. Mein Make-up sitzt noch einwandfrei, meine Wangen sind rosig. Theo grinst mich an. »Ihr Mädels immer mit eurem Schminktick!« Er schüttelt den Kopf und legt einen kleinen Spiegel auf den Tisch. Außerdem eine Kreditkarte, einen Hunderteuroschein und ein kleines weißes Briefchen.

Ich setze mich neugierig neben ihn. Ich habe noch nie gekokst. Er öffnet das Briefchen, streut ein wenig von dem Koks auf den Spiegel, zerhackt es mit der Kreditkarte und portioniert es in vier Lines. »Ich liebe diese Zeremonie!«, sagt er mehr zu sich als zu mir. Dann rollt er den Schein und gibt ihn mir. »Willst du? Damit fickst du noch besser!« Mein Herz klopft schneller. Es reizt mich! Liegt verboten lockend vor mir. Das Gesicht meines Vaters erscheint mir. Er schließt die Augen und schüttelt den Kopf. Ich verwerfe den Gedanken. Das Leben liegt auf dem Silbertablett vor mir. Und ich greife zu. Schnappe es mir, koste es aus. Die Konsequenzen existieren für mich nicht. Ich bin Single, ich bin jung, ich darf das.

Also nehme ich den Schein, setze ihn an einem Nasenloch an, halte mir das andere mit dem Zeigefinger zu und schniefe das Koks. Meine Nase wird taub, ich ziehe noch einmal hoch und tupfe meine Nase ab. Ich gebe Theo den Schein. »Geil, oder?«, fragt er. Ich nicke, noch ein bisschen von der Taubheit überrascht. Doch schon als Theo seine Line schnieft, habe ich Lust auf die andere. Ich beobachte ihn bei seinem Zug, dabei, wie er sich danach Koks auf sein Zahnfleisch schmiert. Wieder reicht er mir den Schein. Ich schniefe noch einmal, diesmal durch das andere Nasenloch. Anschließend massiert mir Theo Koks in mein Zahnfleisch. Theos Finger spielt noch kurz mit meiner Zunge, ich lutsche an ihm, mein Mund wird taub. Theo zieht seine Line, wir stippen noch unsere Zigaretten in die wenigen Reste auf dem Spiegel und rauchen sie. Laut hämmert der Bass durch die Wände, wir schweigen. Und dann durchkribbelt es meinen ganzen Körper. Ich will nicht mehr sitzen. Ich will tanzen!

Wir lassen unsere Jacken in dem Raum und gehen zu dem (nach dem DJ) zweitwichtigsten Mann auf einer coolen Party – dem Barkeeper. Theo begrüßt ihn mit Handschlag und stellt uns vor. Barkeeper Ali ist groß und breit. Er sieht aus wie ein Stier und könnte auch glatt als Türsteher durchgehen. Er schenkt uns zwei Wodka Red Bull ein und unterhält sich kurz mit Theo. Ich trinke, ohne wirklich etwas zu schmecken. Mein Blick wandert durch den Raum. Die Wände sind sehr hoch, teilweise noch gekachelt, an manchen Stellen sind die Fliesen abgesprungen und legen bröckelnden Putz frei. Der ganze Club ist in ein dunkles, orangefarbenes Licht getunkt, Lichtblitze zucken im Rhythmus der Musik. Die Feiernden johlen. Mittlerweile ist es richtig voll geworden.

Ich trinke noch einen großen Schluck und gehe auf die Tanzfläche. Schließe die Augen, gebe mich der Musik hin. Lasse mich von ihr tragen. Springe von Beat zu Beat. Tanze. Und kann nicht aufhören. Keine Ahnung wie lange. Dann spüre ich zwei Hände auf meinen Hüften. Ich drehe mich um und sehe in Theos Gesicht. Er küsst mich. Ich drücke meinen Po an seinen Schritt. Er hat schon wieder einen Ständer. Ich lächele, er beißt in meinen Hals. Greift meine Brüste. Ich tanze erregt weiter. Die Lichtblitze zucken, es ist heiß. Ich reibe mich ein bisschen mehr an ihm und genieße seine Geilheit. Auch ich bin schon wieder scharf. Er stöhnt in mein Ohr. Ich bekomme Gänsehaut. »Ich will dich«, raunt er, »jetzt!«

Ich nehme seine Hand von meiner Brust und platziere sie unter meinem Kleid zwischen meinen Beinen. Niemanden außer uns scheint das zu interessieren. Und selbst wenn, es wäre mir egal. Er schiebt seine Finger unter meinen knappen String. Meine Hüften bewegen sich langsam. Er massiert meinen Kitzler, ich greife mit einer Hand in seinen Nacken. Atme schneller. Wir küssen uns, seine Finger sind in mir, es gibt nur noch uns.

Es ist, als habe die Musik mich gepackt, sie reißt mich mit. Beherrscht meinen Körper, ich mache, was sie will. Und auch Theos Finger lassen sich von ihr leiten, werden mit ihr schneller und langsamer. Mein Stöhnen wird von der Musik verschluckt.

Theo atmet schneller. »Ich will dich ficken!«, keucht er in mein Ohr. Er zieht seine Finger aus mir raus und leckt sie ab. Ich drehe mich zu ihm um, umfasse durch die Jeans seinen Schwanz. Er ist so hart, dass er ihm bestimmt schon wehtut. Wir küssen uns, er zieht mich in Richtung des »Crew only!«-Raums. Er ist glücklicherweise leer. Kaum haben wir die Tür von innen abgeschlossen, dreht er mich um, zieht grob mein Kleid hoch, sich die Hose runter und nimmt mich sofort von hinten. Hart und geil stößt er in mich. Ich werde gern von hinten genommen. Ich mag es, die Kontrolle abzugeben, sie dem Mann zu überlassen. Nach einer gefühlten Ewigkeit kommt er und spritzt mir auf die Pobacken. Meine Haut glänzt verschwitzt im matten Licht des kleinen Raumes. Ich habe jetzt schon Muskelkater zwischen den Beinen und einen irrsinnig trockenen Mund. Trotzdem fühle ich mich wie ein bunt leuchtender Super Mario im Unbesiegbarkeitsmodus: Ich könnte sofort weitermachen.

Theo und ich feiern und ficken die ganze Nacht in unserem zeitlosen Paralleluniversum. Im Morgengrauen fahren wir mit dem Taxi nach Hause. Er zu sich, ich zu mir. Die Nacht war unglaublich. Ich lasse sie nachwirken, sehe aus dem Fenster. Beobachte die Leute, die zur Arbeit fahren, Kinder, die zur Schule gehen. Bäckereien verkaufen heißen Kaffee an einem frischen Morgen. Berlin fliegt an mir vorbei. Ich bin glücklich. So frei, wie ich immer sein wollte.

*

Ich schlafe nicht lange. Um zehn Uhr bin ich schon wieder wach. Wachheit ist in diesem Falle nicht gleichzusetzen mit dem Gefühl, Bäume ausreißen zu können. Glücklicherweise muss ich das aber auch nicht. Heiß dampft mein Kaffee vor sich hin, aber mein Kopf dröhnt dermaßen, dass mir selbst das Heben des Bechers zu anstrengend erscheint. Außerdem habe ich Muskelkater vom Radfahren und Tanzen. Wahrscheinlich auch vom Sex. Wusste gar nicht, dass der auf Koks so gut ist. Meine Nase läuft, ich bin wach und erschöpft zugleich, als könne mein Körper sich nicht entscheiden. Und dennoch geht es mir gut: Endlich habe ich das Gefühl zu leben.

Später geht es mir (vier Aspirin sei Dank) wieder etwas besser. Die Sonne scheint, es ist ungewöhnlich mild für Ende Februar. Ich liebe die ersten Frühlingstage. Sie sind so wunderbar vielversprechend auf lange Sommernächte, sonnengebleichte Haare und braune Haut. Der Geruch einer nahen Autowaschanlage liegt über der Straße, Taubenmännchen werben laut gurrend und unermüdlich um die Gunst der Taubendamen. Ich sitze auf der langen Bank vorm Emma's, einem kleinen Coffeeshop mit Stuckdecke und einem wahnsinnig verführerischen Angebot an Snacks und Kuchen. Da das Emma's nur wenige Straßen von meiner Wohnung entfernt liegt und ich momentan einfach zu faul zum Kochen und süchtig nach Karamell-Macchiato bin, bin ich fast jeden Tag da. Karamellsirup ist einer meiner großen Lieben! Besonders der im Emma's ist so lecker: dickflüssig und doch noch leicht genug, dass er ohne Probleme auf dem Milchschaum liegt (meist gitterförmig), bis ich ihn genüsslich gelöffelt habe, als sei er Joghurt. Ich weiß, dass er große Mitschuld an meinen ständigen Diäten trägt, aber er ist einfach zu gut, um auf ihn zu verzichten. Außerdem trage ich Kleidergröße 38 (okay, manchmal auch 40) und fände ein Leben ohne Süßes einfach zu langweilig.

Auch jetzt steht wieder Karamell-Macchiato mit abgelöffelter Haube neben mir. Ein rosafarbener Lipgloss-Halbmond klebt am Rand des Bechers. Die Kombination aus Koffein und Zucker tut gut und weckt mich auf. Ich strecke mein müdes Gesicht der Sonne entgegen. Zum Glück wird es wieder wärmer.

»Entschuldige, ist neben dir noch frei?«, fragt eine sanfte Männerstimme. Ich nicke, ohne meine Augen zu öffnen. Das ist mir eindeutig zu anstrengend. Der Mann zur Stimme setzt sich neben mich. »Zigarette?« Ich muss kurz überlegen. Besser nicht. Meinem Kopf geht es gerade wieder besser. »Nein danke«, nuschele ich. Meine Stimme klingt so müde, wie ich mich fühle. »Bist wohl nicht so gesprächig, was?« Meine Güte! Merkt der Typ nicht, dass ich einfach meine Ruhe haben will? Ich atme tief ein, öffne die Augen, um dem Laberfritzen jetzt mal gehörig die Meinung zu sagen: Nein, heute bin ich nicht gesprächig. Heute bin ich zickig und verkatert, weil ich die ganze Nacht gefickt und gefeiert habe. Ich will hier einfach nur sitzen, meine Ruhe haben und die Sonne genießen. Ist denn das so schwer zu verstehen?!

Aber als ich die Augen öffne, sehe ich in die freundlichen Augen eines sympathischen Mannes um die dreißig. Also höre ich mich sagen: »Sorry, war eine lange Nacht. Na ja, eigentlich eine kurze. Wobei … ist ja eigentlich auch egal.« Innerlich ziehe ich mich selbst damit auf, dass ich so leicht zu beeindrucken bin. Er nimmt eine Zigarette aus der Schachtel. »Na ja, vielleicht hast du Lust, auch mal mit mir auszugehen.« Männer sind einfach faszinierend. An den Tagen, an denen ich mich am unattraktivsten fühle, werde ich eindeutig am meisten angebaggert. Meine Lieblingssneaker von Adidas in Weiß-Rot sitzen locker, meine Jeans ist ausgewaschen. Ich habe meine Haare zu einem kleinen Knoten zusammengebunden, trage einen dunkelbraunen Pulli, eine khakifarbene Jacke, eine Pilotensonnenbrille. Außerdem habe ich bestimmt noch eine Fahne (wer sagt eigentlich, dass man die von Wodka nicht bekommt?) und muss mir andauernd die Nase putzen. Scheißkoks. Ob der auch noch mit mir weggehen will, wenn ich meine Sonnenbrille abgesetzt habe? Ich halte die Möglichkeit, dass er schreiend wegläuft, für realistischer.

»Du hast ja ein Tempo drauf«, brumme ich und trinke einen Schluck. »Tja, was soll man machen? Ich packe die

Gelegenheit halt gern beim Schopf! Und wenn ich es nicht gemacht hätte, würde ich mich sicherlich den Rest meines Lebens darüber ärgern.« Er lächelt mich an. Seine Augen sind blau. Der Spruch war kitschig und blöd. Trotzdem höre ich mich kichern. »Jetzt 'ne Zigarette?« Er hält mir die Schachtel hin. Ich nehme mir eine und lasse mir von ihm Feuer geben. »Danke.« Unsere Blicke treffen sich. Seine Haare sind rasiert, die Glatze steht ihm. Dunkelblonde Bartstoppeln umspielen seinen schmalen Mund.

Ich lächle. Das kann doch nicht sein! Vielleicht ist es die warme Luft oder der Restalkohol … aber ich flirte! Und das trotz einer heißen letzten Nacht … Ich hätte nie gedacht, dass das Singleleben so viel Spaß macht!

Ich puste den Rauch der Frühlingssonne entgegen. »Machst du das immer so?« Habe ich das jetzt wirklich gesagt oder nur gedacht? Mein Kater entpuppt sich als extrem heimtückisch! Sein »Was meinst du?« beantwortet meine Frage. Ich finde sie selbst so ausgesprochen dämlich, dass ich mich am liebsten in meinem Karamell-Macchiato ertränken möchte. Es ist peinlich. Und eigentlich ist es mir auch egal, ob »er immer so« Mädchen anspricht. Mein Kopf begibt sich auf die Suche nach einer Aussage, die mich rettet. Er strengt sich an, aber die kreative Seite meines Gehirns zeigt mir den Mittelfinger. »Unschuldige Mädchen zum Rauchen verführen«, höre ich mich sagen. Oh Gott! Ich sollte auf der Stelle gehen, bevor es noch schlimmer wird. Könnte auch der Dialog aus einem schlechten Porno sein. Er lacht. »Ja, ich gehe den ganzen Tag durch die ganze Stadt und mache nichts anderes. Und dann frage ich meine unschuldigen Opfer nach ihren Namen.« Dankbar, dass wir das Thema wechseln können, antworte ich:

»Rosa.« »Ernsthaft? Ist ja süß.« Okay, es steht eins zu eins in der Schlacht der blöden Sprüche. Jetzt muss ich es ihm zurückgeben! Breitseite! Aber nichts passiert. Wo ist die Schlagfertigkeit, wenn man sie braucht?! Sie ist weg. Weit weg. Betrunken schläft sie ihren Kater aus und lässt mich mit diesem Fritzen allein. Ich schnaube verächtlich.

»Was?«, fragt er lachend. »Ich finde, der Name passt zu dir. Du bist süß, dein Name ist süß.« Ich bin gleichermaßen geschmeichelt und angewidert von seiner Charmeoffensive. »Und wie heißt du? Casanova?«, scherze ich. »Adrian.« Wir geben uns die Hände. Genau in dem Moment erklingt Alicia Keys' *If I ain't got you* aus dem Emma's auf die Straße. Ich liebe diesen Song, auch wenn er mich immer an das erste Date mit Hendrik, meinem Ex-Wurm, erinnert. Damals waren wir glücklich und frisch verliebt, mein Kinn ganz wund von unserem ständigen Rumgeknutsche. Ich seufze und merke leise Sehnsucht nach einer liebevollen Umarmung in mir aufsteigen. Auch wenn sie nicht von Hendrik sein muss.

»Willst du noch was trinken?«, reißt mich Adrian aus meinen Gedanken. Er hat vor mir bemerkt, dass mein Becher leer ist. Sehr aufmerksam. Ich glänze heute lieber durch eine gewisse Verpeiltheit. »Vielleicht einen frisch gepressten O-Saft? Wirkt Wunder ...« Ach, warum eigentlich nicht. Bauchpinselei tut mir heute ganz gut. Ich muss gepflegt werden, ich versoffenes Ding. Adrian verschwindet im Laden und kommt mit Saft und Muffins zurück. »Zucker und Vitamine. Die beste Kombi.«

Meine Schwäche für Süßes gewinnt mich endgültig für ihn. Wir unterhalten uns, bis die Sonne wieder hinter den Häusern verschwindet. Ein schöner Tag. Und das trotz des Katers. Ich stehe auf, bedanke mich für seine Einladung und das nette Gespräch. »Rosa, warte!«, er sieht auf seine Füße und dann wieder mir in die Augen. »Ich würde dich echt gern wiedersehen. Gibst du mir deine Nummer?«

Ich weiß nicht, ob es Sehnsucht nach liebevoller Nähe oder mein Kater ist, aber ich schreibe sie ihm auf eine Papierserviette und verabschiede mich mit zwei Küsschen. Seine erste SMS lässt nicht lange auf sich warten. Kaum bin ich um die Ecke gebogen, surrt mein Handy. *Komm gut nach Hause, süße Rosa. Adrian.*

»Kitsch-Typ«, murmele ich zu mir. Und doch freue ich mich: Alle Männer, die ich, seitdem ich Single bin, getroffen habe, scheinen mich auf Händen zu tragen, mich zu begehren. Hoffentlich bleibt mein Leben so – ein einziger Glückszustand!

*

Adrian und ich treffen uns am Samstag zum Frühstück im Emma's. Ich habe mir einen Jeansrock angezogen, eine Woll-Strumpfhose (tragischerweise haben meine Strapse die Nacht mit Theo nicht überlebt und ich war bisher zu faul, mir neue zu kaufen) und Ankleboots. Adrian sieht genauso aus wie das letzte Mal. Immerhin bemerkt er, dass ich mir Mühe gegeben habe. »Süß siehst du aus!«, begrüßt er mich. Langsam glaube ich es selbst. Die von Hendrik gesäten Selbstzweifel verschwinden allmählich. Wir verbringen einen zauberhaften Vormittag. Adrian erzählt mir, dass er für den Naturschutzbund arbeitet. Alter Öko. Alter *heißer* Öko.

Nach dem Frühstück bummeln wir durch den Kiez. Schlendern über den Flohmarkt am John-F.-Kennedy-Platz, stöbern in Bücherkisten, amüsieren uns über alte Puppen mit verfilzten Haaren und weit aufgerissenen Augen. Sie sehen so gruselig aus, als wollten sie uns augenblicklich mit ihren kleinen Händen erwürgen. Er legt seinen Arm um mich. Ich fühle mich wohl und geborgen. Hatte ganz vergessen, wie es ist. Später küssen wir uns vor meiner Haustür. Ich komme mir vor wie in einem kitschigen Hollywoodfilm. Tja, auch solche Tage müssen sein. Anders als die Mädels im Film bitte ich ihn aber noch herein. Manchmal ist es doch ganz gut, in der Realität zu leben.

Außerdem habe ich nie verstanden, warum manche Frauen beim ersten Date keinen Kuss oder Sex wollen. So weiß man doch gleich, was man an dem Mann (nicht) hat und ob sich ein zweites Date überhaupt lohnt. Wenn der Typ einen nur ins Bett kriegen will, wird er einen auch nach dem Sex nach mehreren Dates nicht mehr anrufen. Ist er interessiert, bleibt er so oder so. Ganz einfach.

Ich zeige Adrian meine Wohnung. Anders als mit Alex schaffen wir es über den Flur hinaus ins Schlafzimmer. Wir legen uns aufs Bett. Er ist sehr zärtlich. Vielleicht ein bisschen zu zärtlich. Er streichelt und massiert mich eine gefühlte Ewigkeit, obwohl ich noch angezogen bin. Ganz ungewohnt nach den letzten Nächten. Ich versuche mich zu entspannen und schlafe fast ein. Ist das jetzt Tantra? Bestimmt falsch praktiziertes. Ich bin kaum erregt, was vielleicht auch an der sexuellen Anziehung zwischen uns liegt – die ist nämlich eher mäßig ausgeprägt.

Wird Zeit, dass ich die Sache ein bisschen beschleunige. Ich setze mich auf ihn, zieh mir Jäckchen und T-Shirt aus, schiebe seinen Pulli nach oben, küsse seinen behaarten Bauch. Er atmet schneller. Ich spüre seinen Ständer zwischen meinen Beinen, bewege mich leicht vor und zurück. Er richtet sich auf, streift sich seine Klamotten ab. Na also, geht doch. Er öffnet meinen BH, küsst meine Brüste. Ganz vorsichtig. Es kitzelt fast. Ich bekomme Gänsehaut. Wir küssen uns, ich drücke ihn zurück, ziehe seine Hose aus. Er trägt karierte Boxershorts. Ich dachte, mit 19 hören Männer auf damit und bevorzugen etwas Stilvolleres? Egal, ich ziehe sie ihm sowieso im nächsten Moment aus. Es ist immer ein bisschen so, wie eine Wundertüte zu öffnen. Man weiß nie, was einen erwartet. Ob groß, klein, dünn, dick, gerade, gebogen – die Form und Größe eines Penis lässt sich einfach nicht erahnen. Weder durch die Größe von Nasen, Fingern, Händen oder der Körperstatur. Adrian hat einen schönen Schwanz. Er ist leicht gebogen, durchschnittlich groß und schön hart.

Ich fange an, ihm einen zu blasen. Lutsche an seiner Eichel. Adrian stöhnt auf. Zwischen den Beinen eines Mannes zu sein, sein wertvollstes Körperteil im Mund zu haben macht mich irrsinnig an. Ich habe die totale Kontrolle. So, als zöge ich an den Fäden einer Marionette. Und meiner Marionette gefällt, was ich mache. Seine Hände krallen sich in meine rosafarbene Tagesdecke, seine Hüften bewegen sich immer schneller. Er keucht. Grunzt.

Auf einmal wird unser Treiben von der *Pink Panther*-Titelmusik begleitet. Oh nein! Mein Handy klingelt. Und dann ist es auch noch der Klingelton, den ich meiner Mutter zugeordnet habe! Als ob sie sich passend zur Musik anpirschen würde. Ich stelle mir vor, wie sie um die Ecke linst, und muss lachen. Dabei verschlucke ich mich an meiner eigenen Spucke. »Alles okay?«, fragt Adrian fast besorgt. Ich antworte nicht, sondern huste kurz. Beim Sex mit Alex hätte ich es vor lauter Ekstase bestimmt nicht wahrgenommen ... Mein Handy verstummt. Ich mache weiter. Nehme seinen Schwanz ganz tief in den Mund. Er wird immer lauter. Kurz bevor er kommt, massiere ich mit der Hand seine Eichel und lasse mir von ihm auf meine Brüste onanieren. Erschöpft sieht er mich an. »Und jetzt schlafen ...«, seufzt er zufrieden. Nein! Nicht schlafen! Ich will Sex haben! Zumindest geleckt oder gefingert werden! Zu spät. Er hat die Augen geschlossen und atmet schwer. Adrian ist eingeschlafen.

Ich stehe auf und gehe ins Bad. Na toll. Samstagabend, ich bin unbefriedigt zu Hause und kann nicht weg, weil Adrian in meinem Bett pennt. Ihn aufzuwecken bringe ich nicht übers Herz. Manchmal bin ich wirklich zu nett! Ich dusche und rufe danach meine Mutter zurück. Bereits nach dem ersten Klingeln hebt sie ab. Anscheinend hat sie schon auf meinen Anruf gewartet.

Wir telefonieren kurz, besprechen, dass ich zu ihrem Geburtstag im Sommer nach Hamburg fahre. Hatte also doch was Gutes, dass ich heute hiergeblieben bin: Wenigstens meine Mama ist glücklich. Und die Aussicht, mich von ihr mit gutem Essen vollstopfen und mich aufpäppeln zu lassen, erfreut mich. Meine letzten Wochen waren zwar fabelhaft und befriedigend, aber eben auch sehr anstrengend.

Obwohl ich nicht müde bin, gehe ich jetzt auch ins Bett. Adrian hat sich mittlerweile unter die Decke gelegt und sich schön breit gemacht. Warum sollte er auch Platz für mich lassen? In seiner Welt habe ich schließlich auch kein Anrecht auf einen Orgasmus. Ich lache still über mich selbst, schiebe ihn ein bisschen zur Seite und lege mich hin.

Normalerweise bin ich kein Fan von Übernachtungen nach einer gemeinsamen Nacht. Der nächste Morgen ist meistens unangenehm, man weiß nicht, was man sagen soll, wird am besten noch genötigt, den anderen zu küssen, bevor man Zähne geputzt hat ... Und nachts gibt's Gegrunze und Geschnarche, weswegen ich meistens kein Auge zubekomme ... Auf diese Art von Intimität kann ich gut verzichten. Aber ihn jetzt rauszuschmeißen wäre auch komisch. Mir fällt auf, dass es die erste Nacht seit der Trennung von Ex-Wurm Hendrik ist, die ich neben einem anderen Mann verbringe. Bei dem Gedanken an ihn werden böse Erinnerungen wach. Es war einfach zu heftig, solche Angst vor jemandem zu haben, den man noch ein paar Minuten zuvor als seinen Freund bezeichnete. Zum Glück lässt er mich jetzt in Ruhe. Hoffentlich bleibt es auch so! Mit diesem Gedanken schlafe ich langsam ein.

*

Am nächsten Morgen wache ich vor Adrian auf. Er merkt nicht, dass ich über ihn klettere, er rollt sich grunzend auf den Bauch und schläft weiter. Sein Arm und sein Fuß hängen aus dem Bett. Nicht muskelbepackt. Aber auch keine Pommesarme. Haarfreie, breite Schultern. Nicht schlecht ... Ich gehe schnell ins Bad, um zu prüfen, wie ich aussehe. Ohne Spiegel wäre ich wirklich verloren ... Adrian kommt rein, als ich mir gerade die Zähne putze. Er lächelt mich verschlafen an, streichelt kurz meinen Po. Komme mir fast schon wieder vor, als sei ich in einer Beziehung: schlechter Sex, gemeinsames Aufwachen ... Adrian stützt seine Hände in die Seiten, holt tief Luft und fängt laut an zu würgen. Anschließend spuckt er einen dicken Schleimbatzen ins Waschbecken.

... keine Hemmungen davor, eklige Sachen zu machen ...

Zäh und gelb klebt der Klumpen im Becken. »Was raus muss, muss raus!«, sagt er stolz und küsst mich auf die Wange. Entsetzt sehe ich ihn an, wische den Kuss von der Wange und drehe schnell den Wasserhahn auf. So etwas Widerliches ist mir ja noch nie passiert! Und das am frühen Morgen! Mich schaudert es. Das ist mir dann doch zu viel Nähe. »Adrian, das ist ziemlich ekelhaft!«, versuche ich, so deutlich es mit Zahnpasta im Mund eben geht, zu sagen.

»Ach komm, stell dich doch nicht so an«, gibt er schroff zurück. »Ist doch ganz natürlich!«

Ich traue meinen Ohren nicht, spucke die Zahnpasta aus. »Mit Sicherheit ist es ›natürlich‹! Aber ich muss nicht alles sehen oder hören, was natürlich ist! Besonders nicht, während ich Zähne putze!«, zicke ich zurück.

»Wie gehst du denn gleich ab! Meine Güte! Ich dachte, du wärest cool ...!« Ich spüre, wie ich die Kontrolle über die Situation verliere, schnappe nach Luft, will etwas sagen, aber er geht wütend aus dem Badezimmer. Soll ich mich entschuldigen? Schließlich wollte ich mich nicht deswegen streiten. Und er ist auch ein netter Typ ... Nein! Er müsste sich entschuldigen, ich habe nichts falsch gemacht. Und nach gestern Nacht scheine ich auch nicht viel zu verpassen, wenn sich nicht mehr zwischen uns entwickelt. Plötzlich knallt ziemlich laut meine Haustür ins Schloss.

»Adrian?«, frage ich. Stille. Ich gucke noch einmal in jeden Raum meiner Wohnung, nur um sicherzugehen, dass er wirklich weg ist. Tatsächlich ist er abgehauen. Ich fühle mich ganz komisch, habe ein flaues Gefühl im Bauch. Mein erster gemeinsamer Morgen mit einem Mann nach der Trennung ist ja mal so richtig in die Hose gegangen. Vielleicht habe ich tatsächlich überreagiert. Oder ich bin einfach nicht geschaffen für so viel Zweisamkeit.

Die andere Dimension

»Alle großen Verführer wissen, dass man
Frauen erst die Augen öffnen muss, damit sie
sie schließen können.«   HENRY MILLER

Nach dem Desaster mit Adrian habe ich das dringende Bedürfnis, mal wieder so richtig gefickt zu werden. Auch wenn Alex sich seit längerer Zeit nicht mehr gemeldet hat, lasse ich es auf einen Versuch ankommen – ich schicke ihm eine SMS. Etwas unsicher frage ich mich, ob er vielleicht wie Theo, der sich nie wieder gemeldet hat, auch zu der Sorte Männer gehört, die nach einem bis viermal Sex keine Lust mehr auf Sex mit der gleichen Frau haben. Doch er antwortet nach wenigen Minuten und so treffen wir uns ein paar Tage später an einem Freitagabend in seiner Wohnung. Neben meiner Vorfreude auf großartigen Sex bin ich natürlich gespannt darauf, wie er lebt.

Der Altbau am Mehringdamm ist recht runtergekommen. Der Putz bröckelt von der grauen Fassade, Graffiti und wild tapezierte Plakate zieren die Hauswand. Typischer Kreuzberg-Schick. Die umliegenden Bars und Restaurants sind voll, Stimmengewirr mischt sich mit lautem Indierock, Zigarettenrauch mit dem Geruch von frischer Pizza. Fröhliche Leute jeden Alters sind auf der Straße, rauchend und trinkend den ein oder anderen Obdachlosen ignorierend.

Bevor ich an der Tür klingele, kontrolliere ich noch einmal kurz mein Make-up in meinem Handspiegel (nichts verschmiert! Noch nicht ...) und zupfe mein geblümtes Sommerkleidchen zurecht. Eigentlich ist es für den dünnen Stoff noch viel zu frisch, aber wenn es doch so hübsch aussieht ... Manchmal muss man eben Prioritäten setzen. Außerdem ist mein sexy Kleid das beste Lockmittel für Alex' geschickte Finger. Ich kann es kaum erwarten, sie in meiner glatten und weichen Spalte zu spüren. Schließlich war ich gestern beim Waxing. Heißt im Klartext: Ich habe mir die Schamhaare zwischen den Beinen rausreißen lassen. Ja, es tut weh, aber Waxing bietet einfach zu viele Vorteile, um darauf zu verzichten: Erstens: Ich bin ungefähr zwei Wochen wie frisch rasiert und damit auch bestens für Spontansex gerüstet! Zweitens: Die Männer lieben es und lecken Pussy und Rosette gleichermaßen. Drittens: Es gibt keine lästigen Pusteln wie nach dem Rasieren.

Mit Gänsehaut auf den Wangen drücke ich schließlich die Klingel.

Alex überfällt mich regelrecht, als ich seine Etage erreiche. Er lehnt an der Tür, kommt auf mich zu, zieht mich mit einem festen Ruck an sich, ohne ein Wort zu sagen. Dafür, dass er sich so lange nicht gemeldet hat, scheint er mich ganz schön vermisst zu haben. Er riecht frisch geduscht. Allein sein Geruch versetzt mich in Ekstase. Unsere Blicke packen sich, er küsst mich. Im nächsten Moment gleitet seine warme Hand unter mein Kleidchen und wird heiß und feucht begrüßt. Ich bin sehr schnell sehr erregt. Das weibliche Pendant zu einem steinharten Penis. Er sieht mich an. Seine Augen blitzen. Ich atme schneller, spüre seinen fabelhaften Ständer durch den Stoff seiner Jeans und stöhne vor Vorfreude leise auf. Warum habe ich eigentlich so lange mit einem Wiedersehen gewartet? Noch nie habe ich eine derartige sexuelle Energie zwischen mir und einem Mann gespürt. Alles, was er mit mir macht, erregt mich, macht mich willenlos. Ich bin wie Wachs in seinen Händen, zerfließe und er formt die schönsten Skulpturen daraus.

Wir stolpern küssend in seine Wohnung. Vorerst bleibt sie von meinen neugierigen Blicken verschont. Schließlich bin ich viel zu sehr mit Alex beschäftigt. Meine Jacke landet auf dem Boden im Flur, mein Kleid schafft es immerhin noch in den nächsten Raum, der nur aus einem riesigen, hellen Sofa zu bestehen scheint. Eine kleine Lampe schenkt schwaches Licht, leise läuft ein Song von den Beatsteaks.

Unsere Lippen sind süchtig nacheinander, können nicht voneinander lassen. Kurz lässt er mich los, damit wir uns hektisch ausziehen können. Unsere nackte Haut fühlt sich unbeschreiblich gut aneinander an. Jede Berührung ein kleiner, angenehmer Stromschlag. Wir fallen regelrecht auf die Couch, die gepolsterte Liegewiese. Seine Hände scheinen überall gleichzeitig zu sein. Gerade als ich denke, dass es fast nicht besser geht, hört Alex auf, meine Lippen zu küssen, und begibt sich zielstrebig zwischen meine Beine.

Langsam und genüsslich fängt er an, mich zu lecken und mir zwei Finger reinzustecken. Zwischendurch macht er kurze Pausen, nur um mir direkt in die Augen zu sehen und genüsslich zu flüstern, wie gut ich schmecke. Es sind die ersten Worte, die wir heute wechseln und die mir das Gefühl geben, als sei ich das Delikateste, was er je geschmeckt hat. Ich könnte mich gerade nicht besser, nicht begehrter fühlen. Ich liebe Alex dafür, dass er so ein großer Fan von meiner Vagina ist! Während meiner Scheißbeziehung mit dem Scheißwurm dachte ich tatsächlich, sie sei nicht toll. Schließlich war der Wurm fast nie an ihr interessiert. Ab und zu hatten wir zwar Sex, aber der war meistens unbefriedigend und lahm. Alex hingegen leckt mich, als sei er besessen, und beseitigt damit jeden je da gewesenen Zweifel. Jede Frau bräuchte so einen Mann wie ihn. Keine würde mehr über Schamlippen-OPs nachdenken. Sie würden nicht für einen Chirurgen, sondern für einen großartigen Hengst die Beine breit machen, um ausschließlich zu genießen. So wie ich jetzt gerade.

Es dauert nicht lange, bis ich ziemlich laut und heftig zuckend komme. Als ich mich aufrichten will, um mich zu revanchieren, sagt er: »Nein, bleib liegen. Ich bin noch lange nicht fertig mit dir.« Ich höre in Gedanken das »Ding! Ding! Ding!«, den Gewinnersound eines Spielautomaten. (Jackpot geknackt!) Ich lege mich lächelnd wieder zurück, schließe die Augen, gebe mich ihm hin, spüre ganz bewusst jede Bewegung seiner Zunge, seiner Finger. Mein Körper vibriert regelrecht vor lauter Überempfindlichkeit. Alex leckt mich auch nach meinem zweiten Orgasmus weiter. Ich spüre die Erschöpfung, fühle aber auch, dass ich gleich in einer anderen Dimension landen werde, und will unbedingt wissen, wie es ist, da anzukommen. Jede Berührung von ihm ist mittlerweile so intensiv, dass ich es kaum noch aushalte. Alex scheint ein unermüdlicher Meister des Leckens zu sein, der immer wieder von meinem Stöhnen angespornt wird. Ich schwitze, keuche, weiß nicht mehr, wo oben und unten ist.

Die Stimmung zwischen uns ist derart aufgeheizt, dass die Luft eigentlich schon anfangen müsste zu brennen. Mit dem dritten Orgasmus erreiche ich das nächste, nie zuvor gespürte Level der Befriedigung. Es ist wie in einem Rausch, jede Berührung ist an Intensität nicht mehr zu überbieten. Ich zucke so heftig, dass ich Alex zwingen muss aufzuhören. Er grinst mich stolz an, packt meine Beine, legt sie auf seine Brust und lässt seinen perfekten Schwanz in mich gleiten. Ich kann nicht mehr. Das ist zu gut! Ob ich überhaupt noch ein Wort sprechen kann? Momentan kann ich nur noch stöhnen. Alex fickt mich in eine andere Dimension ohne Raum und Zeit. Hier besteht alles nur aus purer Befriedigung, die so süß ist wie pinkfarbene, triefende Zuckerwatte. Obwohl ich es nicht mehr für möglich halte, komme ich schon wieder und fühle mich der Ohnmacht nahe. Was für ein Wiedersehen!

*

Wir liegen nebeneinander auf seinem Sofa. Alex zündet uns einen Joint an. »Cool, dass wir uns heute sehen!«, unterbricht er die Stille und pustet den Rauch in den kleinen Raum. »Ich wollte dich unbedingt noch treffen, bevor ich abhaue.«

Meine Frage, warum er sich dann nicht gemeldet hat, verkneife ich mir. Eigentlich ist es auch egal. Er ist mir keine Erklärung schuldig, wir sind beide Single und können machen, was wir wollen.

Stattdessen wiederhole ich ungläubig: »Abhaue?« Mein Jackpot soll nicht abhauen!

Er grinst: »Ja! Ich habe endlich meinen Job in der Bar gekündigt und arbeite die Saison in 'nem Club in Spanien! Das wollte ich schon immer mal machen. Raus aus Berlin, rein in die Sonne!«

»Klingt gut!«, lüge ich und gebe mir Mühe, nicht zu ver-
kniffen dabei auszusehen. Mir wäre es natürlich lieber, wenn
er in Berlin bleiben und es mir den ganzen Sommer über
machen würde – schließlich gibt es irrsinnig viele klare Bade-
seen im Berliner Umland, die ich gern mit ihm besucht hätte,
behalte diesen Gedanken aber für mich. Er gibt mir den Joint.
Ich nehme einen tiefen Zug. Sofort fängt es überall in mir an
zu kribbeln. Mein Körper entspannt noch mehr.

»Montag fliege ich! Ich kann es kaum erwarten!«

»Wow, das geht ja schnell!«

Er nickt. »Zum Glück! Habe gerade echt keinen Bock mehr
auf Berlin.« Augenzwinkernd fügt er hinzu: »Dich natürlich
ausgeschlossen. Also wenn dir auch die Decke auf den Kopf
fallen sollte, komm mich einfach besuchen.«

Ich lächle und stelle mir Alex unter der glühenden Sonne
Spaniens vor: Braun gebrannt, die tief sitzende Hose gibt den
weißen Abdruck seiner Badeshorts frei. Sonnengebleichtes
Haar. Warme Haut. Welch Verlockung! Und trotzdem: Mein
Gefühl sagt mir, dass es nicht passen würde, ihn zu besuchen.
Wir sind Freunde, Bekannte, die sich ausschließlich zum Sex
treffen. Ein gemeinsamer Urlaub wäre zu viel des Guten.

Ich schüttele den Kopf. »Ich bin doch gerade erst hierher
gezogen. Ich habe noch lange nicht die Schnauze voll von
Berlin. Aber …«, ich gebe ihm wieder den Joint, »ich finde,
wir sollten unsere letzte Nacht so richtig auskosten!« Und verschwinde unter der Decke, um ihm einen zu blasen. Schnell
hat Alex wieder eine Erektion. Er schiebt die Decke beiseite
und beobachtet mich kiffend mit einem äußerst zufriedenen
Gesichtsausdruck. »Drück ihn mir in meinen Hals!«, hauche
ich ihm zu. Er klemmt sich den Joint zwischen die Lippen,

packt meinen Kopf und folgt meiner Aufforderung. Ich bekomme von diesem Mann einfach nicht genug, kann ihn nicht tief genug in mir haben. Er fickt kurz meinen Hals, bis ich anfange zu würgen, meine Augen tränen. Er stöhnt, bewegt seine Hüften, genießt. Und auch ich bin schon wieder feucht. Wir wiederholen unser kleines, heißes Spielchen, bis er heftig atmend in meinem Hals kommt. »Rosa, du bist der Hammer!«, keucht er außer Atem. »Danke gleichfalls!«, gebe ich zurück und weiß jetzt schon, dass mir nicht nur sein Schwanz fehlen wird.

Er küsst mich. »Du siehst so sexy aus!«, flüstert er. Dabei muss ich furchtbar aussehen, meine Haare sind bestimmt total zerzaust und meine Schminke hat den Tränen mit Sicherheit auch nicht standgehalten. Dennoch weiß ich, dass er es ernst meint, und genieße das Gefühl sinnlicher Verruchtheit.

Wir bestellen uns Pizza, die nach Sex und Joint außergewöhnlich gut schmeckt, trinken Wein, der uns noch breiter werden lässt. Können die Finger kaum voneinander lassen. Irgendwann liege ich auf dem Bauch, sein Kopf ist mal wieder zwischen meinen gespreizten Beinen. Er leckt so fantastisch wie kein anderer zuvor. Und zwar alles! Muschi, Rosette … Ich weiß mal wieder, weshalb es sich lohnt, zum Waxing zu gehen, und frage mich, warum »Leck mich am Arsch« eine Beschimpfung ist – wo es sich doch so gut anfühlt!

*

Am nächsten Morgen wache ich vor Alex auf. Selig schlafend liegt er neben mir. Mein Blick wandert über ihn. Über seine geschwungenen Lippen, die mich so fabelhaft küssen, seine zerzausten, vollen Haare, in die ich so gern greife. Seine starken Arme, die es verstehen, mich zu packen. Mich durchfährt ein Gefühl der Wehmut. Ich werde ihn schon sehr vermissen. Er ist ein toller Mann. Sexy und entspannt, in sich ruhend.

Ich stehe seufzend auf. Ich ignoriere mein Kleid auf dem Boden. Ich habe jetzt keine Lust, mich anzuziehen, und gehe nackt ins fensterlose Badezimmer. Ohne den morgendlichen Blick in den Spiegel fühle ich mich einfach unwohl. Ich sehe mich im Spiegel an. Wasserfester Wimperntusche sei Dank sehe ich gar nicht so schlimm aus, wie ich dachte. Ein bisschen fertig. Aber auch keine dicken schwarzen Ränder um die Augen wie der Panda im Zoo. Im Großen und Ganzen okay. Meine Haare sind zerzaust. Wie immer nach langen Nächten. Sie scheinen ein Eigenleben zu führen … Vielleicht liegt es auch einfach daran, dass Alex so viel Spaß daran hatte, mich an ihnen zu packen … Brrr.

Das Bad ist klein und schlicht, Alex nicht gerade der König der Pflegeprodukte. Verglichen mit meinen ganzen Cremes ist er sehr schlecht ausgestattet und scheint nur das Nötigste zu besitzen. Ich rieche an seinem Duschgel und bekomme Gänsehaut. So riecht er immer. Herb und männlich! Ein wunderbarer Duft, mit dem er bestimmt viele Frauen bezirzt, ohne es zu merken. Alex ist ein echter Held der Frauen, kein Frauenheld. Nach der Badinspektion gehe ich über den engen Flur in die Küche. Sie ist so schmal, dass man sich gerade so umdrehen kann. Dreckiges Geschirr stapelt sich, ein Poster von Sean Connery als James Bond hängt an der Wand. Ich nehme mir ein Glas aus dem Schrank und fülle es mit Leitungswasser. Während ich trinke, sehe ich über einen kleinen Kaktus, der auf der Fensterbank steht, hinaus auf die Straße.

Die Sonne scheint, der Himmel ist blau, ein paar Leute frühstücken in einem Straßencafé. Die Welt scheint so friedlich. Ich versinke in meinen Gedanken, beobachte das Treiben auf der Straße.

Wie es wohl ist, wenn er weg ist? Hoffentlich vergeht die Zeit ohne ihn nicht zu langsam ...

Auf einmal reißt Alex mich aus meiner Welt. Er umarmt mich von hinten und küsst meinen Hals. Ich zucke kurz erschrocken zusammen, bevor ich seine Umarmung genieße – und seinen harten Penis an meinem Po. Alex ist auch noch nackt. Er erregt mich. Ich will ihn wieder in mir spüren! Stelle mich auf die Zehenspitzen, greife mir seinen Schwanz und schiebe ihn mir rein. Wir beide stöhnen fast gleichzeitig auf, seine Hände umfassen meine Hüfte, ich stütze mich auf der Fensterbank ab. Alex fühlt sich so gut an, dass es mir mal wieder völlig egal ist, ob man uns von der Straße aus sehen kann. Außerdem ist es ja auch nicht meine Wohnung.

Er stößt fest und intensiv. Variiert sein Tempo zwischen sehr langsam und schnell. Treibt mich fast in den sexuellen Wahnsinn. Wie soll ich es überhaupt noch ohne ihn aushalten? Er dreht mich um, packt mich, setzt mich zwischen das schmutzige Geschirr auf die Arbeitsfläche und nimmt mich von vorne. Wir knutschen, stöhnen, schwitzen, das Geschirr klappert. Kommen kurz nacheinander. Es ist der perfekte Morgen nach einer perfekten Nacht. Und gleichzeitig ein kleiner Abschied.

Er liebt mich,
er liebt mich nicht

»Viele Frauen wissen nicht, was sie wollen. Aber sie sind fest entschlossen, es zu bekommen.«   PETER USTINOV

Ich sitze auf der kleinen Mauer vor meinem Haus und rauche eine Zigarette. Die Luft ist angenehm mild. Langsam, aber sicher erwacht der Frühling. Morgen habe ich Geburtstag. Ich werde 24. Scarlett und ich treffen uns heute Abend und feiern zusammen, dass ich fast ein Vierteljahrhundert alt werde. Letztes Jahr hätte ich nicht gedacht, dass ich so meinen Geburtstag feiern werde: mit einer tollen Freundin in meiner neuen Heimat Berlin! Ich lächle. Mein Nachbar Rüdiger kommt vorbeigeschlurft. »Tachchen Rosa, alles klar bei dir?« Ach, sein Dialekt ist einfach großartig!

»Moin Rüdiger! Ja, bei mir ist alles gut!«

»Das habe ich mir gedacht!«, grinst er. »Ich hab dich neulich gesehen!« Er kommt ein Stückchen näher. »Und zwar mit einem netten jungen Mann! Ihr habt sehr glücklich ausgesehen! Freut mich, dass du dich so gut eingelebt hast!«

Oh Gott! Er meint Adrian! Oder doch Theo? Oder Alex in der Bar? Ich weiß es gerade selbst nicht so genau und merke, wie ich erröte. Ich lächle höflich in der Hoffnung, dass er meine Unsicherheit nicht bemerkt, und antworte: »Ach, das war nur ein Kollege …«

Mein Handy rettet mich vor Rüdigers Neugierde. Scarlett ruft an.

»Oh, entschuldige, da muss ich ran.«

»Kein Problem!« Er wünscht mir noch einen schönen Tag und trottet weiter.

»Hey Rosa!« Scarlett klingt aufgeregt.

»Du glaubst nicht, was passiert ist! Ich war beim Friseur, schließlich wollte ich für deinen großen Abend doch schick aussehen, sag dem Fritzen extra noch, er soll mir meine Haare stufig schneiden und was macht er? Er schneidet sie gerade ab! Ich meine: Wie blöd kann man denn sein?« Sie redet ohne Pause. Anscheinend ist sie wirklich in Rage. »Jetzt seh ich aus wie zwölf! Selbst mit zwölf wollte ich nicht aussehen wie zwölf!«

Ich kichere über sie und wir verabreden uns für den Abend.

Scarlett und ich treffen uns in ihrer Wohnung. Wir fallen uns in die Arme, schließlich haben wir uns, weil sie beruflich so viel zu tun hatte, lange nicht gesehen. Es tut gut, sie in der Nähe zu haben, sie hat mir ganz schön gefehlt. »Du siehst gar nicht aus wie zwölf!«, sage ich, als wir uns aus der Umarmung lösen. »Im Gegenteil, du siehst heiß aus!«

Sie grinst: »Ja, aber nur, weil ich noch bei einem anderen Friseur war, der meine Haare wieder gerettet hat! Mit meiner komischen Frisur wäre ich ja in keine Bar gekommen. Die hätten mich sofort wieder nach Hause ins Bett geschickt!« Wir stoßen lachend an. Gegen 22 Uhr machen wir uns, schon recht angeheitert, auf den Weg in eine recht überfüllte Bar in der Alten Schönhauser Straße. Wir bestellen Cocktails, unterhalten uns über alles Mögliche, die Stimmung ist ausgelassen. Scarlett erzählt mir von ihrem neuen Chef, der ziemlich streng ist und sie mit Arbeit nur so zuballert. Ben sieht sie momentan kaum noch. »Aber das ist der Preis, den ich zahlen muss, wenn ich mein Ziel erreichen will«, sagt sie. Es klingt müde, erschöpft und für einen kleinen Moment sehe ich eine gewisse Schwäche in ihren Augen. Ich streichle über ihre Hand. »Ach Süße, das tut mir leid! Hoffentlich beruhigt er sich bald wieder …!« Sie lächelt. »Ja, bestimmt. Ben und ich haben schließlich auch schon andere harte Zeiten durchgemacht, da ist diese noch eine von den leichteren. Wie sieht's denn bei dir momentan aus?«

Sofort strahle ich über das ganze Gesicht: »Ach Scarlett, es läuft richtig toll! Ich spreche immer mehr Werbungen und habe vor Kurzem sogar einen Film synchronisiert!«

»Echt? Das wolltest du doch schon immer machen, oder?«

Ich nicke. »Ja! Warum auch immer – aber das war immer einer meiner großen Berufswünsche! Und das Beste: Der Regisseur war so zufrieden, dass er mich anschließend für ein anderes Projekt besetzt hat! Auch beruflich kann ich mich also endlich voll und ganz ausleben!«

»Das freut mich sehr für dich! Was war das für ein Film?«

»So'n Zombie-Film … Musste richtig viel kreischen!«, kichere ich.

»Wie cool! Darauf trinken wir! Und …«, sie sieht auf die Uhr, »darauf, dass du in einer halben Stunde 24 wirst!« Wir stoßen lachend an.

Ich lasse meinen Blick durch den Raum schweifen und entdecke schräg gegenüber von uns zwei Männer in unserem Alter. Warum fallen mir die denn jetzt erst auf? Die sehen wirklich gut aus! Und zwar alle beide. Mann A hat dunkelblonde Haare, ist braun gebrannt und sieht ein bisschen aus wie ein

Surfer. Mann B, mein Favorit, dunkelhaarig, unrasiert, ist kein typischer Schönling, hat aber eine großartige Ausstrahlung.

»Scarlett, guck dir mal die beiden Typen an!« Ich mache eine leichte Kopfbewegung in ihre Richtung. Sie dreht sich um. »Nicht schlecht! Und da sitzt du noch hier?«, kichert sie. Ich werfe ihr einen gespielt vernichtenden Blick zu. Soll sie mal ruhig ihre Witzchen machen, das hindert mich nun wirklich nicht am Flirten. Als ich das nächste Mal zu den beiden rübersehe, um Mann B eingängig zu mustern, treffen sich unsere Blicke. Erwischt! Wir lächeln uns an.

»Rosa! Hör auf!«, zischt Scarlett, die auch mit dem Rücken zu den beiden sitzend, natürlich genau weiß, was gerade vor sich geht. Ich fange an zu lachen. Ich mag ihre manchmal so schüchterne, fast prüde Art. Dabei bin ich mir sicher: Wäre sie nicht in einer Beziehung, würde sie sich mit Sicherheit ähnlich verhalten wie ich.

Mann B und ich grinsen uns immer mal wieder an, besonders neugierig guckt er, als Scarlett um kurz vor zwölf anfängt, den Countdown zu zählen. »Happy Birthday!«, quietscht sie und stellt ein kleines Etui auf den Tisch. »Oh, bist du süß! Für mich?«

»Ne, für den Typen, mit dem du ganze Zeit flirtest!« Wir umarmen uns lachend. Aus dem Etui blitzt mir ein silberner Ring mit einem pinkfarbenen Stein entgegen. Ich bin sprachlos. Was für ein schönes Geschenk!

»Wow! Danke! Der ist umwerfend!« Ich stecke ihn an meinen Ringfinger.

»Gefällt er dir? Ich hab ihn gesehen und wusste: Der ist wie für dich gemacht!« Wieder umarmen wir uns, stoßen an. Eine Freundin wie Scarlett zu haben ist wirklich wunderbar!

Kurz darauf kommt der Kellner mit zwei Cocktails an unseren Tisch. »Von den beiden Jungs!« Er zeigt auf den Tisch von Mann A und B. Die beiden grinsen uns an. Scarlett und ich sehen erst uns, dann wieder den Kellner und dann wieder die beiden Männer an. Der Kellner stellt die Drinks auf unseren Tisch. Ich proste den Jungs zu. Scarlett macht's mir, wahrscheinlich eher unfreiwillig, nach. Sie prosten zurück. »Die können sich auch gern zu uns setzen!«, scherze ich angeheitert, um Scarlett ein bisschen zu necken. »Ja? Willst du das?«, fragt sie mich. Ehe ich antworten kann, winkt sie die beiden zu uns rüber. Was ist denn plötzlich mit Scarlett los? Als ob sie meine Gedanken gelesen hätte, sagt sie: »Ist doch dein Geburtstag! Wir machen heute Nacht alles, was du willst ... Also fast alles.«

Mann A und Mann B lassen nicht lange auf sich warten und so feiern wir meinen 24. Geburtstag zu viert. Markus (Mann A) und Steffen (Mann B) sind alles andere als schüchtern und da wir alle schon ziemlich einen sitzen haben, werden unsere Gespräche extrem lustig. Besonders Steffen und ich verstehen uns richtig gut und haben ordentlich was zu lachen. Bei manchen Witzen berührt er mich, natürlich rein zufällig, am Arm. Ich liebe es zu flirten und genieße seine Zuwendung. Wenn mein neues Lebensjahr so weitergeht, wie es angefangen hat, wird es perfekt!

Steffen ist sehr charmant, mit Leichtigkeit wickelt er mich um den kleinen Finger. Zum ersten Mal seit langer Zeit habe ich das Gefühl, dass sich zwischen einem Mann und mir mehr ergeben könnte als nur ein One-Night-Stand. Steffen hat etwas an sich, was mich reizt. Es ist nicht sein Aussehen, sondern seine Art, die ihn so attraktiv macht. Kurz bevor Scarlett und ich gehen, fragt er mich nach meiner Nummer. Ja, besser hätte mein neues Lebensjahr nicht anfangen können!

*

Bevor ich einschlafe, werfe ich noch mal einen Blick auf mein Handy. Vielleicht hat er geschrieben und ich habe es überhört? Nein, keine Nachricht. Bestimmt schläft er schon. Ich gucke in den Himmel. Die Sterne verblassen allmählich. Der Himmel am Horizont ist rosa. Wie kitschig. Glücksgefühle durchfluten mich. Ich kuschle mich unter die Decke und schlafe irgendwann mit den Gedanken an sein Lächeln ein.

Tag eins.
Als ich aufwache, leuchtet der Himmel in strahlendem Blau. Keine einzige Wolke ist zu sehen. Ich greife nach meinem Handy. Zwölf SMS! Ich wusste, dass er mich auch toll findet! Aufgeregt öffne ich eine nach der anderen, aber es sind alles Nachrichten von Bekannten, Freunden, Kollegen und Alex (*Feliz Cumpleaños, Rosa! Kuss aus Spanien! Alex*).

Aber keine SMS von Steffen! Habe ich überhaupt Netz? Ich komme mir vor wie mit 14. Es ist doch irrsinnig zu glauben, dass mein Handy urplötzlich, mitten in Berlin, von einer Empfangsstörung heimgesucht wurde, nachdem ich zwölf SMS empfangen habe! Besonders an einem so sonnigen Tag. Aber es könnte ja sein … Und es wäre ein Grund, warum Steffen sich noch nicht gemeldet hat. Zur Kontrolle sende ich mir selbst eine SMS. Kurz darauf surrt mein Handy – funktioniert alles bestens. Komisch. Na ja, er wird mir schon schreiben, so wie er mich gestern Nacht angestrahlt hat … Ich denke wieder an ihn. Sein Gesicht fällt mir nur noch schemenhaft ein, so oft habe ich es vor meinem inneren Auge gehabt …

Um mich abzulenken, gehe ich ins Emma's. Die Bedienung hinter dem Tresen, ein junges Mädchen mit großen braunen Augen, strahlt mich an und fragt, was ich trinken möchte. Sie klingt dabei so liebevoll und fürsorglich, als sei ich ihr Kind. Dabei bin ich bestimmt älter als sie. Für einen kurzen Moment vergesse ich Steffen und lasse mich von ihrer guten Laune anstecken.

Dann ertränke ich die quälende Warterei mit einem Karamell-Macchiato. Ich sitze unruhig in einem großen Ohrensessel und beobachte einen älteren Mann dabei, wie er ungeschickt zwei Kaffeegläser mit riesiger Sahnehaube balanciert.

Völlig in Gedanken versunken, merke ich plötzlich, wie ein hustendes Kind mit laufender Nase, circa zwei Jahre, auf mich zu eiert und die kleinen Patschehände nach mir ausstreckt. Ich gucke es mehr oder weniger hilflos an. Ich mag keinen Körperkontakt zu Fremden (einschließlich Kindern), ohne es vorher erlaubt zu haben. Ich will sie nicht streicheln oder knuddeln. Mein Bereich, dein Bereich. Wissen wir doch alle seit *Dirty Dancing*. Na ja, wahrscheinlich ist der kleine Knirps noch zu jung für derartige Regeln. Endlich entdecke ich die Mutter, die sich in weiter Entfernung anscheinend sehr über die Kontaktfreude ihrer kleinen Bazillenschleuder freut. Sie strahlt über das ganze Gesicht und platzt fast vor Stolz. Ich möchte ihr sagen, dass ich keinen Wert auf Körperkontakt mit ihrem Kind lege, traue mich aber nicht. Das Kind kommt näher. Was soll ich machen? Ich könnte Grimassen ziehen, es böse angucken. Nein, das wäre zu gemein. Irgendwo ist das Kind ja auch niedlich, aber ich muss es einfach nicht anfassen und will auch nicht von ihm angefasst werden! Also nehme ich all meinen Mut zusammen und rufe zu der Mutter: »Entschuldigen Sie, könnten Sie bitte auf Ihr Kind aufpassen?« Sofort erstirbt ihr Lächeln und mutiert zu einem Wenn-Blicke-töten-könnten-würdest-du-jetzt-sofort-mausetot-umfallen-Blick.   Schnellen Schrittes kommt sie auf mich zu, schnappt sich ihr Kind und geht. Ich habe wieder meine Ruhe, einen Feind mehr und immer noch keine SMS von Steffen bekommen. Na toll!

Spielt er eine dieser bekloppten Dating-Spielchen, die ich nie verstanden habe? »Willst du gelten, mach dich selten?« Oder hat er meine Nummer falsch aufgeschrieben? Sein Handy verloren? Ich gucke aus dem Fenster. Die Ersten tragen schon wieder dünnere Jacken. Wenigstens etwas. Es wird Zeit, dass es endlich Sommer wird.

Mein Handy klingelt plötzlich! Wie aufregend! Ob er das jetzt ist? Eine unterdrückte Nummer ruft an … Mein Herz klopft schneller. Ich hebe ab. »Hallo?« Meine Eltern schmettern mir Rolf Zuckowskys *Wie schön, dass du geboren bist* entgegen.

Eine Frau setzt sich an meinen Nachbartisch. Sie hat zwei große Hunde an der Leine, die aussehen wie Eisbären. Obwohl es wirklich nicht warm ist, hecheln sie wie bekloppt. Arme Viecher. Wenigstens haben die nur mit ihrem Fell und nicht mit Warum-ruft-er-nicht-an-Fragen zu kämpfen. Steffen hat den ganzen Abend mit mir geflirtet, das hat Scarlett auch gesagt. Und am Ende hat er sogar Körperkontakt gesucht, mir mal sanft in die Seite geknufft oder natürlich rein zufällig meine Hand berührt. *Er* hat mich nach meiner Nummer gefragt! Und warum meldet er sich jetzt nicht? Findet er mich vielleicht einfach nicht hübsch? Bin ich zu dick?

Ich lasse mir von meinen Eltern noch den neusten Klatsch und Tratsch berichten und mich beglückwünschen. Ich selbst beglückwünsche mich innerlich zu so viel schlechter Laune am eigenen Geburtstag. Die Frau mit den Hunden verlässt das Café. Warum reitet sie eigentlich nicht auf ihren Eisbären davon? An einem anderen Nachbartisch sitzen drei Freundinnen, die sich bei Schokoladenkuchen und Käsetorte über Diäten unterhalten. Nach diesem Stück wollen sie anfangen! Schließlich ist es bald Sommer und die Bikinifigur noch in weiter Ferne. Typisch Frau: Während des Essens über Fett zu reden, können wir einfach am besten. Ich spreche da aus eigener Erfahrung. Ja, ich hasse den Diätwahn. Aber leider ergreift er mich selbst immer wieder. Wird Zeit, dass ich mich wieder davon befreie … Steffen! Jetzt ruf endlich an! Ich will dich doch so gern wiedersehen!!! Ich atme laut aus und wäre jetzt lieber jemand anders. So sehr gehe ich mir selbst schon auf die Nerven.

Auch abends hat er mir immer noch nicht geschrieben. Das kann doch nicht sein! Wie ein irrer Fisch hänge ich zappelnd an seiner Angel. Und er lässt mich hängen. Und hängen. Und hängen.

Tag zwei.

Ich habe heute frei. Eigentlich liebe ich lange Wochenenden, doch jetzt hätte ich auch gut darauf verzichten können. Um die Zeit totzuschlagen, gehe ich in meine Lieblingsbuchhandlung. Die Klimaanlage surrt. Ich komme oft her, wenn ich Zeit habe. Hier zu sein beruhigt und inspiriert mich. Es ist, als ob die Wörter von allein aus den Büchern ihren Weg in meinen Kopf fänden, ohne, dass ich sie lesen muss. Als wäre mein

Kopf ein Staubsauger und die Wörter die Wollmäuse, die sich in den Ecken sammeln.

Zuerst gehe ich im Erdgeschoss in die Erotikecke, mache einen kleinen Abstecher zu den Romanen und Biografien und fahre schließlich die Rolltreppen nach oben zur Sexabteilung. Verzeihung, ich meine natürlich Partnerschaftsabteilung. Als neulich das Sortiment neu aufgebaut wurde, fragte ich den Verkäufer, wo denn jetzt die Sexecke sei. Er antwortete: »Die *Partnerschaftsabteilung* befindet sich jetzt dort hinten.« Sein Finger wirbelte im Kreis. »Sehen Sie? Da hinten ist jetzt die *Partnerschaftsabteilung.*«

Dabei legte er großen Wert darauf, »Partnerschaftsabteilung« so zu betonen, dass ich es selbst mit meinem voll aufgedrehten Mp3-Player problemlos verstanden hätte. Ich nickte und ging in die Sexecke. Dabei fragte ich mich, warum in Buchhandlungen Erotik und Sex getrennt werden. Gehört doch beides zusammen. Und Sex ist doch nicht gleich Partnerschaft – Sex ist zu toll, um ihn nur in einer Beziehung zu genießen. Die Nachbarn der Sexbücher sind Ehe- und Schwangerschaftsratgeber. (Anscheinend hat man in der Welt der Buchhändler nur Sex, um Nachwuchs zu erzeugen.) Daneben wiederum findet man dann die Bücher über Babys, Kinder und Problemkinder. Einmal das Leben im Schnelldurchlauf. So einfach kann es sein.

Ich setze mich mit einem Buch in eine der Leseecken. Ich liebe das Geräusch von Seiten, die umgeblättert werden. Besonders, wenn mir mal jemand vorliest (was nicht sehr häufig passiert). Es erinnert mich jedes Mal an meine Kindheit, an meine Eltern, die mir ständig die tollsten Geschichten vorlasen. Auch der Geruch eines neuen Buches versetzt mich in Verzückung – ein Grund, warum ich mir nie gebrauchte kaufe! Genauso wie der Duft von frisch gemähtem Rasen, der des Meeres, der der Haut nach einem warmen Sommertag, der eines frisch gewässerten Gartens an Sommerabenden. Und das ist nur eine Auswahl. Natürlich liebe ich auch den Geruch des Frühlings, den des Waldes, den des Mannes nach dem Sex ... Aber die anderen sind einfach meine absoluten Favoriten, egal was passiert, ich werde sie immer lieben. Ganz sicher.

Ich nehme das Buch und lese die ersten Zeilen. Das heißt, ich versuche es. Meine Gedanken landen schnell wieder bei Steffen. Ich kann an nichts anderes mehr denken als an ihn. So ein Scheiß!

Ich seufze so laut, dass mich die Frau, die neben mir sitzt, schräg ansieht. Ich schenke ihr ein gequältes Lächeln. Ihre Mundwinkel zucken kurz und sie widmet sich wieder ihrem Buch. Ich greife in meine Handtasche, suche mein Handy. Vielleicht hat er sich ja gemeldet und ich habe es nicht bemerkt? Gähnende Leere auf dem Display. Natürlich hat er sich nicht gemeldet. Ich ziehe die Augenbrauen zusammen und verstehe endgültig die Welt nicht mehr. Ich versuche, den Roman weiterzulesen. »›Wer sind Sie?‹, fragte Elisabeth.«

Schon kann ich mich nicht mehr konzentrieren. Ich sehe auf. Wer bin ich? Die junge Frau, die mit brennender Leichtigkeit die Schwere besiegt. Die zwischen Erfülltheit und stillen Momenten der Leere tanzt. Die die Liebe nicht sucht und doch nach ihr blickt. Die irgendwie Angst hat, sie zu finden. Die nicht weiß, ob die romantische Liebe funktioniert. Begleitet von gierigen Blicken, die sie selbst wirft und fängt. Die blonde Frau, die alles will. Die beruflich genau weiß, wo es hingehen soll. Und die sich davor fürchtet, ihr Herz an den falschen

Mann zu verlieren. Die Angst hat, wieder Zeit und Kraft zu verschwenden. Die zu ruhiger Musik Gedanken tanzen lässt. Die Poesie und Tiefgang sucht. Die in Emotionen badet. Die laut zur Musik mitsingt, die sie im Auto hört. Die es liebt, mit dem Fahrrad durch Sommerregen zu fahren. Die so unheimlich leicht zu beeindrucken ist. Die, die schon wieder an diesen Kerl denken muss!!!

Ich senke mein Blick wieder und versuche, weiterzulesen. Aber die Worte rauschen einfach durch meinen Kopf, ohne haften zu bleiben. Manche Tage sind so blöd, so langweilig. Wenn ich gewusst hätte, was mich erwartet (nichts), wäre ich einfach im Bett geblieben. Die Zeit ignorierend. Ich hasse Warten. Und noch mehr als das hasse ich, dass ich so doof bin und mir immer noch Hoffnungen mache.

Tag drei.

Mein Chef hat mich gerade angerufen und mir gesagt, dass ich nicht zur Arbeit kommen muss, weil so wenig los ist. Anscheinend haben alle das Interesse an mir verloren. »Rosa, es reicht!«, höre ich mich sagen. Ich habe keine Lust mehr, den ganzen Tag allein rumzusitzen, auf einen Anruf von einem Mann zu warten und mich so zu bemitleiden! Schließlich bin ich in Berlin, hier muss sich wirklich niemand langweilen! Außerdem kann es doch nicht sein, dass ich mich schon wieder in eine derartige Abhängigkeit begebe!

Ich höre Paul Kalkbrenner aufm iPod, packe mir was zu trinken ein, steige auf mein Fahrrad und lasse mich von dem Strom meiner Stadt mitreißen. Ich fahre ohne Ziel die Straßen entlang. Die Musik treibt mich an, ich trete in die Pedalen, lasse meinen Frust an ihnen aus. Als ich hier ankam, war es

Winter. Alles war unter einer fetten Schneedecke begraben. Und obwohl ich Berlin schon von vorhergegangenen Besuchen kannte, lernte ich die Stadt doch erst so richtig unter dieser Masse von Schnee kennen. Die Fahrbahnen waren mit dicken Eisschollen überzogen, jeder schien nur vor die Tür zu gehen, wenn es wirklich sein musste. Der fiese Ostwind war so stark, dass er die Luft zerschnitt und einem die Tränen in die Augen trieb ... Umso schöner, dass jetzt der Frühling wieder Einzug hält.

Die ersten Knospen der Bäume sind bereits aufgesprungen, saftig grün strahlen sie dem klaren Himmel entgegen. Auch manche Büsche und Blumen blühen bereits. Sie verströmen ihren leichten Blütenduft in der Stadt, Vögel singen ohne Unterlass. Der Gesang mischt sich mit den Pfiffen von Teenies, die scheinbar jeder Frau den Hof machen, und der lauten Musik aus vorbeifahrenden Autos. Alle scheinen an diesen ersten Frühlingstagen durchzudrehen, wie Pferde, die nach langer Zeit wieder auf die Weide dürfen. Es wird gebockt, gebalzt, geschnauft.

Ich atme die Gerüche der verschiedenen Läden und Restaurants, die an mir vorbeirauschen, ein. Wegen des milden Frühlingswetters haben alle ihre Türen aufgerissen. Aus einem Esoterikladen irgendwo am Rand von Kreuzberg quillt der Geruch von Räucherstäbchen. Aus einer alten Eckkneipe daneben dringt verbrauchte, muffige Luft und mischt sich mit dem süßlichen Geruch vom Apfeltabak der Shisha-Bar. Das kleine italienische Restaurant ein paar Straßen weiter verbreitet den Duft frischer Pizza. Die Stadt ist voller Leben, voller Energie und erfüllt mich wieder mit selbigen. Mich durchfluten kleine Glückswellen, die mein Herz tanzen lassen. Ich liebe den Frühling! Auf die Pfiffe der Männer folgt ein Schmunzeln. Sehe anscheinend doch nicht so schlecht aus.

Steffen? Wer war das eigentlich?, denke ich ironisch und muss lächeln. Trotzdem würde ich mich über seinen Anruf oder ein Lebenszeichen von ihm freuen. Ich verstehe seine Logik einfach nicht: Warum wollte er meine Nummer haben, wenn er für sie doch sowieso keine Verwendung hat? Ein lautes Hupen reißt mich aus meinen Gedanken, ein Bus brettert haarscharf an mir vorbei. Ich zucke zusammen. Sind eigentlich alle Busfahrer Arschlöcher? Vielleicht ist Steffen auch Busfahrer. Idiot.

Ich würde mich zu gern mit Scarlett treffen und sie um Rat fragen. Aber sie hat einfach keine Zeit. Es grenzte schon fast an ein Wunder, dass wir uns Samstagabend gesehen haben. Mein Geburtstag war so cool, so vielversprechend. Und jetzt das. Ich fahre schneller. So, als versuchte ich, mich so aus meinem Selbstmitleid zu strampeln.

Ich fahre durch Kreuzberg, lande an der Spree. Setze mich auf eine Bank am Ufer, nahe der Admiralsbrücke. Ich beobachte zwei Mädchen, die ein Picknick vorbereiten. Kaum sind die ersten Sonnenstrahlen da, findet das Leben wieder draußen statt. Ich liebe es. Aber noch schöner wäre es, wenn Scarlett jetzt hier wäre … Ich seufze. Mein Handy klingelt. Eine unbekannte Nummer ruft an. Lustlos gehe ich ran.

»Hallo?«

»Rosa?«, fragt eine angenehme Männerstimme. Mit einem Schlag bin ich voller Energie! Ist das … Steffen?!

»Ja. Und wer bist du?«

»Steffen. Aus der Bar.« Als ob ich nicht mehr wüsste, wer er ist! Ich setze mich kerzengerade hin. »Hi!«, sage ich vielleicht etwas zu euphorisch. Ob er mich endlich fragt, ob ich mich mit ihm treffen will?

»Hallo«, antwortet er. »Wie geht's dir?«

»Gut. Hab viel zu tun. Und dir?« Ha! Eine ausgezeichnete Lüge! Er soll ja nicht denken, dass ich auf seinen Anruf gewartet hätte! Jetzt bloß cool bleiben!

»Tja ...«, stammelt er unmotiviert. »Auch ganz gut.« Pause. Er holt tief Luft: »Hör mal, ich muss dir was sagen.«

Das klingt nicht gerade danach, als ob er mich gleich nach einem Date fragen würde. Aber warum ruft er dann an?

»Schieß los!«, sage ich und beobachte die Mädchen dabei, wie sie immer mehr Picknickutensilien auf ihrer Decke ausbreiten. Wollen die das echt alles essen?

»Also, ich hab mit Markus gesprochen und er hat mich überredet, dich anzurufen.«

Überredet? Nein, das klingt gar nicht gut.

»Aha ...«

»Ja, weil ... Normalerweise ... Also eigentlich ...«

Jetzt komm endlich zum Punkt! Dieses Gestammel macht mich ganz nervös. Ich male mir die schlimmsten Szenarien in meinem Kopf aus. Was er wohl sagen wird? Seine Stimme klingt so unsicher und komisch. Ganz anders, als ich sie in Erinnerung habe.

»Eigentlich hätte ich dich gar nicht nach deiner Nummer fragen dürfen.«

Dürfen? Was kommt denn jetzt? Die Mädchen holen eine Flasche Sekt aus ihrer Tasche. Die hätte ich jetzt auch gern bei mir. »Hör zu ...« Pause.

Oh, wie ich es hasse, auf die Folter gespannt zu werden! Er holt tief Luft: »Ich habe eine Freundin.«

»Was?!« Mist, das klang sehr erschrocken und gar nicht cool. Ich kratze mich nervös am Hinterkopf. »Ich meine … warum wolltest du dann meine Nummer haben?«

»Ich fand dich einfach total nett und … Ach ich weiß auch nicht. Es hat gutgetan, mal wieder zu flirten, wir sind schon so lange zusammen … Ich kann sie nicht betrügen und wollte dir auch keine Hoffnungen machen. Markus meinte halt nur, dass es echt scheiße wäre, wenn ich dir das nicht gesagt hätte.«

Blöderweise treffen mich seine Worte wie ein Schlag ins Gesicht.

»Okay …«, sage ich. »Damit hätte ich jetzt echt nicht gerechnet.« Fang dich, Rosa, fang dich!

»Tut mir leid.«

»Ja, passt schon«, versuche ich so beiläufig wie möglich zu sagen. »Finde ich nett von dir, dass du mir das trotzdem sagst. Ist ja auch nicht gerade selbstverständlich.« Sehr gut! Eine sehr gute Antwort. Er soll ja nicht denken, er hätte mich verletzt!

»Gut … Dann … Mach's gut«, sagt er hilflos. Hoffentlich klinge ich nicht auch so.

»Du auch«, sage ich mit einem bemühten Lächeln in der Stimme und lege auf. Am liebsten würde ich mein Handy in die Spree schmeißen. »Kackarschaffe!«, sage ich zu mir selbst und muss über mein neu kreiertes Schimpfwort lachen.

Immerhin weiß ich jetzt, woran ich bin. Auch wenn die Wahrheit manchmal ganz schön scheiße ist.

Mr. Right now

»Ich habe mit ihm gevögelt. Ich bin sechsmal
gekommen. Mehr muss ich nicht von ihm wissen.« SAMANTHA JONES, »SEX AND THE CITY«

Das lange Wochenende in Hamburg verging wie im Flug. Bei
strahlendem Sonnenschein feierten wir ausgelassen – so ausgelassen, wie man bei Kaffee und Kuchen mit den Eltern halt
sein kann – den Geburtstag meiner Mutter auf der Terrasse meines Elternhauses. Ich erzählte von Berlin (die zensierte Eltern-
Version) und meinem Job. Meine Mutter ließ mich jeden Tag
ausschlafen und verwöhnte mich so sehr mit Kuchen und köst-
lichem Essen, dass ich mich jetzt wieder gestärkt für mein neues
Zuhause fühle. Zu Hause sein ist manchmal doch ganz schön.

»Bist du Rosa?« Fragend sieht mich ein hübsches, zierliches
Mädchen mit langen blonden Haaren an. Ich erwache aus
meinen Gedanken. Ich stehe neben meinem Auto am Hamburger Hauptbahnhof und trinke (obwohl Mama mich derartig vollgestopft hat, dass ich bestimmt fünf Kilo zugenommen
habe) Schokoladenmilchshake von McDonald's. Es schmeckt
einfach zu gut! Ich setze meine Sonnenbrille ab: »Ja. Dann bist
du Frauke?«

»Genau! Hi!« Sie streckt mir ihre kleine Hand entgegen.
Frauke hat auf meine Anzeige bei der Mitfahrzentrale ge-

antwortet. Für meine Rückfahrt nach Berlin habe ich zum ersten Mal inseriert, da ich zusätzliches Benzingeld sehr gut gebrauchen kann. Wenn ich bei anderen mitgefahren bin, habe ich meistens ganz nette Leute kennengelernt. Mal sehen, wie Frauke drauf ist. Sie sieht sehr lieb, vielleicht sogar schon etwas fromm aus, so, als wäre sie stets darauf bedacht, Gutes zu tun. Vielleicht backt sie mir ja während der Fahrt Kekse in einem tragbaren Backofen. Es wäre ihr zuzutrauen. Frauke ist die Einzige, die ich mit nach Berlin nehme, mehr Leute haben in meinem kleinen Polo keinen Platz.

Anscheinend ist sie kein Fan davon, zu schweigen. Sobald ihre Reisetasche im Kofferraum verstaut ist und wir uns ins Auto gesetzt haben, fängt sie an zu reden. So weiß ich schon bevor wir überhaupt auf der Autobahn sind, dass sie 29 Jahre alt ist, in Berlin ihre Schwester besucht und schon ganz aufgeregt ist, weil sie noch nie in der Hauptstadt war. Eigentlich kommt sie aus einem kleinen Dorf und will jetzt mal die Welt sehen. »Die Welt« sind in diesem Fall Hamburg, Berlin und Köln. Länger als fünf Tage möchte sie nämlich nicht von ihrem Zuhause getrennt sein. Bla bla bla. Leider erzählt ihre schrille Stimme extrem langweilige Geschichten. Wäre wohl doch (ent-)spannender gewesen, allein zu fahren. Letztendlich beschließe ich jedoch, sie trotz allem zu mögen, da die dreistündige Fahrt ansonsten ziemlich anstrengend zu werden droht.

Es dauert nicht lange und sie fragt mich, ob ich einen Freund hätte. Leider fällt mir keine schlagfertigere Antwort als ein »Nein, habe ich nicht. Du?« ein. Und das, obwohl allein schon die Frage aus ihrem Mund verurteilend klingt. Aber vielleicht bilde ich mir das auch nur ein.

»Oh, das tut mir leid!« Sie wirft mir einen Blick zu, den sie sonst bestimmt nur verpickelten Babys schenkt. Wenn sie mir gleich noch mitfühlend die Hand auf den Oberschenkel legt, wird mir nichts anderes übrig bleiben, als sie rein zufällig bei der nächsten Raststätte auf dem Klo zu vergessen.

»Das muss es nicht!«, erwidere ich leicht genervt. »Ich bin sehr gern Single!« Warum muss ich das eigentlich immer dazu sagen? Ich dachte, im 21. Jahrhundert seien Frauen unabhängig und bräuchten keinen Mann, um glücklich zu sein.

»Ja ja …!«, sagt sie einatmend, »du hast die richtige Einstellung!«

»Die richtige Einstellung?«

»Ja! Ich meine, wer ist schon gern Single? Niemand! Eine Freundin von mir ist auch Single und sie sucht so krampfhaft einen Freund – so wird das nie was! Du aber …«

»Frauke, ich bin gern Single!«, unterbreche ich sie. »Ich will momentan einfach keine Beziehung.«

Sie sieht mich erschrocken an und schweigt kurz. Das muss sie wohl erst mal verdauen. Nach einer Pause sagt sie lächelnd: »Ich bin mir sicher, du findest bald einen Freund!«

Am liebsten möchte ich sie mit einem kräftigen Schubs aus dem Auto befördern, sie fragen, ob meine Worte ihr Gehirn nicht erreicht haben, oder ob sie schlichtweg zu dämlich ist, zu kapieren, dass ich keinen Freund will?! Ich könnte sie auch anschreien: »Ich! bin! gern! Single!« Stattdessen verdrehe ich nur die Augen und atme laut aus. Frauke versteht mein Schweigen als Zustimmung: »Weißt du, mein Schatzi und ich sind jetzt schon seit sechs Jahren zusammen! Und im Sommer heiraten wir endlich! Ich kann mir nicht mehr vorstellen, allein zu sein! Wir verbringen jede freie Minute miteinander!«

Mein »der Arme« verkneife ich mir und trete das Gaspedal voll durch. Leider schafft mein kleines Auto nicht mehr als 160 km/h. Die sommerliche Landschaft zieht an uns vorbei. Ein blaues Schild zeigt uns an, dass es noch 206 Kilometer bis nach Berlin sind. Ich muss also noch zwei Stunden neben Frauke verbringen! Benzingeld hin oder her – das war das erste und letzte Mal, dass ich jemanden mitgenommen habe.

Da Disneyfilme ganz selbstverständlich zu meiner Kindheit gehörten, wurde mir automatisch ein ganz bestimmtes Bild von Liebe vermittelt. Die Liebe bricht böse Zauber – es gibt nur eine große Liebe –, eines Tages kommt der berühmte Prinz mit makelloser Haut und großen Augen auf seinem sprechenden Pferd und heiratet dich auf der Stelle. Nach und nach wurde mir aber bewusst, dass das Leben nicht mit einem Disneyfilm gleichzusetzen ist. Genauso wenig wie sprechende Tiere, fliegende Kindermädchen oder böse Zauberer gibt es meiner Meinung nach »die einzig wahre Liebe«.

Und so gibt es nur einen Grund, warum »Die Schöne und das Biest« nicht beim Paartherapeuten saßen, sondern »glücklich und zufrieden bis ans Ende ihrer Tage« lebten: Ihre Geschichte ist ein Märchen.

Der perfekte Mann wird mir nie begegnen. Ganz einfach, weil es ihn nicht gibt. Er ist eine Erfindung, ein Klischee, ein Traum. Schließlich gibt es keine perfekten Menschen und damit auch keine perfekten Beziehungen.

Auch ich hatte diesen unbändigen Wunsch nach grenzenloser Liebe, die Sehnsucht nach ihr, die mich nachts nicht schlafen ließ. Da war ich 20 und hatte bereits ein paar kürzere Beziehungen hinter mir. Und dann lernte ich Hendrik kennen. Die erste Zeit war tatsächlich wunderschön, doch schon bald holte uns der Alltag ein. Die Beziehung wurde selbstverständlich, wir fingen an, uns zu streiten, und unser Sexleben starb langsam ab. Der größte Fehler aber war, dass er versuchte, mich zu seiner Idealvorstellung von einer Partnerin (ohne eigenen Willen) werden zu lassen. Aber so sehr ich mir auch Mühe gab, dem gerecht zu werden, klappte es nie, weil ich einfach nicht so bin. Und auch ich liebte ihn nicht, wie er war. Ich liebte die Vorstellung, wie er eines Tages sein könnte. Ohne seine Eifersucht und sein Verlangen danach, mich zu kontrollieren. Wir hatten unterschiedliche Erwartungen und Ziele – kein Wunder, dass unsere Beziehung zum Scheitern verurteilt war.

Seitdem betrachte ich das Thema »Liebe« mit anderen Augen. Ich glaube an mehrere Lieben, mehrere Männer, mit denen eine Beziehung funktionieren kann.

Und momentan suche ich statt meinem Mr. Right meinen Mr. Right now. So habe ich die Freiheit, die besten Seiten der Männer auszukosten und die schlechten zu ignorieren. Als ob ich einen Kasten verschiedener Pralinen vor mir hätte und nur die leckersten essen würde. Mein fast schon sechsmonatiges Singledasein fühlt sich (bis auf zwei männliche Ausnahmen) toll an. Ich weiß nie, wen ich treffe und was passiert! Außerdem tut es meinem Selbstwertgefühl echt gut, begehrt zu werden. Vielleicht ergibt sich eines Tages wieder eine Beziehung, aber das erscheint mir im Moment so weit weg wie in der Kindheit die Vorstellung, eines Tages erwachsen zu sein.

Während ich diesen Gedanken nachhänge, nutzt Frauke die Stille, um weiterzureden. Leider.

»Ich freue mich auch schon so auf die Hochzeit! Ich werde ein weißes Kleid tragen. Und dann fahren wir mit einer Kutsche von der Hochzeit zur Party! Ach du solltest unbedingt eine Kontaktanzeige aufgeben, du brauchst einen Freund! Sonst verpasst du echt was!«

Hat sie nicht eben noch von ihrer Freundin erzählt, die zu krampfhaft einen Freund sucht? Egal. Ich versuche, ihr keine Beachtung zu schenken, was aufgrund ihrer Stimme nicht sehr leicht ist. Wenn Menschen in Beziehungen sein wollen, habe ich wirklich nichts, rein gar nichts dagegen – mich nervt es nur, wenn irgendwelche Leute, wie diese Dorftrotteltussi Frauke, versuchen, mir einzureden, dass eine Beziehung genau das Richtige für mich sei. Sie kennen mich nicht, haben keine Ahnung von meinem Leben. Warum lassen sie mich also nicht einfach damit in Ruhe?

»Mein Schatzi und ich lieben uns so sehr – wir schlafen jede Nacht Arm in Arm ein. Ist das nicht romantisch? Und dann werden wir versuchen, in der Hochzeitsnacht schwanger zu werden! Schließlich ist meine beste Freundin auch schon schwanger, dabei ist sie erst seit einem Jahr mit ihrem Freund zusammen! Und nicht wie wir schon sechs! Wir wären doch zuerst an der Reihe gewesen.«

Sie sieht mich lächelnd mit großen Augen an. Ich kann nicht glauben, was ich höre! Erstens finde ich es furchtbar, wenn Paare nur noch von »wir« sprechen und es kein »ich« mehr gibt. Zweitens wusste ich gar nicht, dass es ähnlich wie beim Schlangestehen eine Reihenfolge dafür gibt, wer wann schwanger werden darf. Drittens muss ich feststellen, dass ich anscheinend doch nicht so allwissend bin, wie ich immer glaube.

»Mensch, hat deine Freundin sich einfach vorgedrängelt«, sage ich trocken.

Sie lacht auf: »Jaaa! Hat sie echt gemacht! Wir, also mein Schatzi und ich, werden aber alles dafür tun, dass wir auch bald schwanger sind. Ich habe ja gehört, dass es hilfreich sein soll, nach dem ... na, du weißt schon ... liegen zu bleiben und die Beine nach oben zu strecken. Dann muss mein Schatzi sie eben hochhalten.«

Oh. Mein. Gott. Wann sind wir endlich in Berlin? Ich kann es nicht mehr erwarten, sie endlich an der Yorckstraße rauszulassen und nie wiedersehen beziehungsweise -hören zu müssen. Blödheit kennt tatsächlich keine Grenzen.

Frauke hat sich mittlerweile in einen rauschähnlichen Zustand geredet. Ich mache mein Fenster runter. Der Wind saust in meinem linken Ohr. Wenigstens eine Körperhälfte bleibt von ihr verschont. Meine Gedanken wandern in ruhigere Gefilde. Scarlett ist auch schon seit Jahren in einer glücklichen Beziehung. Sie nervt mich nie mit Verkupplungsversuchen. Stattdessen respektiert sie mich, wie ich bin. Vielleicht, weil sie verstanden hat, dass Menschen und ihre Bedürfnisse verschieden sind. Wäre doch auch langweilig, wenn wir alle gleich wären.

Das Gefühl leiser Sehnsucht nach ihr packt mich. Wir haben uns schon länger nicht getroffen, weil die Gute momentan in Arbeit versinkt. Nicht ein Partner, sondern meine liebe Scarlett fehlt mir jetzt. Sie unterstützt mich, wo sie nur kann, und hält mir keine ätzenden Vorträge. Außerdem würde sie Frauke mit nur einem bösen Blick zum Schweigen bringen. Sie ist die Beste!

Nach einer gefühlten Ewigkeit werden wir an der Stadtgrenze von dem roten *Sei einzigartig, sei vielfältig, sei Berlin!*-Schild begrüßt. Wie recht es hat! Zu Frauke würde eher ein *Sei einzigartig blöd, sei reinstes Klischee, sei Frauke und Schatzi-*

Schild passen. Ich freue mich kurz über meine Boshaftigkeit. Frauke hingegen quiekt freudig, weil sie endlich in Berlin ist und die Bärenstatuen, die an der Stadtgrenze stehen, so süß findet. »Ich bin aber auch ein bisschen traurig, weil mein Schatzi nicht dabei sein kann.«

Zum Glück dauert es nicht lange, bis sie mir nachwinkt und ich sie im Rückspiegel verschwinden sehe.

Er war stets bemüht

»Es gibt wohl nur zwei Dinge, von denen ein
Mann niemals zugeben würde, dass er sie nicht
beherrscht: Sex und Auto fahren.«

STIRLING MOSS

Samstagnacht. Die Straßen in Prenzlauer Berg explodieren fast
vor Leben. Überall sind Touristen und Feierwütige. Es ist die
erste wirklich warme Nacht des Jahres. Die Samen der Bäume
fliegen durch die Stadt und sehen aus wie große Schneeflocken.
Scheinbar in Zeitlupe schweben sie nieder. Lampignons tanzen
dem dunklen Nachthimmel entgegen. Daniel hält gekonnt ein
Taxi an. Wir wollen so schnell wie möglich bei ihm sein. Er
öffnet mir die Tür, ich lächle ihn an und steige ein. Er geht
einmal um den hellen Mercedes herum, setzt sich neben mich.

»Wohin?«, fragt der Taxifahrer. Daniel sagt seine Adresse.
Er dreht sich zu mir, lächelt mich aufreizend an. Er legt seine
Hand fest auf meinen nackten, leicht gebräunten Oberschenkel
und schiebt mein dunkelblaues kurzes Kleid noch ein Stückchen höher. Ich spreize leicht die Beine. Werde feucht. Der
Taxifahrer beobachtet uns im Rückspiegel. Mir ist es nicht
unangenehm. Im Gegenteil, mich macht es an. Ich öffne erregt
meine Beine noch ein Stückchen weiter. Daniel und ich küssen
uns voller Geilheit aufeinander. Ich lege meine Hand auf seine

Jeans und spüre seinen harten Penis. Er atmet lauter, küsst mich noch heftiger. Endlich habe ich mal wieder einen One-Night-Stand! Keine Gefühlsduseleien. Kein gemeinsames Aufwachen. Nur Sex. Alles, was zählt, ist das Hier und Jetzt. Ich bin Single! Ich darf das! Und es verspricht, eine heiße Nacht zu werden.

Wir haben uns eben in einem überfüllten, ziemlich rustikalen Biergarten in der Kastanienallee kennengelernt. Daniel ist ein Kumpel von Ben, Scarletts Freund. Wir haben ihn zufällig getroffen. Ben, Scarlett und ich sind zu dritt losgezogen. So kann sie ihre knappe Freizeit gleich mit uns beiden verbringen. Nicht gerade romantisch für Ben. Mir allerdings egal.

Wir unterhielten uns, dem lauten Stimmengewirr sei Dank, schon fast brüllend über den gemeinsamen Urlaub, den Ben und Scarlett planten, als Ben plötzlich nach Daniel rief. Ein recht großer, gut aussehender, schlanker Mann drehte sich um. Als er Ben erkannte, lächelte er. Seine Zähne strahlten fast unnatürlich weiß. Er hob die Hand, kam zu uns an den Tisch.

»Mensch Ben, schön dich zu sehen! Wie geht's dir?«

Die beiden begrüßten sich mit Handschlag und er setzte sich zu uns. Wir beide verstanden uns auf Anhieb, lachten, flirteten. Mir war sofort klar: Mit diesem Mann werde ich heute Nacht Sex haben. Von manchen Männern fühle ich mich derart sexuell angezogen, dass ich am liebsten an Ort und Stelle von ihnen genommen werden möchte. Es dauerte nicht lange und wir verabschiedeten uns. Scarlett war zwar ein bisschen beleidigt, weil wir uns so lange nicht gesehen haben, aber darauf konnte ich keine Rücksicht nehmen. Dafür bin ich einfach zu geil! Letztendlich hat sie mir doch noch zugezwinkert und uns »Viel Spaß!« gewünscht. Ich hörte, wie Ben zu Daniel sagte: »Mach sie glücklich!«

Daniel antwortete selbstbewusst: »Davon kannst du ausgehen, mein Freund!«

Endlich hält das Taxi. Wir stolpern küssend und gierig aufeinander die Treppen hinauf in Daniels Wohnung. Ich nehme nicht viel von ihr wahr, sie ist groß und hell.

Die Tür fällt ins Schloss. Während ich ungeduldig seine Hose öffne, zieht er mir erregt mein Kleid über den Kopf und reißt meinen BH nach oben. Sein harter Schwanz fühlt sich großartig in meiner Hand an. Ich möchte ihn in den Mund nehmen! Ich gehe in die Knie, doch Daniel zieht mich wieder hoch. Er greift sich meine Brüste und fängt an, sie zu kneten. Für meinen Geschmack ein bisschen plump. Egal.

Er zieht mich in sein Schlafzimmer und wirft mich aufs Bett. So mag ich es. Und jetzt nimm mich! Er schmeißt seine Jeans in die Ecke, ich ziehe meinen schwarzen String aus und präsentiere ihm meine glatt gewachste Vagina. Sage auffordernd: »Leck mich, Daniel.« Sein »Nichts lieber als das!« versetzt mich in erregte Vorfreude. Ich spreize meine Beine und kann es kaum erwarten. Mein Körper bebt vor Erregung. Dann küsst Daniel mit spitzem Mund meine Schamlippen. Ich bin ein bisschen irritiert. Der Gute braucht wohl ein wenig Hilfestellung: »Saug an meinem Kitzler, Daniel!« Doch er macht unbeirrt weiter.

»Daniel!«, sage ich ungeduldig. »Los, saug an meinem Kitzler!« Er öffnet seine Lippen, seine Zunge bohrt sich hart in mich.

Nein Daniel, da ist er nicht!, denke ich leicht genervt. Immer wieder stößt er mir seine Zunge rein. Es fühlt sich unangenehm und unbeholfen an. Vielleicht steht er ja auf Kommandos? Ich atme tief ein und sage noch einmal bestimmter: »Baby, saug an meinem Kitzler!« Keine Reaktion. Daniel bearbeitet mich weiterhin lieber mechanisch, anstatt meiner Aufforderung zu folgen. Was macht er da? Und vor allen Dingen: *Wie* macht er es?! Doch bitte nicht so technisch und gefühllos!

Daniel zieht seine Zunge raus und stochert mit seinem Zeigefinger weiter in mir herum. Meine Erregung lässt nach. Ein ganz neues Gefühl für mich. Mich zu erregen, ist keine Kunst. Mich zu de-erregen hingegen schon. Besonders, nachdem ich so lange Zeit keinen Sex hatte! Das darf doch nicht wahr sein! Kriegt er es wirklich nicht hin?

Schlagartig fallen mir die schlimmsten Dinge ein, die ein Mann beim Sex noch so machen kann. Erstens: rammeln! Ich liebe harten Sex. Aber auch der braucht Gefühl! Ich hatte mal einen, der mich fickte wie ein wild gewordenes Kaninchen. Ist zum Glück schon lange her. Leider immer noch in meinem Bewusstsein verankert. Zweitens hat mal ein anderer zu mir gesagt: »Ich will, dass du jetzt kommst!« Das war durchaus in meinem Sinne, aber wir waren gerade mal fünf Minuten dabei ... Ich fühlte mich so sehr unter Druck gesetzt, dass ein Orgasmus schier unmöglich schien. Drittens: Klitoris rubbeln, als suche der Mann einen neuen Weg, Feuer zu entfachen. Wenn das noch einmal jemand bei mir versucht, muss ich leider genau das Gleiche mit seiner Eichel machen ...

Da fällt mir ein, dass mir vor Kurzem eine Arbeitskollegin erzählte, dass sie mal einen Mann hatte, der beim Sex immer pupsen musste. Mit jedem Stoß entwich ihm ein Furz. Sie taufte ihn daraufhin »Nick Knatterton« und drehte vor jedem Treffen die Musik extra laut.

Mensch Daniel! Was machst du denn? Es kann doch nicht sein, dass du so ungeschickt mit deiner Zunge umgehst ... Ich helfe nach und drücke seinen Kopf an meine empfindlichste Stelle. Doch seine Zunge wandert sofort wieder weiter südlich.

Er zieht seinen Finger heraus und steckt mir die Zunge rein. Aber so unsexy, dass ich meinen Orgasmus langsam, aber sicher von dannen eilen sehe ... Oh nein! So wird das nie was!

Das wäre Alex nie passiert. Ich liebe es, wie er mich leckt! Hoffentlich kommt er bald zurück. Meine Pussy und ich vermissen ihn ganz schön! Und das, obwohl wir neulich ziemlich heißen Skype-Videosex hatten ...! Aber einen für mich perfekten Penis direkt vor der Nase zu haben, ihn aber nicht spüren zu können, ist letztendlich so, wie Kochsendungen gucken: Man holt sich Appetit, wird letztendlich aber nicht satt. Da half es auch nicht, dass er mir zum Abschied augenzwinkernd sagte, dass ich mich von ihm gefingert fühlen sollte. Obwohl ich bereits einen Orgasmus hatte, wurde ich bei diesem Gedanken wieder so heiß, dass ich am liebsten weitergemacht hätte. Aber ich klappte den Laptop zu. Ich wusste, wenn ich jetzt weiter mit ihm redete, würde ich wahrscheinlich vor Geilheit explodieren ... Anschließend konnte ich aber nicht anders, als ihm noch eine Mail zu schreiben:

Alex.
Nimm mich.
Beiß mich.
Iss mich.
Verschling mich.
Reiß mich.
Fick mich.
Begehr mich.
Benutz mich.
Pack mich.
Mach mit mir, was du willst.
Rosa.

Es ist wohl überflüssig hinzuzufügen, wie heiß ich war …

War! Und Daniel? Daniels Zunge begibt sich wieder auf die Suche nach meinem Kitzler. Vielleicht sollte ich ihm sagen, dass er sich genau auf der anderen Seite befindet … ? Aber ich ertrage es missmutig und denke an die vielen Frauen, denen es genauso geht wie mir momentan. Wie oft habe ich gehört, dass Frauen im Bett von ihrem Partner nicht befriedigt werden? Dass viele Männer einfach nur ihr Programm abspulen und sie es geschehen lassen, ohne zu sagen, was sie wollen. Und was machen diese Frauen? Sie stöhnen pornös und täuschen letztendlich den Orgasmus vor. Nur damit das Ganze schnell vorbei ist. Das konnte ich nie verstehen, aber jetzt bin ich kurz davor, es selbst zu tun. Wie komme ich aus dieser Situation nur wieder raus? Was würde Scarlett jetzt wohl machen? Wahrscheinlich nichts – neulich hat sie mir erzählt, dass Sex auch ohne Orgasmus schön sein kann. Ich halte das für totalen Quatsch! Ich will befriedigt werden! Ich will einen Orgasmus! Und zwar heute Nacht!

Daniel wird das wahrscheinlich nicht schaffen. Dabei ist es ja nun auch wirklich nicht so schwer, mich zu befriedigen! Ich sage doch ganz genau, was ich will!!! Es muss ja nicht jedes Mal ein sexueller Jackpot sein. Auch wenn die natürlich am besten sind … Meinen ersten richtig guten Sex hatte ich mit 18. Er war Amerikaner und hörte auf den Spitznamen Gap – seiner Zahnlücke wegen, die aussah wie meine. Er war ein ehemaliger Footballspieler, mindestens einen Kopf größer als ich und so breit gebaut, dass mich allein der Anblick seiner Statur erregte. Er war zehn Jahre älter als ich, nahm und packte mich, mit starken braunen Armen. Fickte mich mit seinem beschnittenen Schwanz fast ohnmächtig. Biss mir kleine Wunden in die Ohrläppchen und zog mich im Schlaf an sich. Er gab mir das Gefühl, alles zu sein, was er wollte. Ein großer, starker Mann. Eine Woche ging das mit uns. Dann flog er wieder zurück in die Staaten. Egal, wie er im »wahren« Leben sein mochte, meine Gedanken an ihn erfüllten mich stets mit Verlangen. Weil das, was zwischen uns so heiß und leidenschaftlich war, so frei von Problemen. Ein Urlaubsflirt halt. Nur dass er Urlaub machte und ich zu Hause war. In einer kalten Stadt, die den Sommer langsam verabschiedete. Hamburg. Ich war 18 und arbeitete an einer Hotelbar. Und eines Abends saß er da. Groß, breit, sexy.

Auch wenn die Gedanken an Gap mich immer noch erregen und ich ihn zu gern wiedersehen würde, komme ich einfach nicht mehr in Stimmung. Daniel merkt nicht einmal, dass ich (abgesehen von seiner Spucke) gar nicht mehr feucht bin. Der Sex mit ihm ist langweiliger als Fußballspiele der zweiten Bundesliga. Wie gern würde ich jetzt eine rauchen … Das kann doch nicht wahr sein! Ich habe zum ersten Mal seit einer gefühlten Ewigkeit wieder Sex und denke an alles Mögliche! Dabei möchte ich beim Sex nicht denken! Ich möchte, dass mir das Hirn rausgefickt wird, mich keuchend in den Laken wälzen, mich nehmen lassen. Befriedigt werden. Ihn befriedigen … Aber bitte nicht nachdenken!!!

Ich habe einfach keine Lust mehr. Sogar Abwaschen wäre stimulierender. Oder Staubsaugen. Na ja, um die Uhrzeit fänden es meine Nachbarn bestimmt nicht so prickelnd. Ich könnte stattdessen Fenster putzen. Mach ich sowieso viel zu selten … Hab ich auch noch nie nachts gemacht. Wäre mal was Neues! Ein kleiner Rundumputz würde meiner Wohnung nicht schaden. Schlafen wäre auch eine gute Alternative. Vielleicht sollte ich mir vorher einen Film anschauen, eine rauchen und noch einen Rotwein trinken. Dann schlummere ich seliger als ein Baby. Was läuft eigentlich momentan im Kino? Wobei es eigentlich zu warm dafür ist. Open-Air-Kino wäre die perfekte Lösung! Am besten mit Scarlett. Ich würde sie als Entschuldigung für meinen schnellen Abgang heute Abend einladen. Hoffentlich ist sie nicht so sauer auf mich! Schließlich hat sich die ganze Geschichte noch nicht mal gelohnt. Ich werde sie morgen anrufen und mich entschuldigen! Aber erst mal muss ich das hier beenden. Nur wie? Oder sollte man schlechten Sex so behandeln wie einen Reitunfall? Schließlich soll man auch sofort wieder aufs Pferd steigen, wenn man runtergefallen ist, um kein Trauma zu erleiden. Einfach weitermachen? Warten, bis es vorbei ist und dann gehen?

Oh nein! Jetzt fängt er an, mich gefühllos abzuschlabbern wie ein durstiger Hund! Igitt! Das reicht! Soll ich schnell einen Orgasmus vortäuschen? Nein, sonst denkt er noch, er wäre gut! Meine arme Nachfolgerin! Ich könnte auch einfach aufstehen und gehen. Am besten wäre es, ihm die Wahrheit zu sagen: Daniel, mein Kitzler ist nicht am Damm! Das wird heute nichts mehr! Außerdem bin ich auch kein Wassernapf!

Oder soll ich plötzlich das schüchterne Mädchen von nebenan sein? Daniel, mir geht das alles zu schnell! Ich bin nicht so eine! Ich möchte doch lieber bis zur Heirat warten!

Ich muss innerlich lachen. Wie er da wohl reagieren würde? Oder noch besser: Ich mache es wie die Hundehalter: Pfui! Aus! Sitz! Ich verkneife mir mein Grinsen. Schade, dass ich niemandem meine lustigen Witze erzählen kann!

Daniel würde sie bestimmt nicht komisch finden. Wie er wohl reagieren wird? Gleichgültig? Beleidigt? Ich werde mich auf jeden Fall beeilen, wegzukommen. Meine Sachen liegen im Flur und diesem Zimmer. Ich versuche sie zu orten. Daniel wird bestimmt stinksauer sein. Er ist so überzeugt von sich und seinem Können, er wird mir die Schuld in die Schuhe schieben. Hat er nicht auch im Weggehen zu Ben gesagt, dass er mich glücklich machen wird? Hm, da hat er sein Ziel auf ganzer Linie verfehlt. Männliche Selbstüberschätzung ist ja auch eine Sache für sich.

Ich konzentriere mich darauf, ernst zu gucken, atme tief ein und sage sanft: »Daniel?«

Keine Reaktion. Daniel ist so sehr mit seiner Forschungsreise beschäftigt, dass er mich nicht wahrnimmt. Ich werde bestimmter: »Daniel!«

Ich sehe nur seine obere Gesichtshälfte zwischen meinen Beinen und muss schon wieder ein Lachen unterdrücken. Warum bin ich immer in den schlimmsten Situationen so albern? Er sieht mich fragend an, seine Zunge verharrt für einen Augenblick in mir.

Ich setze mich langsam auf und sage währenddessen: »Daniel, das wird heute nichts mehr.«

Verdutzt fragt er: »Was ist los, Baby? Wir sind doch gerade so gut dabei!« Ich nehme all meinen Mut zusammen:

»Na ja, also ehrlich gesagt …, so geht das nicht …«

»Aber warum denn? Das ist doch geil!«

»Nein Daniel, du leckst nicht, du stocherst. Das tut schon fast weh.« Mein Herz klopft wie wild. Was wird er tun? Daniel schaut mich überrascht an: »Wirklich? Bisher hat es allen Frauen gefallen!«

Ich hole tief Luft und sage gefasst: »Daniel, keiner Frau gefällt das. Sie haben dir was vorgespielt.«

»Echt?« Daniel senkt seinen Kopf, starrt auf den Boden. Stille. Wird er jetzt ausrasten? Ich stehe langsam auf und suche zögernd meine Sachen zusammen. Daniel ist regungslos. Die ganze Situation ist mehr als unangenehm und ich will einfach nur weg. Was soll ich eigentlich Ben erzählen? Der wird doch garantiert fragen, wie die Nacht war.

»Rosa«, unterbricht Daniel die Stille. Ich drehe mich zu ihm um. Er schaut mich an. Ich sehe Tränen auf seinen Wangen. »Es tut mir leid«, wispert er. Ich fasse es nicht. Dieser scheinbar selbstbewusste Mann sitzt da wie ein Häufchen Elend und weint. Ich habe Mitleid und will ihn trösten. Und möchte trotzdem schnell weg. Schlechte Kombination.

»Daniel«, höre ich mich sagen, »ist kein Ding ... Es gibt wirklich Schlimmeres ...«

Er sieht wieder auf den Boden. Habe ich das wirklich gerade gesagt? Ich fürchte schon. Was Dümmeres hätte ich echt nicht von mir geben können! Daniel schweigt. Ich ziehe mir mein Kleid über, stopfe meinen BH in die Tasche und verlasse so schnell es geht die Wohnung. Hoffentlich sehe ich ihn nie wieder!

Date-Desaster

»Leute gehen aus demselben Grund ins Casino, aus dem sie sich auf Blind Dates einlassen – um den Jackpot zu gewinnen. Aber meistens landen sie pleite oder allein in einer Bar.«
CARRIE BRADSHAW, »SEX AND THE CITY«

Sonntagabend. Ich sitze frisch geduscht und eingecremt auf meinem Sofa und bin in die unendlichen Weiten des Facebook-Universums abgetaucht. Ich rieche, meiner Bodylotion sei Dank, wie süßer Zitronenzuckerguss. Draußen weht der Wind durch die belaubten Bäume, die geöffneten Balkontüren klappern. Ich habe keine Ahnung, wie spät es ist, und liebe Tage wie diese: mittags einigermaßen katerfrei aufwachen, Kaffee trinken, frühstücken, lesen, schlafen, lesen.

Besonders nach Nächten wie der letzten: Scarlett und ich haben mit Ben, ihrem schwulen Kumpel Leo, den sie vor Kurzem wiedergetroffen hat, und viel Wodka Cranberry ihre Beförderung gefeiert. Leo und ich kannten uns noch gar nicht und haben uns sofort großartig verstanden. Was soll ich sagen? Es war Liebe auf den ersten Blick! Leo ist mindestens genauso versaut wie ich und macht keinen Hehl daraus. Unsere Tour startete in einer der vielen Bars in der Simon-Dach-Straße in Friedrichshain. Irgendwann, ich glaube um drei Uhr morgens, als wir alle schon einen sitzen hatten, sind wir weiter ins Berghain gezogen, wo wir erst mal gefühlte zehn Stunden in der

Schlange standen. Glücklicherweise wurden wir nicht, wie viele andere, vom strengen und der Legende nach härtesten Türsteher Berlins aussortiert.

Bevor wir aber endlich tanzen konnten, wurden wir erst mal nach Kameras ect. abgetastet. Trotz der berühmten sexuellen Offenheit des Clubs wird das immer noch von Gleichgeschlechtlichen übernommen. »Kommste zu mir?«, fragte mich die hübsche Frau, die mich abtasten würde. Ich schenkte Leo und Ben einen neidvollen Blick. Ihr Abtast-Typ sah so heiß aus! Ich sagte zu ihr: »Von mir aus könnte das auch gern dein Kollege machen!« Wir mussten beide lachen.

Nachdem also klar war, dass wir weder mit Messern noch mit Fotoapparaten bewaffnet waren, lag sie vor uns, die große Feierwelt der ehemaligen Fabrik. Schon die Location ist atemberaubend und berauschend. Menschen aus aller Welt wollen einfach nur eine gute Zeit haben. Wir tranken noch mehr, tanzten und kamen erst wieder raus, als die Sonne schon schien. Das heißt: Scarlett, Ben und ich kamen raus, Leo war schnell mit irgendeinem Kerl in einer der dunklen Nischen verschwunden gewesen.

Ich finde es toll, wenn sich Menschen einfach ausleben. Solange alle Beteiligten es wollen, ist mir auch egal wie. Über kein Thema wird so häufig gestritten wie über dieses – das Ausleben sexueller Fantasien. Meiner Meinung nach nur, weil die meisten Menschen frustriert darüber sind, dass sie selbst keinen Mut haben, ihre schmutzigen Träume wahr werden zu lassen.

Mein Handy piepst. Eine SMS von Leo.

Ich habe gerade ein Date mit einem Typen. Er trägt superenge Jeans, ich kann seinen Schwanz sehen – riesig!

Ich fange an zu lachen. Leo ist ja noch schlimmer als ich! Kichernd schreibe ich zurück: *Glaubst du sein Schwanz oder seine Eier?*

Sein Schwanz ... Er liegt an seinem Bein ...

Herzlichen Glückwunsch!

Danke! Aber er trägt eine Zahnspange ...

Eine Zahnspange? Wie alt ist er ...?

21.

Ach so. Ich dachte schon ...

Haha, nein!

Was macht ihr?

Wir trinken Cocktails. Eine Freundin von ihm ist auch da. Willst du nicht auch noch kommen?

Nein danke, sitze eingecremt und zugedeckt aufm Sofa ...

Ich weiß nicht, ob er aktiv oder passiv ist.

Er trägt eine Zahnspange. Lass ihn passiv sein und verpass ihm den besten Blowjob seines Lebens! PS: Ich liebe deine Nachrichten jetzt schon!!!

:-) Werde ich. Meld mich morgen und erzähle dir alle schmutzigen Details. Auch noch von gestern Nacht ...

Na das hoffe ich doch! Viel Spaß!

Leo amüsiert mich! Ich bin froh, dass wir uns kennengelernt haben.

Ich surfe noch ein bisschen auf seiner Facebookseite herum und kommentiere seinen Status von gestern Abend. Kurz darauf habe ich eine Nachricht von einem unbekannten blonden Typen in meinem Posteingang: *Hallo Rosa, wir kennen uns nicht, aber ich fand deinen Kommentar so witzig und dein Profilbild so hübsch, dass ich dich einfach mal anschreiben musste. Viele Grüße, Malte*

Soso. Und wer bist du? Ich klicke auf sein Profil. Er hat kein Poser-Profilbild, sondern ein Urlaubsfoto am Strand. Sonnengebräunt, hellblonde Haare, ein nettes Lächeln und: einen nackten, sportlichen Oberkörper. »Hallooo!«, sage ich und muss im nächsten Moment lachen. Ohne große Anstrengungen lerne ich einen Mann nach dem nächsten kennen – so hatte ich mir mein Singleleben nicht mal im Traum vorgestellt!

Allerdings muss ich kurz überlegen, ob ich überhaupt antworte. Dieses Klischee, dass alle Leute, die man übers Internet kennenlernt, Psychopathen sind, ist wirklich Neunzigerjahre-Schnack und spätestens seit ich des Öfteren mit der Mitfahrgelegenheit gefahren bin, für mich längst aus der Welt geschafft. Aber was soll ich schreiben? Ich besitze durchaus ein großes Maß an Kreativität, aber wenn es um das Schreiben von Nachrichten an Männer geht, die ich noch nicht beziehungsweise kaum kenne, verschwindet diese augenblicklich. Also antworte ich nach einer gefühlten Ewigkeit mit diesem spannenden Text: *Hallo Malte, danke für die Blumen. Bist du gerade im Urlaub?*

Kurze Zeit später antwortet er mir: *Ne, leider nicht mehr. Bin letzte Woche wiedergekommen. War mit ein paar Kumpels in Italien ... Sehr zu empfehlen!*

Ach wie cool! Ich war schon Ewigkeiten nicht mehr im Urlaub! Was machst du denn sonst so?

Schon kurze Zeit später habe ich eine neue Nachricht in meinem Posteingang: *Dann solltest du aber dringend mal wieder Urlaubsfeeling genießen! Ich kenne einen ganz tollen Italiener in Kreuzberg. Entführt zumindest deinen Gaumen in südlichere Gefilde! ;) Ich treffe mich gern mit meinen Kumpels, geh feiern usw. Ansonsten bin ich Kindergärtner.*

Kindergärtner! Ist ja niedlich! Dann ist Malte bestimmt sehr geduldig und einfühlsam ...Vielleicht sollte ich seine Einladung annehmen! Außerdem habe ich noch nie so eine blumige Mail von einem Mann bekommen. Jedenfalls nicht, soweit ich mich erinnern kann.

Ich antworte: *Wie könnte ich bei diesen Aussichten Nein sagen?* Schicke ihm noch meine Nummer und so verabreden wir uns für die kommende Woche zum Abendessen.

Ich muss unwillkürlich kichern. So schnell kann es manchmal gehen! Besonders, wenn man es am wenigsten erwartet ... Ich habe wirklich ein Blind Date! Am liebsten würde ich sofort Leo über ihn ausquetschen, aber der ist ja gerade bei seiner Verabredung mit dem Riesenpenis. Da will ich ihn lieber nicht stören. Zufrieden gehe ich schlafen.

Schon am nächsten Tag stelle ich mir die Frage, die sich wohl jede Frau vor einem wichtigen Date oder gar täglich stellt: Was ziehe ich an?

Ich stehe bereits zwei Tage, bevor ich Malte treffe, vor meinem Kleiderschrank im Schlafzimmer. Am besten, ich überlege mir jetzt schon mal, was ich übermorgen tragen werde, dann kann ich über die Wahl meines Outfits noch zwei Nächte schlafen. Ganz egal, wie Malte Mittwoch aussieht: Ich möchte immer hübsch aussehen! Mein Schrank quillt nur so über, obwohl sich die meisten Klamotten auf dem großen Sessel neben ihm stapeln.

Ich zwirble an einzelnen Strähnen meiner hellblonden Haare und denke nach. Übermorgen soll es auch wieder warm werden, also trage ich am besten ein Kleid. Aber in welcher Farbe? Da ich viel zu schnell rot werde, schließe ich diese Farbe schon einmal aus. Ich will ja nicht aussehen wie ein gekochter Hummer mit Sandalen. Ich wühle aus dem Kleiderhaufen ein dunkelblaues Kleid hervor und ziehe es mir an. Kritisch begutachte ich mich im Spiegel. Nicht zu kurz, nicht zu lang. Der Ausschnitt ist auch nicht zu tief. Eigentlich perfekt!

Oder soll ich doch lieber ein geblümtes Kleid anziehen? Wobei ich das von H&M habe und die Gefahr, dass im Restaurant noch 20 andere Mädchen mit diesem auffällig gemusterten Kleid sitzen werden, nicht gerade gering ist. Aber es zaubert eine schöne Silhouette ...

Hatte ich nicht noch irgendwo einen blau-weiß gestreiften Rock? Der wäre auch perfekt! Ich wühle erneut in meinem Kleiderhaufen und komme mir vor wie Dagobert Duck bei seinem berühmten Münzbad.

Nachdem ich den Rock gefunden habe, ziehe ich ihn mir an. Dazu ein weißes T-Shirt. Süß. Aber wie ich mich kenne, wird dieses Shirt sofort dreckig sein, sobald ich die Wohnung verlassen habe. Wenn ich Weiß trage, bekleckere ich mich. Jede Wette! Dieses Outfit fällt also weg. Ich probiere noch alle anderen infrage kommenden Klamotten an, nur um mich dann doch für meine erste Wahl zu entscheiden. Ich hänge das dunkelblaue Kleid sorgfältig auf einen Bügel und lege die anderen Outfits zurück auf den Sessel. Später rufe ich Leo an und frage ihn über Malte aus. Leider ist seine Antwort nur: »Ich wusste gar nicht, dass ich einen Malte kenne ...« Bei 374 Freunden verliert man halt schnell den Überblick ... »Aber ich freue mich für dich! Viel Spaß!«

»Danke! Wie war denn dein Date?«

»Bescheuert! Der Typ war total langweilig! Hat sich die ganze Zeit nur mit seiner Freundin unterhalten ...«

»Oh nein! Und dann?«

»Dann bin ich abgehauen! Ich liebe es, wenn Männer passiv sind, aber glaube mir: Auf diese Art von Passivität kann ich sehr gut verzichten!«

*

Mittwoch. Ich bin den ganzen Tag gut gelaunt, so sehr freue ich mich auf das Date! Wir sind bei einem Italiener in der Bergmannstraße in Kreuzberg miteinander verabredet. Schon als ich meine Wohnung verlasse, bin ich aufgeregt. Meine Hände sind nass. Wie peinlich. Hoffentlich geben wir uns nicht die Hände zur Begrüßung! Gerade als ich mich auf mein Fahrrad setzen will, höre ich meinen Nachbarn Rüdiger meinen Namen rufen: »Rosa, warte mal!«

Ich drehe mich zu ihm um. Er tapst mit eiligen Schritten auf mich zu. »Ich will dich gar nicht lange aufhalten! Es geht nur um Folgendes: Wir bräuchten einen Babysitter für unsere Lausebengel!« Ich ziehe die Augenbrauen hoch. »Mich?« Er nickt.

»Rüdiger, ich glaube nicht, dass du das wirklich willst!«

Er sieht mich verdutzt an. »Warum?«

»Weil sie hinterher mehr Schimpfwörter kennen würden als vorher und ich bestimmt mittrinken würde, wenn sie mir deinen heimlichen Alkoholvorrat zeigten!«

Er kichert wie ein kleines Mädchen. »Du bist mir echt 'ne Pflanze!«

Ja, eine mit einem schwarzen Spitzentanga!

»Tut mir leid, aber ich glaube wirklich nicht …«

»Ist schon gut! Ich versteh schon, dass du Jungs in diesem Alter einfach nicht interessant findest!« Er tätschelt meinen Arm. »Fragen wir halt die Oma!«

»Tut mir leid …«

»Jetzt hör schon auf! Tschüssi, wa?«

Ich setze mich auf mein Fahrrad und mache mich auf den Weg zu einem ungewissen Abend. Der Fahrtwind tut mir gut. Er kühlt meine vor Aufregung geröteten Wangen. Erste Dates sind schon spannend.

Als ich ankomme, wartet Malte bereits auf mich. Ich erkenne ihn sofort, er sieht fast so aus wie auf seinem Profilbild. Trotzdem ist er nicht ganz mein Typ. Nicht so, dass ich gleich wieder wegrennen möchte, aber ich spüre auch nicht das Verlangen, mich auf ihn zu stürzen. Vielleicht, weil er ein bisschen zu jungenhaft für mich ist. Er wirkt irgendwie unschuldig. Auf seinem Bild sah er wesentlich männlicher aus. Er ist ein bisschen kleiner als ich, was in mir automatisch leise Mutterinstinkte weckt. Auch er scheint das komisch zu finden. Egal. Wir begrüßen uns zaghaft, unsicher küssen wir uns auf die Wangen. Wenn das so weitergeht, wird das ein äußerst zäher Abend. Wir setzen uns rein, weil draußen alle Tische besetzt sind und er keinen Tisch reserviert hat. Noch ein Minuspunkt. Wir bestellen erst mal eine Flasche Wein und unterhalten uns, doch so recht will keine Stimmung aufkommen. Vielleicht sollten wir uns doch lieber Facebook-Nachrichten schicken? Die waren wenigstens lustig. Wir gucken in die Karten. Wenigstens müssen wir jetzt nicht sprechen.

Normalerweise esse ich am liebsten Spinat-Gorgonzola-Pizza oder Pizza mit Rucola, Parmaschinken und Parmesan. Oder Pasta in allen Variationen. Normalerweise kann ich mich beim Italiener nie entscheiden, was ich essen will. Jetzt kann ich kaum was finden, was für mich infrage kommt: Jedes Grünzeug fällt aufgrund der Gefahr, zwischen den Zähnen hängen zu bleiben, weg. Genauso wie blähende (Zwiebeln, Bohnen & Co) oder stinkende Lebensmittel (Knoblauch). Ölige Nudeln sind auch nicht gut, weil die vom Löffel rutschen und man mehr mit dem Essenskampf beschäftigt ist als mit einem Gespräch. Ich entscheide mich für Salamipizza mit Pepperoni. Er nimmt eine Spinat-Pizza mit Knoblauch. Entweder weiß er nicht, dass er gleich Unmengen Spinat zwischen den Zähnen hängen haben und stinken wird, oder er macht das, um mich abzuschrecken. Ich glaube an Variante eins. Für Möglichkeit zwei ist er zu lieb. Ja, er ist in Ordnung. Aber eben halt nicht der Brüller. Wahrscheinlich sind meine Ansprüche einfach zu hoch.

Die Zeit bis zum Essen will irgendwie nicht so recht vergehen. Wir sprechen über nette Themen, doch hätte er so geschrieben, wie er spricht, hätte ich mich eindeutig nicht mit ihm verabredet. Ich gehe auf die Toilette und schicke Leo eine SMS: *Malte ist so langweilig! Was soll ich machen?*

Gehen!

Nein, das wäre zu fies … oder?

Nein! Ich mache das immer so! Na klar. Ist ja auch Leo.

Aber er ist ja kein Monster …

Egal. Geh. Oder langweile dich zu Tode, wie du willst.

Ich gehe nach dem Essen.

Nimm dir doch drei Pizzen mit und komm vorbei. Sitze mit Scarlett an der Spree.

Ich würde so gern, aber Malte hat meine Mutterinstinkte geweckt, ich kann ihn nicht ganz allein da sitzen lassen.

Rosa, was Schlimmeres hättest du nicht sagen können.

Leo hat recht. Aber ich bin einfach zu feige. Meine Gedanken wandern zu Alex. Am liebsten würde ich ihm eine SMS schreiben. Als ich die Finger auf den Tasten habe, lasse ich es aber wieder. Er soll nicht wissen, dass ich an ihn denke, während ich einen anderen Mann date. Er fehlt mir. Seine Energie, diese immense Anziehung zwischen uns. Unsere Hemmungslosigkeit. Mit keinem Mann hatte ich bisher besseren Sex als mit ihm, mich zu befriedigen wird für andere immer schwerer. Das ist das Problem, wenn man einmal richtig guten Sex hatte – man gibt sich mit schlechtem nicht mehr zufrieden.

Ach Alex …, denke ich wehmütig, wann kommst du endlich wieder zurück?

Ich gehe zurück an den Tisch. Kurz darauf kommt das Essen. Spätestens als Malte anfängt zu essen, will ich gehen. Er beißt riesige Stücke ab, er reißt schon fast seine Pizza, schmatzt und kaut mit offenem Mund. Na lecker. Ich bin, was das angeht, echt empfindlich. Ich lege keinen Wert darauf, dass der andere gerade sitzt und isst, als sei er bei der Königin von England zu Besuch, aber den Mund zu schließen wäre ein guter Anfang. Bevor er einen Schluck Wein trinkt, zieht er die Essensreste zwischen den Zähnen hindurch. Das saugende Geräusch ist mindestens genauso eklig wie sein Schmatzen. Am liebsten würde ich ihn bitten, anständig zu essen, aber ich bringe es einfach nicht übers Herz. Malte ist einfach zu nett.

Ich versuche mich auf das Gedudel der italienischen Musik zu konzentrieren. Werfe sehnsüchtige Blicke nach draußen. Immer noch sind alle Tische besetzt, die Leute lachen. Stimmengewirr dringt in den mäßig gefüllten Innenraum. Während des Essens sprechen wir kein Wort. Malte ist zu sehr mit dem Reißen seiner Pizza und ich mit dem Konzentrieren auf andere Geräusche beschäftigt. Hätten doch in eine Bar gehen sollen. Wir wären, dank des Alkohols, nicht so unbeholfen gewesen und ich hätte ihn nicht essen hören beziehungsweise sehen müssen. Innerlich verspreche ich mir, auf erste Dates in Restaurants zu verzichten.

Malte hat inzwischen aufgegessen. Ich habe noch nicht mal die Hälfte geschafft. Mir ist wirklich der Appetit vergangen. »Willst du nicht mehr?«, fragt er. Ich schüttele den Kopf. »Nein, ich hab bei der Hitze nie so viel Hunger.« Warum sage ich nicht, wie es ist? Ich bin manchmal echt ein Feigling. Malte freut sich und stopft meine Pizza in sich hinein.

»Du, ich muss gleich los …«, lüge ich. Wenn schon ein Feigling, dann richtig.

Er nickt. »Okay!«, schmatzt er. »Dann zahl ich mal.« Wenigstens so viel Erziehung hat er genossen. Er tut mir ein bisschen leid, wobei ich glaube, dass auch er sich freut, mich los zu sein.

Wir verlassen das Restaurant. Die Luft ist immer noch mild und warm.

»Mach's gut«, sage ich, »und danke für die Einladung.«

»Gern. Ich meld mich«, antwortet er. Wir wissen beide, dass er es nie tun wird, geben uns zwei Küsschen und gehen in verschiedene Richtungen.

Vom Paradies
in die Hölle

Der Tag ist heiß und schwül. Die Hitze liegt wie ein dicker Teppich über der Stadt. Die Sonne versteckt sich hinter der üppigen Wolkendecke. Schweiß liegt glänzend auf der Haut der Menschen. Nachdem ich heute nur den halben Tag gearbeitet habe, gehe ich noch schnell einkaufen. Eine aufgedonnerte Frau mit grauer, wallender Mähne, spitz zulaufenden silbernen Stilettos und schreiend roten Lippen kommt mir entgegen. Die beringten Wurstfinger ihrer linken Hand umklammern eine Schachtel Nugat-Meeresfrüchte. Ihre rechte die eines Mannes. Sie zieht ihn mehr oder weniger hinter sich her. Er folgt ihr genügsam. Sie wirft mir einen vernichtenden Blick zu. Dabei will ich ihr weder das eine noch das andere streitig machen.

Der Supermarkt ist klimatisiert, eine Gänsehaut überzieht meinen Körper. Extreme Hitze hat den gleichen Effekt wie der Mix aus starkem Schneefall und Eiseskälte – das Leben läuft scheinbar wie in Zeitlupe ab. Alles passiert wesentlich langsamer. Auch ich bin wirklich froh, wenn ich mich gleich unter die kalte Dusche stellen kann. Ich will nur noch schnell eine Flasche kalten Eistee kaufen. Mehr brauche ich nicht. Bei der

Hitze kriege nicht mal ich einen Bissen runter. Und schwere Einkaufstüten will ich erst recht nicht nach Hause tragen. Hoffentlich regnet es heute Abend endlich. Ich liebe es, wenn warmer Sommerregen die ganze Stadt erfrischt und diesen perfekten Duft hinterlässt. Völlig in Gedanken schlendere ich durch den Laden und genieße die Kälte. Ich werfe einem attraktiven Mann einen flüchtigen Blick zu. Gerade, als ich wieder wegsehen will, realisiere ich, dass ich dieses Gesicht kenne. Auch sein Blick haftet auf mir und ich sehe ihm förmlich an, wie auch er nachdenkt. Wir müssen beide grinsen. Aber wer ist er …?

Sein Blick ist frech. Schelmisch. »Spitzbübisch« könnte man auch sagen. Der hat's bestimmt faustdick hinter den Ohren … Jetzt hab ich's! Das ist Felix! Irgendwann war er mal Aushilfe in dem Restaurant, in dem ich mal gearbeitet habe. Das ist Ewigkeiten her! Damals war ich 18 und hatte dunkelbraune, lange Haare. Wahrscheinlich erkennt er mich deswegen nicht. Damals war er noch ein bisschen schmaler und hatte ganz kurze Haare.

»Felix! Oder?«, sage ich. Er nickt und grinst über das ganze Gesicht. Dann streckt er mir beide Hände entgegen.

»Rosa! Deine Zahnlücke hat dich verraten!« Er kommt auf mich zu und wir begrüßen uns mit zwei Küsschen. Bin ich froh, dass ich schon länger hier bin! Der Klimaanlage sei Dank, fühle ich mich schon ein bisschen erfrischt.

»Was machst du denn in Berlin? Wie geht es dir?«, fragt er lachend.

»Ich lebe hier.«

»Echt? Ist ja cool! Ich bin zu Besuch hier!«

»Wohnst du immer noch in Hamburg?«

»Ja! Ich hab mittlerweile sogar ein kleines Café!«

»Oh, herzlichen Glückwunsch!«

»Danke! Warte, ich glaube, ich habe sogar eine Karte dabei!« Er kramt in seiner Umhängetasche. Offensichtlich sind nicht nur die der Frauen scheinbar bodenlos.

»Ne, doch nicht, tut mir leid. Da wirst du bei deinem nächsten Besuch wohl mal vorbeikommen müssen!« Lächelnd streicht er sich eine Strähne seiner dunkelblonden Haare zurück. Sah er damals auch schon so gut aus? Falls ja ist mir das glatt entgangen. Was war da denn bloß los mit mir? Felix ist sexy!

»Gern!«, lächle ich zurück. Warum bin ich eigentlich immer, wenn ich einen Mann attraktiv finde, so sprachlos? Das muss ich mir dringend abgewöhnen. Wie sehe ich jetzt eigentlich aus? Hoffentlich noch gut und nicht so verschwitzt! Die Wärme ist der natürliche Feind von perfektem Make-up!

»Wobei …«, er sieht kurz auf den Boden und dann mir in die Augen, »wir können doch auch jetzt was trinken gehen!«

»Jetzt?« Ich sehe bestimmt total fertig und abgekämpft aus!

»Ja, jetzt!« Frech grinst er mich an.

Oh nein! Was soll ich denn bloß antworten? Ich hätte schon Lust, aber ich will wenigstens noch vorher duschen! Auf einmal kommt mir ein Geistesblitz: Denk dir eine Lüge aus, warum du jetzt nicht kannst! Vertröste ihn auf heute Abend!

Doch bevor ich antworten kann, sagt er: »Hey, wenn du keine Lust hast, ist es auch kein Problem! Ich dachte nur, es wäre nett gewesen. Nach all der Zeit.«

Nein!, denke ich, ich will dich doch treffen! Gott, ist dieser Mann sexy! Er verwirrt mich total! Warum bin ich auch so leicht zu beeindrucken?!

»Nein!«, sage ich dann eine Spur zu laut. Wie peinlich!

»Nein?«, fragt er grinsend.

Ich merke, wie die Röte mir ins Gesicht steigt. Na toll. »Klar hab ich Lust!«, sage ich. »Nur, ähm, jetzt keine Zeit. Außerdem würde ich gern vorher duschen.«

»Daran soll's nicht scheitern. Das kannst du doch auch bei mir!« Es klingt so cool und verlockend, dass ich am liebsten mit einem »Okay« antworten würde. Mir geht es durch und durch.

»Immer noch der Alte!«, sage ich und ziehe grinsend eine Augenbraue hoch. Langsam merke ich meine Schlagfertigkeit zurückkehren. Schon damals war Felix unheimlich flirty, aber irgendwie waren wir das in dem Restaurant alle und ich habe mir nie wirklich was dabei gedacht. Mit 18 war ich wirklich noch naiver als jetzt.

Seine blauen Augen sehen mich herausfordernd an: »Schlimmer! Probier's aus!«

Wenn ich bis eben noch nicht rot war, bin ich es jetzt. Es ist mir nicht unangenehm, im Gegenteil, ich genieße es, zu spüren, dass er mich will. Aber gegen meine Röte komme ich nicht an.

Mach doch!, denke ich, musst du ja keinem erzählen. Stimmt eigentlich!

»Das mach ich!«, sage ich selbstbewusst. Wie er jetzt wohl reagieren wird? Perplex? Sprachlos? Irritiert?

Doch er grinst einfach nur über das ganze Gesicht. Seine Augen blitzen. Dieser Mann ist lässig. Definitiv!

»Dann sollten wir am besten noch eine Flasche Champus mitnehmen, oder?«

»Ich dachte, wir *gehen* was trinken?«, flirte ich.

Doch er grinst mich nur an. »Komm.«

Beim Rausgehen legt er leicht seinen Arm um meine Taille. Ich bekomme Gänsehaut. Und das liegt definitiv nicht an der Klimaanlage.

Felix ist mit seinem Auto nach Berlin gekommen, einem großen dunkelgrünen Jeep. Ich hoffe, dass er dieses Statussymbol nicht braucht, weil er einen kleinen Penis hat. Na ja, das werde ich gleich herausfinden. Er öffnet mir die Beifahrertür und nimmt erst dann seinen Arm von mir, als ich einsteige. Ich glaube gerade selbst nicht so richtig, was ich schon wieder mache. Scarlett würde dazu wahrscheinlich lächelnd und kopfschüttelnd sagen: »Unglaublich, wo du immer deine Männer kennenlernst! Kein Wunder, dass du ständig irgendwelche Freaks triffst!«

Felix setzt sich ins Auto, die Hitze hatte noch keine Zeit, sich auszubreiten. Er muss wohl auch eben erst angekommen sein, so wie ich. Doch anstatt zu Hause eine Flasche Eistee zu trinken, sitze ich jetzt in dem riesigen Auto eines ehemaligen Arbeitskollegen. Auf der Rückbank liegen zwei Flaschen Champagner. So kann es manchmal gehen. Er steigt ein, schlägt die Tür hinter sich zu.

Wir sehen uns an. Die Luft scheint regelrecht zu knistern. Sein Blick springt zwischen meinen Augen und Lippen umher. Ich lächle ihn an. Dann beugt er sich zu mir rüber und küsst mich. Im Auto auf einem Supermarkt-Parkplatz habe ich auch noch nie geknutscht. Wobei es mit ihm eigentlich egal wäre, wo wir uns küssen: Felix küsst fantastisch! Er greift mit seiner Hand in meinen Nacken. Packt mich an meinen kurzen Haaren. Seine Bartstoppeln kratzen mich am Kinn. Er schmeckt nach Pfefferminz. Seine Leidenschaft ist ansteckend, ich spüre, wie sich die heiße Erregnung in mir ausbreitet. Am liebsten würde ich mich jetzt sofort auf seinen Schoß setzen. Oder ihm zumindest zwischen die Beine greifen. Ich hatte so lange keinen guten Sex mehr, ich kann es kaum erwarten, in seinem Hotel zu sein. Seine Küsse werden heftiger, seine Hand liegt in Rekordzeit auf meinen Brüsten.

Ich atme lauter, bin so erregt, dass ich meine Finger nicht bei mir behalten kann. Ich greife seine kräftigen Arme. Meine Hand gleitet über seinen harten Schwanz, der sich gegen seine Shorts drückt. Felix fühlt sich gut an! Der Grund, dieses Auto zu kaufen, war nicht sein kleiner Penis! So viel steht schon mal fest. Er stöhnt kurz auf und setzt sich jetzt fast auf mich. »Lass uns ins Hotel fahren!«, keuche ich. Einkaufen zu gehen war die beste Idee des Tages!

Endlich in seinem Zimmer angekommen, ziehen wir uns knutschend aus. Ich streife mir mein hellblaues Kleid über den Kopf, Felix öffnet mit einer Hand meinen BH. Er zieht sich selbst aus. Und zwar in unschlagbarem Tempo. Als wir beide nackt sind, geht er von mir weg. Sein schöner Schwanz steht wie eine Eins. Ich sehe ihm fragend hinterher. Was wird das denn jetzt? Ist Felix doch wieder ein versteckter Freak? Doch ehe ich mir weiter Gedanken machen kann, dreht er sich um und sagt: »Was denn? Ich dachte, du wolltest noch duschen?«

Angenehm kühl prasselt das Wasser auf uns herab. Eine Regendusche. Wie praktisch! Voller Verlangen küsst er mich, zieht mich an sich heran. Ich spüre seinen erigierten Penis an meiner Leiste und fange langsam an, ihn zu massieren. Dabei sehe ich ihm voller Lust zu, wie er immer geiler wird. Als sein Penis richtig hart ist (ich hätte nie gedacht, dass noch eine Steigerung möglich ist!), gehe auf die Knie und fange an, ihm einen zu blasen. Er beginnt heiser zu keuchen, als meine Lippen seine Eichel umschließen. Mit der einen Hand greife ich in seinen Po, mit der anderen streichle ich seine Hoden. Ich sehe zu ihm hinauf, das Wasser prasselt mir ins Gesicht. Seine Augen sind geschlossen, er öffnet sie kurz und unsere Blicke treffen sich. Er streicht über meine nassen Haare. Im nächsten Moment zieht er mich an den Haaren nach hinten und spritzt gegen die Duschtür. Das ging aber schnell. »Oh …«, keucht er, »das war einfach zu gut.«

Er zieht mich hoch und gibt mir einen langen Kuss. Seine Hände scheinen überall zu sein. Zielstrebig wandern sie von meinem Gesicht über meine Brüste direkt in meine Spalte. Ich öffne meine Beine ein Stückchen für ihn. Seine Finger gleiten heftig rein und raus. Ich packe seine Hand, lecke seine beiden Finger ab. Ich schmecke mich selbst einfach zu gern! Felix sieht mir freudig dabei zu, streicht über meine Lippen. Ich sauge und knabbere an seinen Fingern. Sein Zeigefinger spielt mit meiner Zunge. Er drückt seinen Unterleib gegen mich, zieht die Finger aus meinem Mund und küsst mich. Seine Finger kneifen in meine Brustwarzen, bevor sie wieder in mich gleiten. »Lass uns rübergehen!«, flüstert er.

Im Schlafzimmer wirft er mich nass, wie ich bin, aufs Bett. Sofort drückt er meine Beine auseinander und macht sich zwischen ihnen zu schaffen. Er leckt mich fest und immer noch gierig. Nicht gerade so, als hätte er eben einen Orgasmus gehabt. Im Gegenteil: Er wirkt gänzlich unbefriedigt und immer noch total erregt. Doch das soll mir nur recht sein! Ich genieße es, zwischen meinen Beinen endlich mal wieder jemanden zu haben, der weiß, was er macht!

Und vor allen Dingen: Wie er es mir macht! Kein mechanisches Gerubbel, keine nervige Forschungsreise. Einfach nur erotischer Oralsex! Er leckt, saugt, fingert mich nebenbei. Auch nachdem ich gekommen bin, lässt er nicht von meiner zuckenden Muschi und leckt sie trotzdem noch ein bisschen weiter.

Dann dreht er mich um und zieht meinen Po zu sich. Er dringt von hinten in mich ein. Ich kann gar nicht anders, als laut zu stöhnen. Er fühlt sich umwerfend an. Sein Schwanz ist hart und hat genau die richtige Größe. Er schlägt mich fest auf den Hintern, nimmt mich voller Ekstase. Stößt heftig in mich, bis er fast kommt. Er hält inne, zieht ihn raus, dreht mich wieder um, drückt meine Beine hinter meinen Kopf und macht weiter. Er ist wahrscheinlich der lauteste Mann, mit dem ich je was hatte. Kurzzeitig muss ich grinsend an einen röhrenden Hirsch denken, aber er fickt mich so gut, dass ich es aufgebe, zu denken und mich einfach nur hingebe. Er nimmt mich mit ungeheurer Leidenschaft in allen erdenklichen Stellungen. Ich bin im Paradies. Endlich mal wieder! Ich sollte nur noch mit Männern, die ein »X« in ihrem Namen haben, schlafen!

Wir verbringen die nächsten zwei Stunden damit, uns zu genießen. Wir sind unersättlich. Stärken uns zwischendurch mit fast kaltem Champagner, bis wir nicht mehr können.

Erschöpft liegen wir nebeneinander im Bett. Draußen gewittert es endlich. Wir haben die Fenster geöffnet. Die kühle, duftende Luft mischt sich mit dem Rauch unserer Zigaretten. Auf den Nachttischen steht bereits Champagner aus der zweiten Flasche. So guter Sex macht eben durstig! Meine Muschi fühlt sich immer noch an, als entlüden sich in ihr lauter kleine Stromschläge. Wir können kaum miteinander sprechen, so erledigt sind wir. Anscheinend hatte auch Felix ganz schön Nachholbedarf. Aber jetzt sind wir beide voll und ganz befriedigt! Was für ein gutes Gefühl!

Auf einmal höre ich ein Geräusch, das sich wie das Durchziehen der Zimmerkarte anhört. Aber wer sollte denn zu Felix ins Zimmer kommen? Bestimmt halluziniere ich. Kein Wunder, nach so viel Champagner und so wenig Essen. Ich nehme einen tiefen Zug von meiner Zigarette und puste den Rauch entspannt der Zimmerdecke entgegen. Zufrieden schließe ich die Augen. So liebe ich das Leben! Spontan, befriedigend, unkompliziert!

Dann höre ich ein Klicken. Was war das? Ich öffne meine Augen und sehe, wie jemand die Türklinke herunterdrückt! Ich stoße Felix an. Er hat die Augen geschlossen und noch gar nichts von dem unerwarteten Besuch mitbekommen. »Felix«, zische ich, »da kommt jemand!« Mit einem Schlag ist er hellwach und reißt die Augen auf.

»Was?«, fragt er mit gedämpfter Stimme. Ich ziehe mir die Bettdecke über die Brüste. Der Zimmerservice klopft doch immer zuerst an, oder?

Die Tür öffnet sich. Eine hübsche blonde Frau ist so sehr darauf konzentriert, ihren Koffer zuerst ins Zimmer zu schieben, dass sie gar nicht gemerkt hat, dass sie im falschen Zimmer ist. Wie lustig! Sie wirkt etwas unbeholfen, wahrscheinlich liegt das an ihrem dicken Bauch. Die Arme ist schwanger und niemand hilft ihr. Bevor ich ihr sagen kann, dass sie sich die Bemühungen sparen kann, weil sie im falschen Zimmer ist, höre ich Felix mit erschrockener Stimme »Sandra ...!« sagen.

Ach du Scheiße! Sein entsetztes Gesicht verrät, dass Sandra Felix' Freundin zu sein scheint! Ich schlucke. Eiskalte Schauer steigen aus meinen Füßen bis in den Kopf empor und jagen meinen Rücken hinab. Ich wusste gar nicht, dass er eine Lebensgefährtin hat! Woher auch? Sandra wendet ihren Blick vom Koffer ab und sieht fröhlich auf. Sie sieht erst ihn und dann mich an. Ihre Gesichtszüge entgleisen, sie schlägt sich die Hände vors Gesicht. »Oh mein Gott!«, japst sie. Felix erstarrt neben mir zu einer Salzsäule.

Was wird sie jetzt machen? Rumschreien, meine Sachen aus dem Fenster werfen, mich schlagen? Innerhalb einer Millisekunde gehen mir so viele Gedanken durch den Kopf. Ich habe Angst und Mitleid zugleich. Die arme Frau! Erwischt ihren Freund beim Fremdgehen! Und dann ist sie auch noch schwanger! Inwieweit trage ich eine Mitschuld? Klar, ich hatte Sex mit ihm, aber ich wusste nichts von ihr! Für einen kurzen Moment schießt mir »Selbst schuld! Warum bist du auch so leicht zu haben!« durch den Kopf. Ich habe mich nie unwohler gefühlt. Was soll ich denn jetzt machen? Ich kann ja nicht einfach sagen »Klärt das mal hübsch unter euch! Tschüss!« und dann aufstehen und gehen. Ich kenne sie nicht, aber ich bin ja auch nicht unbeteiligt an dem Unheil. Außerdem bin ich splitterfasernackt! Scheiße.

Jetzt sieht sie mir direkt in die Augen. Und ich halte ihrem Blick stand. Ich kann gar nicht anders, als sie anzusehen. Sie sieht so traurig aus, als hätten wir ihr das Herz rausgerissen. Ich schlucke erneut. Am liebsten würde ich sie in den Arm nehmen. Aber das wäre wohl eine denkbar schlechte Idee.

»Ich … Ich dachte, du kommst erst morgen …«, stottert Felix. Sie nimmt ihren Blick von mir. Sieht Felix an. Nicht wütend, nicht hasserfüllt. Eher zutiefst verletzt. Sie und Felix starren sich einfach an. »Es tut mir leid …«, sagt er. Na immerhin bringt er nicht den Es-ist-nicht-das-wonach es-aussieht-Spruch. Er schiebt die Decke beiseite und will aufstehen. Doch sie sagt einfach ganz ruhig: »Fick dich!«, wendet sich angewidert ab und schließt die Tür hinter sich. Sie lässt sie nicht mal zuknallen. Sie geht einfach wieder.

Felix springt auf, zieht sich seine kurze Hose an und läuft ihr halb nackt nach. Auch ich will nur hier raus! Ich drücke meine Zigarette aus und verlasse so schnell ich kann das gemütliche Bett. Als meine Füße den Boden berühren, merke ich, wie betrunken ich bin. Ich konzentriere mich, mein Gleichgewicht zu finden, und suche meine Sachen zusammen. Das darf alles nicht wahr sein! Das Paradies hat mich gerade mit einem mächtigen Arschtritt in die Hölle befördert. Auch wenn ich hier wirklich nicht das Opfer bin, es fühlt sich furchtbar an!

Ich ziehe mir meine Unterwäsche und mein Kleid an. Jetzt bloß nichts vergessen! Was ich hier lasse, sehe ich nie wieder! Ich werfe hektisch einen prüfenden Blick in meine Handtasche, checke zwei Mal, ob ich wirklich alles habe. Handy, Haustürschlüssel, Portemonnaie, alles da! Nichts wie raus!

Auf dem Flur fleht ein halb nackter Felix seine schwangere Freundin um Vergebung an. Sie hat ihm ihren Rücken zugekehrt und sieht aus dem Fenster. Ich gehe so schnell ich kann an den beiden vorbei und flitze die Treppen runter. Gleich hab ich's geschafft! Ich gehe durch die Eingangshalle. Mir ist vorhin gar nicht aufgefallen, wie schick die ist …

Der Mann an der Rezeption sieht mich abfällig an. Kein Wunder, meine Haare stehen sicherlich in alle Richtungen ab. Nasse Haare beim Sex trocknen zu lassen, ist kein guter Plan,

wenn man vorhat, hinterher gestriegelt auszusehen. Ich ignoriere seinen Blick und gehe mit schnellen Schritten hinaus.

Die Friedrichstraße ist nur noch mäßig gefüllt, der Regen
hat nachgelassen. Es ist kühl. Ich fange an zu zittern. Was ist da
gerade passiert? Ich lasse alles Revue passieren. Von unserem
ersten Kuss in seinem Auto über den Blowjob in der Dusche bis
hin zu ihrer Ankunft. Das war zu heftig. Ich wühle in meiner
Tasche nach meinen Zigaretten. Jetzt erst mal eine rauchen!

Ich fühle mich so schuldig, obwohl ich gar nichts von
ihrer Existenz wusste. Aber warum hätte ich ihn auch nach
seiner Freundin fragen sollen? Es ist ja *seine* Freundin und
nicht meine. *Er* betrügt sie. Und dann auch noch während der
Schwangerschaft! Die Arme! Sie tut mir wirklich leid. Immer
wieder habe ich ihren zutiefst verletzten Blick vor Augen. Und
obwohl ich sie nicht kenne, es mir eigentlich egal sein könnte,
weil ich Felix auch nie wiedersehen werde, schäme ich mich!
Ich fühle mich furchtbar. So etwas darf nicht noch mal passieren! Nie wieder!

Feste Beziehung –
Orgasmusfreie Zone?

»An orgasm a day keeps the doctor away.«
MAE WEST

Am nächsten Abend regnet es immer noch, der Sommer scheint sich zeitgleich mit mir eine Auszeit von der Sonnenseite zu nehmen. Scarlett kommt nach der Arbeit bei mir vorbei. Ich muss einfach mit jemandem darüber sprechen, was passiert ist. Zum Glück hat sie Zeit! Meine Nacht war schlaflos, unruhig wälzte ich mich von einer Seite zur anderen. Immer den Blick von Sandra vor Augen. Ich liebe mein Singleleben, aber ich hasse das, was passiert ist.

Scarlett kommt direkt nach der Arbeit zu mir. Während ich uns beiden Tee koche und eine Packung Schokoladenkekse aufreiße, erzähle ich ihr von der gestrigen Nacht. Ungläubig starrt sie mich an. »Boah, ist das krass!«

»Ja, finde ich auch. Ich fühle mich so schuldig, obwohl ich überhaupt nicht wusste, dass er eine schwangere Freundin hat. Hätte ich ihn etwa fragen sollen?«

»Quatsch!«, sie steckt sich einen Keks in den Mund. »Ist doch seine Sache. Kannst ja nicht jedem erst mal 1000 Fragen stellen. Hatte er keinen Ring am Finger?«

Ich schüttele den Kopf. Früher habe ich Männern auf die Hände gesehen, weil ich große Hände schön fand. Heute mache ich es, um zu sehen, ob sie verheiratet sind.

»Was für ein Arsch!«

»Allerdings! So ein Fragebogen zu Beginn wäre aber auch nicht schlecht ... Bitte kreuze Zutreffendes an! Penisgröße: mini mini me – mittel – exorbitante Riesenkeule – guck doch selbst nach.«

Scarlett glueckst amüsiert. Ich freue mich, sie zum Lachen zu bringen, und mache weiter: »Körperhygiene: bitte Luft anhalten – ein bisschen Schweiß muss sein – nicht sauber, sondern rein.«

Scarlett kichert. »Sexuelle Vorlieben: keine – och, da fiele mir schon was ein – perverse.« Wir biegen uns vor Lachen.

»Oh, mir wäre vieles erspart geblieben ...«

Scarlett kichert. »Du triffst aber auch immer die komischsten Kerle!«

»Das kannst du wohl laut sagen!«, lache ich, werde aber schnell wieder ernst: »Ich kann ja wirklich nicht jeden Mann fragen, ob er vielleicht eine Freundin hat. Das ist doch eindeutig Sache des Mannes, oder? Es ist seine Beziehung, seine Freundin. Nicht meine.« Ich gieße uns beiden Tee ein. »Immer wieder sage ich mir das. Aber ich kann nicht anders, als ein schlechtes Gewissen zu haben. Wenn es mir schon so geht, wie soll es denn dann ihm gehen? Und erst ihr? Schwanger und betrogen.«

Scarlett nickt. »Mit ihm musst du aber wirklich kein Mitleid haben, Süße!«

»Ja, ich weiß ... Am liebsten würde ich mich bei ihr entschuldigen. Aber das würde alles wohl nur noch schlimmer machen.«

»Mit Sicherheit ...«

»Aber was ich am krassesten finde, ist, dass er sie überhaupt betrogen hat. Immerhin ist sie schwanger!«

»Ja, das ist echt heftig ...! Vielleicht hat sie ihn ja einfach nicht mehr rangelassen«, sagt Scarlett trocken. Diese Aussage überrascht mich. Ich hätte gedacht, dass sie die Betrogene in Schutz nimmt und nicht den Betrüger.

»Warum glaubst du das?«

»Na ja, du hast gesagt, dass er wie ausgehungert war. Wie viele Stunden hattet ihr Sex? Ich kann mir gut vorstellen, dass sie schlichtweg keinen Bock mehr auf ihn hat. Oder er ist sexsüchtig. Aber das halte ich eher für unwahrscheinlich.«

Darüber muss ich erst mal nachdenken. Ich trinke meinen Tee, zuckrig süß klebt er an meinen Lippen. Scarlett fährt fort: »In festen Beziehungen ist das doch ganz normal. Irgendwann ist die erste Verliebtheit, und damit auch das erste Verlangen, einfach nicht mehr da. War doch sogar bei dir und dem Wurm schon so, oder?«

»Ja, schon ... Aber ich dachte immer eher, dass es daran gelegen hat, dass wir uns eigentlich gar nicht mehr mochten.«

»Klar, wenn's im Bett nicht mehr läuft, ist es entweder ein Zeichen dafür, dass man nicht mehr scharf auf den anderen ist, oder dass die Vertrautheit so groß ist, dass Sex nicht mehr im Mittelpunkt steht.«

»Wie?«

Sich lächelt mich an, wie eine Mutter ihr Kind anlächelt, wenn es eine dumme Frage gestellt hat. Liebevoll und ein bisschen amüsiert. »Du glaubst doch nicht allen Ernstes, dass man nach fünf Jahren Beziehung noch drei Mal Sex am Tag hat, selbst wenn man sich liebt?«

»Vielleicht nicht drei Mal täglich, aber doch zumindest drei Mal in der Woche!«

»Nein, Rosa. Andere Dinge werden eben wichtiger.«

»Wichtiger als Sex?«

Sie lacht. »Ja!«

»Mir ist schon klar, dass man nicht den ganzen Tag Sex hat. Aber warum soll man darauf verzichten, wenn man den Menschen, den man liebt, an seiner Seite hat?«

»Vielleicht, weil man selbst nicht mehr so viel Bock hat?«

»Ne! Echt?« Ich lerne heute ja ganz neue Dinge! Schockierende Dinge! »Wenn ich mal wieder eine Beziehung haben sollte, will ich aber nicht, dass es so wird!« Jetzt höre ich mich auch in meinen Ohren an wie ein Kind.

»Das will wohl keiner. Und es ist ja auch nicht so, dass du von heute auf morgen keinen Bock mehr hast. Es ist ein schleichender Prozess. Und wenn du schwanger bist, wird es bestimmt nicht besser. Oder hättest du Lust, dich trotz Übelkeit, Wasser in den Beinen und Hämorrhoiden begatten zu lassen?«

»Ich hätte erst gar keine Lust, mich schwängern zu lassen!«

Sie lacht. »Süße, ich kenne viele Paare, die nicht mehr regelmäßig Sex haben. Das ist in Beziehungen wirklich normal.«

»Ja? Wie schrecklich! Wie läuft das ab? Wacht man eines Tages auf und stellt fest, dass man, trotz Beziehung, monatelang ungefickt ist? Dass die Körperbehaarung mittlerweile so dicht gewachsen ist, dass es wohl niemanden erschrecken würde, wenn einem ein Affe aus dem dicht gewucherten Schamhaarbusch entgegenspringt, oder was?«

Scarlett kichert. »Ach Rosa ...«

»Und der Mann weiß nur dank der Morgenlatte, dass sein Penis noch zu anderen Dingen außer dem Wasserlassen nützlich ist? Ne, nicht mit mir!« Ich schnaube verächtlich durch die Nase. Mich in so einer Beziehung wiederzufinden, wäre mein ganz persönlicher Alptraum.

»So schlimm ist es doch nicht. Du denkst wieder in Extremen.«

»Ja? Wie ist es denn bei dir? Du bist doch schon Ewigkeiten mit Ben zusammen.«

»Gut«, sagt sie verlegen.

»Gut? Geht's auch genauer?«, bohre ich nach.

»Rosa, bei mir ist alles in Ordnung. Ich bin zufrieden. Aber manchmal ist es mir einfach wichtiger, zu schlafen, als Sex zu haben. Ich muss auch nicht jedes Mal einen Orgasmus haben.«

»Nein?« Das klingt ja mal so richtig unerotisch! Zum Glück bin ich Single!

»Nein.«

»Hm. Warum?«

»Ich kann mich nur wiederholen: weil es irgendwann nicht mehr so wichtig ist.«

»Ich glaube, diesen Punkt werde ich nie erreichen. Orgasmen sind wichtig! Vielleicht nicht jedes Mal, aber doch bitte *fast* jedes Mal.«

»Eines Tages wirst du mich verstehen.«

»Ja, Omi! Du bist übrigens nur zwei Jahre älter als ich ...«

»Ja, aber in diesem Punkt unterscheiden uns Jahre.« Treffer versenkt. Da hat sie eindeutig recht. Nachdem ich mich so lange zurückgenommen habe, lebe ich jetzt halt alles Verpasste aus.

Trotzdem will ich sie verstehen. Sie öffnet mir einen Blick in eine ganz andere Welt. »Stimmt wohl. Aber bist du nicht wahnsinnig unbefriedigt?«

Sie atmet tief ein: »Irgendwann geht es nicht mehr darum, jede Nacht einen Sexmarathon zu starten. Es geht um Liebe. Und die beinhaltet mehr als nur Sex.«

Nur Sex?, denke ich, unterbreche sie aber nicht, sondern höre ihr weiter gespannt zu.

»Das ist ein Gefühl, das befriedigender und schöner ist als jeder Orgasmus. Glaub es mir.« Und tatsächlich sieht sie in diesem Moment wirklich glücklich aus …

»Aber den Trieb kann man doch nicht einfach so ›weglieben‹ …! Frauen können das vielleicht, aber Männer doch niemals. Sonst wäre das doch gestern nicht passiert! Sicher, ich verstehe, dass Sex irgendwann an Wichtigkeit verliert, aber Liebe ersetzt doch keinen Sex. Sonst würden doch nicht so viele Menschen in Beziehungen, trotz Liebe, fremdgehen … Ihnen fehlt etwas! Und zwar körperliche Befriedigung! Liebe hin oder her.«

»Du meinst, Frauen sind schuld, wenn ihre Männer sie betrügen?«

»Hast du doch vorhin selbst angedeutet … Aber so einfach kann ich das nicht sagen. Kommt drauf an: Wenn ein Mann eine erotische Frau kennenlernt, die sich aber im Laufe der Beziehung total gehen lässt und ihm den Sex verweigert, dann kann ich es verstehen und dann ist die Frau selbst schuld, ja.«

»Das ist ja auch mal wieder ein Extrembeispiel!«

»Es geht noch weiter: Ich glaube, dass sich die meisten für ihre sexuellen Vorlieben, die über die Missionarsstellung hinausgehen, schämen. Sie trauen sich nicht, diese Dinge zu erzählen. Warum? Weil sie vielleicht nicht ausgelacht werden wollen. Und dann tragen beide eine gewisse Mitschuld: der Betrüger oder die Betrügerin, weil sie sich nicht anvertrauen, und der Betrogene, weil er dem Partner nicht das Gefühl gegeben hat, sich anvertrauen zu können …« Ich beiße von einem Keks ab. »Ich verstehe diese ganze Treuesache sowieso nicht so richtig. Man kann doch niemandem etwas verbieten! Außerdem ist Monogamie total unnatürlich! Kein Lebewesen auf der Welt ist von Natur aus treu. Außer vielleicht irgendwelche Amöben! Ansonsten ist das doch alles ein Mythos: die treuen Pinguine und Schwäne …«

Scarlett zieht die Augenbrauen hoch. »Ach, Pinguine sind mir egal … Ich glaube nicht, dass du deinem Partner erlauben würdest, fremdzugehen.«

»Da geht es doch schon los: ›erlauben!‹ Das sind erwachsene Männer, keine kleinen Kinder. Meine Theorie: Wenn vorher wichtige Dinge besprochen wurden, zum Beispiel Verhütung, kann doch jeder machen, was er will. Und dann ist das Verlangen zu betrügen gar nicht mehr da. Und wenn es mal passiert, zerstört es nicht gleich die ganze Beziehung.«

»Das sagst du nur, weil du Single bist.«

»Vielleicht.«

»Was ist denn mit dir und Alex? Stört es dich gar nicht, dass er auch mit anderen schläft? Bist du kein bisschen eifersüchtig?«

Darüber muss ich tatsächlich kurz nachdenken. Alex und ich haben eine merkwürdige Beziehung. Wir sind befreundet, aber meistens kommt kein langes Gespräch zustande, weil wir so gierig nacheinander sind. Ich schätze ihn sehr, seine Art, seinen Humor. Und ich wusste von unserer ersten Begegnung an, dass er genauso sehr sein Singleleben auskostet wie ich. Ich habe unterbewusst begriffen, dass ich ihn nie für mich allein haben könnte. Gestört hat mich das nicht. Eher im Gegenteil.

»Nein, ich bin nicht eifersüchtig. Dazu habe ich kein Recht«, sage ich schließlich. »Ich kenne meinen Platz in seinem Leben. Wir werden nie Händchen haltend am Wochenende an der Spree entlangspazieren. Er wird mir nie Blumen schenken. Und ich werde ihn auch nie meinen Eltern vorstellen. Das war von vornherein klar.«

»Kein Recht? Hast du deine Gefühle so sehr im Griff?« Scarlett sieht mich mit großen Augen an. Ich nicke. »Ja, habe ich. Ich wusste, worauf ich mich einlasse. Und ich komme sehr gut damit klar. In ihn könnte ich mich gar nicht verlieben: Alex ist absolut unzuverlässig, meldet sich unregelmäßig. Er ist wie ein streunender Kater, der nur ab und zu vorbeischaut und dann wieder abhaut. Ich weiß nie, für wie lange, aber ich weiß, dass er immer wieder zurückkommt. Egal, wen er sonst trifft. Gerade diese Freiheit finde ich schön. Ich will keinen Mann, der mir nicht mehr von der Seite weicht …!«

»Irgendwann willst du den auch!«, sagt Scarlett augenzwinkernd.

Ich zucke mit den Schultern: »Wenn ich wieder einen Freund hätte, würde ich auf jeden Fall mal eine offene Beziehung ausprobieren. Jeder muss doch seinen eigenen Weg finden, glücklich zu sein. Das ist doch das Wichtigste! Nur weil die Gesellschaft ewige Treue propagiert, muss das doch nicht auch für mich das Richtige sein. Und wenn beide respektvoll und ehrlich miteinander umgehen, sehe ich darin kein Problem.«

Scarlett überlegt kurz. »Respekt beinhaltet für mich Treue. Ich könnte das nicht.«

»Warum nicht? Wenn du ihn befriedigst, entstünde ja auch gar nicht erst das Verlangen danach, zu betrügen. Und selbst wenn: Es ist ja nur die körperliche Ebene. Ich finde Fremdgehen im Kopf viel schlimmer. Das ständige Gieren, andere Frauen mit Blicken ausziehen … Eigentlich mit dem Partner unbefriedigt zu sein, es aber nicht anzusprechen. Und nach der sexuellen Unzufriedenheit kommt dann, dass du deinen Partner nicht mehr attraktiv findest und lieber allein wärst. Doch diesen Wunsch unterdrückst du – allen anderen das Glück vorzuspielen scheint ja auch einfacher als eine komplizierte Trennung. Schließlich hat man das Auto zusammen, die Wohnung und noch ein bisschen Steuerersparnis.«

»Ich erinnere dich daran, wenn du einen Freund hast. So was funktioniert nicht. Du wärst ja ständig unter Druck, ihn schön leerzuficken, damit er keine andere mehr ranlässt. Wenn man ein unbefriedigtes Sexleben hat, kann man das ja auch ansprechen. Es gibt nicht nur Schwarz und Weiß!« Scarlett fährt sich durch ihre braunen Haare. »Und außerdem: ›nur die körperliche Ebene‹? Fremdgehen bedeutet einen extremen Vertrauensverlust. Es kann eine Freundschaft oder eine Beziehung zerstören. Die Menschen drehen deswegen sogar manchmal durch!«

Scarletts Worte bringen mich zum Nachdenken. Unterschätze ich die Liebe und überschätze ich den Sex? Bin ich überhaupt in der Lage, mich für einen Mann so zu verändern? So viel aufzugeben? Oder passiert das ganz automatisch, ganz unbewusst, wenn man in einer Beziehung ist? Ist das dann Liebe? Manchmal habe ich das Gefühl, dass ich einfach nicht für Beziehungen gemacht bin. Schon in der Schule, als alle Mädchen um mich herum ihren ersten Freund hatten, begnügte ich mich mit lockeren Flirts. (Damals allerdings eher unfreiwillig.) Ich war immer die, mit der die Jungs rumhangen, ihren Spaß hatten und ihre Freundin betrügen wollten.

Von diesen Freundinnen wurde ich natürlich gehasst. Ich habe beide Seiten nie verstanden: Die Freundinnen waren immer viel hübscher als ich. Aber anscheinend war schon damals Schönheit nicht alles.

Wiedersehensfreude

»Alles, was wir tun, ist eine Explosion / Alles um
uns herum leuchtet schon.«
AUS »SPIEL MIT« VON 2RAUMWOHNUNG

Ich könnte in meinem Kiez manchmal verrückt werden. Ich
wohne am Rand von Schöneberg, nah an der Grenze zu
Friedenau. Eine recht unspektakulärere Gegend, in die ich
nur gezogen bin, weil ich, ungeduldig wie ich bin, schnell eine
Wohnung in Berlin haben wollte, die Miete günstig und die
Wohnung schön war.

Wenn ich aber Richtung Nollendorfplatz gehe (was ziemlich
oft vorkommt), werde ich fast depressiv. Überall die schönsten Männer. Groß, muskulös. Ihre Körper sehen aus, wie dem
Cover der *Men's Health* entsprungen, so als seien sie bereits
perfekt retuschiert. Makellos. Das Problem ist nur, dass alle
schwul sind. Ich liebe diesen Kiez, weil hier jeder so sein kann,
wie er will. Ausgefallene Styles treffen auf die unauffälligen
Klamotten der Touristen. Diverse Sexshops verkaufen alles,
was zum Ausleben jeder wilden Phantasie nötig ist. Fesselstüh-
le, Gasmasken, riesige Dildos, Kostüme. Es versetzt mich in
Verzückung, hier zu sein.

Ich treffe mich oft hier mit Scarlett und Leo zum sonntägli-
chen Brunch, wenn wir uns gegenseitig erzählen, wie die ver-

gangene Woche war, oder Leo uns mal wieder erzählt, was er in den Schwulenclubs so alles erlebt hat. Manchmal bummeln wir auch über den stets überfüllten Winterfeldtmarkt. Nicht mal mit dem Fahrrad findet man mehr einen Parkplatz, der Kiez scheint aus allen Nähten zu platzen.

Heute bin ich allein hier, wie immer arbeiten unter der Woche meine Freunde genau dann, wenn ich frei habe. Ich sitze auf den breiten Sesseln einer Shisha-Lounge in der Maaßenstraße und trinke einen großen Eiskaffee. Beobachte die verschiedenen Männer. Sicher sind hier auch einige Frauen, aber die sind bei Weitem nicht so interessant. Neben mir sitzen zwei Jungs, der eine bringt dem anderen, einem Portugiesen, deutsche Redewendungen bei. Geschäftsleute suchen die Restaurants auf, um sich mit allen erdenklichen Köstlichkeiten zu stärken. Neben vietnamesischem Essen gibt's vom klassischen Italiener bis zur Sushi-Lounge alles, was das Genießerherz begehrt.

Ich fühle mich hier so wohl, so frei und unbefangen.

In einem kleinen Laden Maaßenstraße Ecke Nollendorfstraße, der eine längst kaputte Feinkost-Leuchtschrift im Stil der Sechzigerjahre trägt, werden Bücher verkauft. Der Verkäufer verschwindet fast hinter seinen Bücherbergen, doch er weiß ganz genau, wo er welchen Schatz lagert.

Die beiden Jungs sind inzwischen beim traumhaften Wetter angelangt. Der Sommer hat die Stadt fest im Griff. Ein Mann mit bunttätowierten Oberarmen und schweren Lederstiefeln setzt sich neben mich und lässt genau wie ich das Leben auf sich regnen.

Diese Tage, an denen nichts los ist, wo mein Handy still ist und ich morgens noch nicht weiß, wo mich die Stadt hintreiben wird, genieße ich in vollen Zügen. Sie geben mir das Gefühl bedingungsloser Leichtigkeit und Unbeschwertheit.

Zwei Spatzen kämpfen um ein Stück Brot und drängen sich gegenseitig weg, fliegen hoch, schlagen mit ihren kleinen Flügeln. Das Handy eines Geschäftsmannes piepst, hektisch steht er auf und verlässt das Café. Ich glaube, es gibt wohl kaum ein anonymeres Geschäftsoutfit als einen Anzug. Müllmänner, Postboten, Polizisten, Bäcker – alle kann man sofort einordnen, nur die Anzugträger nicht. Ich bin so froh, dass mein Arbeitsoutfit neben dem Bademantel die Klamotten sind, die mir gefallen, und ich mich nicht in eine Uniform zwängen muss.

Ich habe Hunger, aber keine Lust zu essen. Ich lasse meine Gedanken einfach treiben. Frei fliegen sie umher, beobachten eine runde Frau, die sich ein Eis kauft, ein junges Mädchen, das »Unserer Lena« zum Verwechseln ähnlich sieht. Sie rechtfertigt sich in einem Mix aus Deutsch und Polnisch an ihrem Handy für eine schlecht gelaufene Klausur. Ihre locker sitzende Hose flattert im Wind.

Der Geruch einer Wasserpfeife weht zu mir herüber. Süß und intensiv. Zwei Schwule am Nachbartisch unterhalten sich. Einer von ihnen spricht mit leichtem französischen Akzent, erzählt von den Partyeskapaden des zurückliegenden Wochenendes. Die beiden kichern vergnügt, beugen sich manchmal ganz nah zueinander und tuscheln, nur um dann umso lauter loszugackern. Neben ihnen sitzt ein stylisher junger Mann mit rotumrandeter Sonnenbrille, hört Musik und liest. Nickt mit dem Kopf zu dem Beat.

Ein Mädchen liest ein Buch. Sie ist komplett in ihrer eigenen Welt versunken. Hin und wieder lächelt sie und hält sich daraufhin die Hand leicht vor den Mund. Sie scheint die anderen Gäste gar nicht wahrzunehmen, in ihrer Welt gibt es wohl gerade nur die Protagonisten dieses Buches. Wenn ich solche Leute beobachte, würde ich am liebsten zu ihnen hingehen und sie fragen, welches Buch sie so in ihren Bann zieht. Doch ich will sie nicht stören. Eine aufgetakelte Dame geht am Café vorbei. Sie hat sich bei ihrem Styling größte Mühe gegeben, ist auch sorgfältig geschminkt und hat eine nette Figur. Nur nützt das alles nichts, weil sie auf ihren High Heels nicht laufen kann. Ihr Gang erinnert mich an den der Figuren aus der Augsburger Puppenkiste. Ich grinse belustigt in mich hinein.

Mein Handy dreht sich surrend auf dem kleinen Holztisch. Ich nehme es in die Hand. Zu meiner Überraschung ist es eine SMS von Alex!!! Cool!

Hey Süße! Ich komme früher zurück ... Ich lande nächsten Donnerstag um 10.30 Uhr in Tegel. Lust, mich abzuholen?

Ich muss unwillkürlich vor Freude quieken! Der tätowierte Mann grinst mich an. Mit roten Wangen erwidere ich sein Lächeln. Endlich kommt er zurück! Das lange Warten auf ihn ist endlich endlich endlich vorbei! Ich habe meinen Jackpot wieder!

*

Mein Herz schlägt mir bis zum Hals, als ich in der Ankunftshalle warte. Ich bin natürlich zu früh, Alex' Maschine landet erst in fünf Minuten. Wann war ich das letzte Mal so nervös? Ich kann mich gar nicht erinnern. Aufgeregt zupfe ich an meinem kurzen Sommerkleidchen und prüfe noch einmal kurz in meinem Handspiegel mein Make-up. Gut, ich sehe gut aus. Meine Wangen sind vor Freude ganz rosig. Gestern habe ich mich extra noch mal wachsen lassen, ich bin so glatt und weich, nirgends ragt eine Stoppel hervor. Wie das Wiedersehen wohl sein wird? Warum fragt Alex eigentlich mich, ob ich ihn abhole? Er hat doch bestimmt so viele Freunde in Berlin. Egal, mir soll es nur recht sein! Ich freue mich schon seit exakt sieben Tagen auf den Moment, an dem ich ihn wiedersehe. Ach was, seitdem er weg ist! Die Zeit vergeht einfach nicht. Zäh und träge scheint sich der Sekundenzeiger auf der großen Uhr zu bewegen. Als ob er heute einfach keine Lust hätte.

Endlich sehe ich auf der Anzeigentafel, dass die Maschine gelandet ist. Alex ist wieder in Berlin! Wie er wohl aussieht? In meinem ganzen Körper kribbelt es. Kurze Zeit später erreichen die ersten, überwiegend braun gebrannten Menschen das Terminal. Eine Gruppe Studenten latscht an mir vorbei. Sie tragen Strohhüte, die schon einiges mitgemacht zu haben scheinen. Sie sind dreckig, die Enden zerfranst. Anscheinend hatten die Jungs eine gute Zeit.

Wann kommt denn endlich Alex? Nervös stelle ich mich auf die Zehenspitzen, als sich die Schiebetüren zu der Halle, in der sich die Gepäckbänder befinden, öffnen. Noch sehe ich ihn nicht. Warten ist wirklich nicht meine Stärke. Ich beobachte die Menschen um mich herum. Ein junges Pärchen fällt sich weinend in die Arme. Zwei kleine Mädchen flitzen in die offenen Arme einer älteren Frau. Ich lächle. In Ankunftsterminals spielen sich, wie auf Bahnhöfen, oftmals dramatische Szenen ab. Nur, dass es auf Bahnhöfen Abschiedstränen sind und in Terminals Freudentränen. So viele glückliche Menschen um mich herum zu sehen versetzt mich in noch größere Euphorie.

Und dann sehe ich ihn, meinen Alex: braun gebrannt, mit sonnengebleichtem Haar und seinem typischen Dreitagebart kommt er fröhlich auf mich zu. Seine Zähne strahlen durch seinen braunen Teint noch mehr. Er sieht toll aus! Besser denn je! Mein Herz macht einen kleinen Freudensprung, als er mit großen Schritten auf mich zugeht, den großen Koffer hinter sich herziehend. Wir sagen nichts, lächeln uns einfach nur an, fallen uns in die Arme. Ich schließe unwillkürlich die Augen, atme seinen Geruch, der mich, herb und männlich, sofort wieder in seinen Bann zieht. Er hält mich fest in seinen Armen. Ich fühle mich sicher und geborgen. Es tut gut, ihm wieder so nah zu sein. Für diesen Moment gibt es nur noch uns. Ich höre nicht mehr die Lautsprecherdurchsagen oder die anderen Menschen. Alles andere rückt automatisch in den Hintergrund.

Langsam lösen wir unsere Umarmung, sehen uns an, küssen uns auf den Mund und umarmen uns wieder. Anscheinend hat er mich auch vermisst. Dabei hat es nie den Anschein gemacht, als ob er das jemals tun würde ... Wie auch immer: Dieser Moment ist definitiv einer der schönsten, die ich je erlebt habe. Ganz ohne Worte sagt er doch alles über uns aus. Über unsere merkwürdige Beziehung, die in keine Schublade passen will.

Wieder lockern wir die Umarmung, strahlen uns an. Seine blauen Augen leuchten. »Wie schön, dass du wieder da bist!«, sage ich fröhlich und streiche mit beiden Händen über seine Oberarme. Sie fühlen sich noch besser an, als ich es in Erinnerung habe. Fest und stark. Ich bekomme Gänsehaut.

»Das finde ich auch! Danke, dass du mich abholst!«

»Ist doch klar!«, lächle ich.

Alex legt seinen Arm um mich, küsst meine Schläfe und flüstert mir ins Ohr: »Um ehrlich zu sein: Ich konnte es kaum erwarten!« Ich kichere vorfreudig und lege meinen Arm um seine Taille. Wir sind zum ersten Mal zusammen in der Öffentlichkeit und wirken auf andere bestimmt wie ein glückliches Pärchen. Ach, wenn die wüssten ...

»Und? Wie war's in Spanien?«, frage ich, während wir den Flughafenparkplatz in Richtung Kreuzberg verlassen.

»Schön! Wir hatten jeden Tag Sonne und mindestens 25 Grad!«

Ich würde ja zu gern wissen, warum er früher zurückkommt, will aber nicht nachfragen. Ich habe das Gefühl, dass es mich einfach nichts angeht. »Nur mein Chef war scheiße«, fährt er fort. »Ein richtiger Tyrann ... Deswegen habe ich gekündigt, meine Sachen gepackt und jetzt bin ich wieder hier!« Er lächelt mich an.

Wegen der Baustelle kommen wir kaum voran. Dabei kann ich es kaum abwarten, bei ihm zu sein. Unsere Körper ziehen sich an wie Magneten. Schon seine Anwesenheit erregt mich. Wenn wir weiterhin so langsam sind, werde ich mich allerdings noch ein bisschen gedulden müssen. Ich seufze und mache das Fenster ein Stück runter. Die Sonne scheint auf meine nackte Schulter.

Als ob er schon wieder meine Gedanken gelesen hätte, schnallt Alex sich ab und beugt sich zu mir rüber, legt seine braune Hand auf meinen nackten Oberschenkel. Sie ist groß und schwer. Ich spüre seinen Atem an meinem Ohr, an meinem Hals. Ich muss mir richtig Mühe geben, mich auf die Straße zu konzentrieren. Am liebsten würde ich rechts ran fahren und mich einfach von ihm ficken lassen. Aber ich genieße die erotische Spannung zwischen uns, die mich jetzt schon fast zum Platzen bringt.

Alex leckt langsam mit breiter Zunge mein Ohrläppchen. Eine Gänsehaut überzieht meinen gesamten Körper, meine Nackenhaare stellen sich auf. Jetzt küsst Alex meinen Hals, saugt sanft an ihm. Seine Hand wandert unter mein Kleid. Meine Erregung steigert sich ins Unermessliche. Ich rutsche ein Stückchen weiter nach vorne, um seinen Fingern den Weg zu erleichtern. Als sie meine heiße und nasse Spalte erreichen, stöhne ich leise auf. Ich muss aufpassen, nicht vor lauter Genuss die Augen zu schließen oder plötzlich aufs Gaspedal zu treten. Alex' Daumen massiert meine Klit, während er mir zwei Finger reinsteckt. Ich atme schneller. Flüstere stöhnend seinen Namen. Sehe die Beule in seiner Hose und möchte ihn jetzt sofort in mir haben. An der nächsten roten Ampel greife ich in seinen Schritt. Streichle durch die Hose seinen harten Schwanz. Seine Finger werden schneller. Meine Hüften und meine Hand passen sich seinem Rhythmus an. Wir küssen uns mit heißen Lippen. Laut atmend. Seufzend.

Hinter uns hupen die anderen Autofahrer. Ich öffne die Augen. Die Ampel ist grün. Ich fahre auf die Stadtautobahn, gebe Gas. Die Straßen sind frei. Alex' Daumen massiert langsam meine nasse Klit. »Am liebsten würde ich dich jetzt lecken!«, raunt er in mein Ohr und wird wieder schneller. Der Fahrtwind spielt mit meinen Haaren. Meine Geilheit fließt nur so aus mir raus. Nicht mehr lange und ich werde ziemlich heftig kommen. »Warte«, keuche ich erregt. »Warte, ich werde sonst irgendwo gegen fahren.«

»Das wäre wirklich schade ...«, flüstert er, »dann werde ich mich einfach nicht mehr bewegen.« Er lässt seine Finger in meiner Muschi ruhen, küsst meinen Hals, beißt in meine Ohrläppchen. So wird meine Erregung natürlich nicht weniger. Ihn in mir und seinen Atem an meinem Gesicht zu spüren fühlt sich einfach zu gut an. Ich lächle, halte es kaum noch aus. Endlich fahren wir Tempelhof ab. Erst kurz vor seiner Wohnung zieht er seine Finger raus und steckt sie mir in den Mund.

Glücklicherweise finden wir genau vor seiner Wohnung einen Parkplatz, der so groß ist, dass ich mühelos einparken kann. Einparken ist unter normalen Umständen schon nicht meine Stärke, aber unter diesen fast unmöglich. Kaum ist der Motor aus, beugt er sich wieder zu mir rüber und küsst mich. Auch meine Hand wandert sofort in seine Hose. »Lass uns hochgehen«, keuche ich und widerwillig lösen wir uns voneinander.

In der Wohnung ziehe ich mir sofort mein Kleid über den Kopf, Alex zieht sein grünes T-Shirt aus. Sein Oberkörper ist braun gebrannt. Er sieht noch attraktiver aus … Sofort küssen wir uns wieder, ich nestele ungeschickt an seiner Hose. Er lacht kurz auf und zieht sie sich selbst aus. Freudig springt mir sein Schwanz entgegen. Ich umschließe ihn mit meiner Hand, fange an, ihm einen runterzuholen. Er stöhnt, drückt mich keuchend gegen die Wand in seinem kleinen Flur. Ich spreize meine Beine, er hebt mich an und sein Penis gleitet nur so in mich. Ich liebe das Gefühl des ersten Eindringens. Lustvoll geben wir uns hin, meine Hände krallen sich in seinen breiten Rücken, in seinen Po. Dann setzt er mich ab, dreht mich um und steckt mir vorsichtig seine Finger in mein Poloch. Als er spürt, wie sehr mich das anmacht, spuckt er auf seinen Schwanz und drückt ihn mir langsam rein. Ich stöhne erregt auf, massiere meine Klit. Seine anfangs behutsamen Stöße werden heftiger, er schlägt mir auf die Backen. Mir ist schon fast schwindelig vor lauter Geilheit ... Ich strecke ihm meinen Po entgegen. Das ist zu gut! Ich könnte zerfließen!!! Er nimmt mich hart und fest, bis er kurz nach meinem explosionsartigen Orgasmus kommt.

Wir liegen nebeneinander auf seinem Bett, rauchen eine Zigarette. Die Fenster sind geöffnet, die Sonne scheint auf unsere nackten Körper. Stimmengewirr und der laute Straßenverkehr dringen zu uns nach oben. Alex' Haut ist dunkelbraun. Bis auf eine kleine Ausnahme: Von seinen Oberschenkeln bis zum Schambereich ist er so weiß, wie er vor seiner Abreise war. Ich liebe diese Abdrücke. Sie lassen einen aussehen, wie von der Sonne geküsst.

»Rosa?«, unterbricht er die Stille. Ich drehe mein Gesicht zu ihm, doch sein Blick schweift aus dem Fenster.

»Ja?«

»Warst du schon mal so richtig verliebt?« Ich suche verwundert über diese typische Frauenfrage seinen Blick. Doch er sieht immer noch aus dem Fenster. »Ich habe in Spanien ein Mädchen kennengelernt und sie hat mir neulich gesagt, wie sehr sie in mich verliebt ist.«

Ich ziehe eine Augenbraue hoch. »Und? Was hast du gesagt?«

»Nichts.« Er dreht sich auf die Seite und sieht mich an. »Wir kannten uns gerade zwei Wochen ... Was hätte ich da sagen sollen? Sicher, ich fand sie toll, war gern mit ihr zusammen. Aber verliebt ...? So schnell geht das doch nicht.«

»Und was hast du gemacht?«

»Ich habe sie geküsst. Ich meine, sie ist schon ein liebes Mädchen, aber wenn ich wirklich verliebt wäre, hätte ich mich doch gefreut, oder? Ihre Aussage hat für mich alles kaputt gemacht. Das war gleich wieder so ein Label, was ich nicht wollte. Status: ›VERLIEBT!‹ Außerdem …«, nachdenklich kratzt er sich am Kopf, »wäre ich doch in Spanien geblieben, wenn ich sie toll genug gefunden hätte. Dann hätte ich mir einfach einen anderen Job gesucht.«

»Wahrscheinlich. Aber wann weißt du, dass es wirklich Liebe ist? Anfangs will man immer zusammen sein, allein der Gedanke, ohne den anderen zu sein, scheint einem das Herz rauszureißen. Und dann, eines Tages, stellt man fest, dass das Leben ohne den anderen wahrscheinlich viel schöner wäre. Und es zerreißt einen, den anderen noch ertragen zu müssen.« Er lacht nickend und seufzt. »Stimmt.«

»Ist doch so. Ich dachte mal, ich hätte geliebt. Aber das, was zwischen meinem Ex und mir war, war keine Liebe. Das war einfach nur krank. Von daher bin ich in Liebesdingen eine ganz schlechte Ratgeberin.«

»Dafür bist du aber so herrlich versaut!«, freut Alex sich und sieht mich mit blitzenden Augen an. Er rückt näher zu mir und küsst mich. Ich spüre seinen Ständer an meinem nackten Bein und werde auch sofort wieder heiß. Als er sich auf mich drauflegt, sprudelt die Erregung aus meiner Vagina. Unsere Haut fühlt sich toll aufeinander an. Er reibt seinen Penis an meinen Schenkeln. Ich spreize meine Beine. Küssend dringt er in mich ein. Ich greife seinen weißen Po, drücke ihn mir, so tief ich kann, in mich. Steuere sein Tempo. Es fühlt sich unfassbar gut an, ihn wieder so nah bei mir zu haben. Am liebsten hätte ich ihn überall gleichzeitig … »Ich will dir einen blasen …«, schnurre ich. Alex rollt sich sofort von mir runter und legt sich auf den Rücken. Ich lecke langsam seinen Schaft. Er zieht heftig Luft durch seine Lippen, bis er anfängt, zu stöhnen. Immer wieder sehe ich ihm in die Augen. Unsere Blicke halten sich fest, bis ihn die Lust die Augen schließen lässt. Ich sauge an seiner Eichel. Meine Spucke rinnt über meine sorgfältig lackierten Fingernägel, meine Finger halten seinen harten Schwanz fest. Ich liebe diesen Anblick. Genau wie den, wenn ich mich nach heftigem Sex im Spiegel angucke und total zerfickt aussehe. Ich fühle mich verrucht, sinnlich. Es gibt mir das Gefühl, mich auszuleben. Alex streicht über meinen Kopf, bewegt stöhnend seine Hüften. Er ist mir völlig erlegen. Sieht mir in die Augen und kommt dann laut keuchend in meinem Mund.

Ich lege mich wieder neben ihn. Schließe die Augen. Genieße die Sonne auf meiner Haut und Alex neben mir. Mein ganzer Körper scheint nach ihm zu riechen. Ich atme entspannt aus und falle in einen traumlosen Schlaf.

Als ich aufwache, dämmert es schon. Mein Magen knurrt. Alex liegt neben mir und schläft noch. Ich beobachte ihn und muss an Scarletts Frage denken. Nein, ich bin nicht verliebt in ihn. Aber ich habe ihn lieb gewonnen. Ich bin irrsinnig glücklich, ihn zu kennen.

Unsere Zeit fühlt sich toll an, obwohl mir klar ist, dass es so nicht ewig weitergehen wird. Aber ich will diesen Abend nicht mit Grübeleien über unsere Zukunft verschwenden, ich will ihn einfach nur genießen. Ganz egal, was aus uns wird, wie sich unsere Sexbeziehung / Freundschaft entwickelt, was zählt, ist das Hier und Jetzt. Ich streiche liebevoll über seine Wange. Er blinzelt mich an. »Hi ...!«, murmelt er verschlafen. »Hi!«, erwidere ich. Plötzlich streckt er seine Arme aus, packt mich und zieht mich auf sich drauf. Ich quieke kurz auf. Dann halten wir inne und sehen uns an. Seine Augen leuchten.

»Kannst du noch?«, fragt er. Von Müdigkeit keine Spur mehr. Ich grinse ihn an und ziehe herausfordernd eine Augenbraue hoch: »Was glaubst du denn?«

Prüfend gleiten seine Finger in mich. Sie werden regelrecht aufgesogen. Unsere Lust aufeinander gönnt uns heute einfach keine Pause. Alex grinst über das ganze Gesicht: »Oh Baby, ich werde dir sofort Abhilfe schaffen!« Kichernd rolle ich von ihm runter und lege mich auf den Bauch. Er fängt sofort an, mich zu lecken. Seine Zunge taucht in mich ein, leckt meine Klit, er fingert mich. Ich stöhne tief aus dem Bauch heraus. Die andere Dimension ist wieder zum Greifen nah.

Wir haben so lange Sex, bis wir beide völlig erledigt einschlafen. Nicht mal für die obligatorische Pizza nehmen wir uns Zeit. Als wollten wir die vergangenen Monate in nur einer Nacht nachholen. Wir gönnen uns nahezu keine Pause.

Neben Alex zu schlafen ist sofort wieder vertraut. Ab und zu gibt er wohlige Seufzer von sich, die ich im Halbschlaf lächelnd wahrnehme. Es ist so schön, dass er wieder da ist!

*

Am nächsten Morgen werde ich wach, weil Alex schon wieder an mir herumspielt. Die ersten Sonnenstrahlen fallen durch das geöffnete Fenster. Staubkörner tanzen im Einfall des Lichts. Der Himmel ist blau. Alex liegt neben mir und streichelt ganz leicht meine Spalte. Er fährt mit dem Finger so leicht über sie, dass es fast kitzelt. Als er sieht, dass ich wach bin, sagt er nichts, er lächelt mich einfach an und erhöht den Druck seiner Finger. Wie automatisch spreize ich die Beine. Er massiert gekonnt meine Klit. Ich fange leise an zu stöhnen und spüre, die Geilheit in mir aufsteigen. Schmatzend gleiten seine Finger in mich. Sein Daumen kümmert sich weiterhin um meine empfindlichste Stelle. Ich schließe lustvoll die Augen und drücke mich ins Laken. Es gibt wahrscheinlich keine schönere Art, geweckt zu werden, als diese.

Alex zieht seine Finger aus mir und legt sich auf mich. Langsam, aber bestimmt drückt er mir seinen erigierten Penis in meine Muschi. Sein Körper liegt warm und schwer auf meinem. Er beißt sanft in meine Ohrläppchen, als er anfängt, sich zu bewegen. Nein, es gibt keine bessere Art, geweckt zu werden, als diese. Definitiv nicht!

*

Nach einem gemeinsamen Frühstück in einem Straßencafé fahre ich nach Hause. Zum Glück muss ich heute nicht arbeiten! Ich kann mich nicht mal mehr hinsetzen, ohne vor lauter Muskelkater zu seufzen.

Ich bin so glückselig und befriedigt, dass ich, zu Hause angekommen, meine Muschi fotografiere und das Bild per MMS an Alex schicke. Die Zeit mit ihm war wieder unfassbar gut! Er weiß einfach, was ich will ... Außerdem ist alles so schön unkompliziert zwischen uns ... Ach Alex, ich bin einfach süchtig nach dir ... Ich bekomme Gänsehaut, wenn ich daran denke, was wir gestern den ganzen Tag bis spät in die Nacht alles gemacht haben. Mein Handy klingelt. Ob das Alex ist, der sich bedanken will? Vielleicht können wir uns ja morgen wieder treffen. Heute bin ich echt zu geschafft. Werde ich ihm gleich mal vorschlagen. Bevor ich abnehme, werfe ich einen Blick auf das Display. Nicht Alex ruft an, sondern meine Mutter.

»Moin Mama! Na, alles klar bei dir?«

»Die Frage ist: Ist alles klar bei *dir*?« Warum klingt meine Mutter denn so besorgt?

»Wieso?«

»Ich habe gerade so eine komische SMS bekommen ...«

»Ja? Ich hab dir nicht geschrieben«, sage ich beiläufig und gucke mich im Spiegel an. Ich habe tatsächlich einen Knutschfleck am Hals.

»Doch! Sie ist von dir ...!«, sagt sie mit einem komischen Unterton.

Schlagartig weiß ich, von welcher SMS sie spricht! Der Muschi-MMS!!! Wie rede ich mich denn da jetzt wieder raus? Oh Gott, wie peinlich! Hastig denke ich nach. Dass mein Handy geklaut wurde, kann ich nicht sagen – schließlich hat sie mich mobil angerufen! Oh nein! Was mache ich denn jetzt?! Ich muss Zeit gewinnen!

»Ne, ich hab dir keine geschrieben. Was steht denn drin?«, tue ich scheinheilig. Denk nach, Rosa! Denk nach!

»Also ... ähem, um ehrlich zu sein ... da steht ›Viele Grüße‹, ein zwinkernder Smiley und dann ist da noch ein ... Bild!«

»Ein Bild?« Denk nach!!!!

»Ja ... von einer Vagina!«, sagt sie flüsternd.

»Was? Warum sollte ich dir denn so was schicken?« Ich gebe alles, damit sie nicht merkt, dass ich lüge! Sie ist meine Mutter! Sie soll nicht wissen, was ich manchmal für Ferkeleien mache.

»Das habe ich mich auch gefragt ...! Deswegen wollte ich mal anrufen und fragen, ob alles okay ist.«

»Wie komisch!«, suhle ich mich in Unschuld. »Aber ich würde dir doch nie so was schicken! Warum sollte ich über-

haupt ein Foto von meiner Vagina machen? Ist ja absurd!«
Hoffentlich merkt sie nichts!!! Schließlich hat sie mich früher
immer entlarvt, als ich plötzliche Magen-Darm-Erkrankungen
wegen bevorstehenden Mathearbeiten bekam ... Sie wusste
immer, wenn ich lüge ...! Ich wünsche mir sehnlichst, dass sie
diese Intuition verloren hat. Es wäre zu peinlich!

Dann kommt mir ein Geistesblitz! »War bestimmt wieder
so'ne Datenpanne vom Anbieter. Hab ich gestern gelesen.
Tausende Kundendaten wurden geklaut! Bestimmt war auch
meine Nummer mit dabei! Und jetzt ist die in den Händen von
irgendwelchen Irren, die solche MMS verschicken! Hoffentlich hat nicht auch mein Chef so eine Nachricht von mir bekommen!«

Sehr gut, Rosa, das war eine sehr glaubwürdige Lüge!, lobe
ich mich in Gedanken.

»Ist ja eine Unverschämtheit!«, sagt sie empört.

»Echt, finde ich auch! Ich ruf da gleich mal an und be-
schwere mich!«, echauffiere ich mich und verkneife mir ein
Grinsen.

Erleichtert sagt sie: »Schön, dass bei dir alles in Ordnung
ist!« Und kichernd fügt sie hinzu: »Ich dachte schon, deine
verqueren Gehirnwindungen hätten dir mal wieder einen
Streich gespielt.«

»Mama!« Jetzt bin ich empört! Verquere Gehirnwindungen?! – Was soll das denn heißen?! »Was denkst du denn von
mir?!«

»Nur das Beste, mein Schatz, nur das Beste!«

»Tschuldigung, ficken?«

»Männer mögen das Feuer entdeckt haben.
Aber Frauen wissen, wie man damit spielt.«
CARRIE BRADSHAW, »SEX AND THE CITY«

Die Sonne brennt inzwischen auf meinen nackten Beinen, es tut weh und fühlt sich doch zu gut an, um in den Schatten zu gehen. Es ist mit Sicherheit einer der letzten wirklich warmen Sommertage. Die Blätter mancher Bäume haben schon die rötliche Färbung angenommen, die den Herbst ankündigt. Ich bin mit meinem Fahrrad nach Zehlendorf an den Schlachtensee gefahren und genieße mit einem Buch diesen warmen Samstag.

Mein Badelaken riecht nach Sonnencreme, meine Augen sind von zu wenig Schlaf geschwollen. Es ist noch früh, aber der Tag ist zu schön, um ihn im Bett zu verbringen. Zur Abkühlung springe ich immer mal wieder in das erfrischende, glasklare Wasser. Libellen schwirren dicht über der Wasseroberfläche, Vögel zwitschern, ab und zu hört man sogar das Hämmern eines Spechts. Die Liegewiese füllt sich zusehends, komplett braun gebrannte Menschen und solche mit T-Shirt-Abdrücken aalen sich gleichermaßen in der Sonne. Tanken Kraft für anstrengende Tage ohne Entspannung und Hitze. Kinder spielen kreischend Fangen, während die jungen Mütter sich selbstgebackenen Kuchen schmecken lassen und quatschen. Hunde tollen vergnügt umher.

Mein Blick bleibt bei einem Paar hängen: Der Mann sieht aus wie Matthias Reim mit Tattoos, sie wie sein viel zu junger Groupie. Es ist nicht zu übersehen, dass er wahnsinnig scharf auf sie ist. Jedes Mal, wenn ich von meinem Buch auf- und zu ihnen hinübersehe, beobachte ich, wie seine Hand in ihre Hose gleitet. Sie liegt auf dem Bauch, er sitzt neben ihr. Kaum hat seine Hand ihren Po berührt, fängt sie an zu quieken und zappelt wie ein frisch gefangener Fisch. Daraufhin zieht er die Hand wieder weg, doch er hört nicht auf, sie zu umgarnen. Sein Oberkörper ist nackt und dunkelbraun gebrannt. Rein »zufällig« legt sie ihre zarte Hand in seinen Schoß, nur um ihn neckisch anzusehen und sie sofort wieder wegzunehmen. Als ich das nächste Mal zu ihnen sehe, hat sie es sich auf seinem Schoß bequem gemacht und küsst ihn. Er ist ihr vollkommen erlegen. Für einen kurzen Moment bin ich neidisch. Neidisch auf gierige Hände, sinnliche Blicke und unersättliche Körper.

Eine Gruppe Jugendlicher trifft sich genau neben mir. Die Jungs küssen sich zur Begrüßung ruckartig auf die Wangen, dann setzen sie sich neben mich. Ob ich will oder nicht, ich kann gar nicht anders, als ihrer Konversation zuzuhören. »Alter ey!«, sagt einer der Jungs mit seiner sehr kindlichen Stimme. »Wenn das meine Freundin gewesen wäre, nä, ie schwör, würd iesch zu der sagen: ›Ey, du Schlampe, was störstn miesch und rufst miesch an, wenn iesch mit meinen Jungs unterwegs bin!‹ Der würd iesch dann voll eine ballern, nä!« Warum können so viele Jugendliche eigentlich nicht mehr das »Ch« aussprechen? Ein anderer der Jungs lacht laut auf und kichert wie ein kleines Mädchen.

Ein Mann sitzt in knapper Badehose und Sonnenbrille unter einem Baum und führt lautstark und dominant geschäftliche

Telefonate. Währenddessen zupft er sich immer wieder das Höschen zurecht. Schade, dass ihn sein Geschäftspartner an der anderen Leitung nicht sehen kann! Na, wer weiß, wo der sich befindet ...

Matthias Reims Freundin ist mittlerweile von ihrem Freund geklettert und hat sich rücklings neben ihn gelegt. Er greift ihr wieder in die Hose, spielt kurz mit ihrer Muschi, woraufhin sie laut glucksend seine Hand wegschlägt. Er sieht sich verlegen um. Seinem peinlich berührten Blick nach zu urteilen, merkt er erst jetzt, wie voll es auf der Liegewiese ist. Der Gute war anscheinend ganz blind vor Geilheit. Verlegen zündet er sich eine Zigarette an.

Die Jugendlichen bekommen unterdessen Besuch von einem weiteren Kumpel. Der Junge ist blond, seine Hose hängt ihm unterm knabenhaften Hintern. Rosafarbene Boxershorts mit weißem Elchprint kommen zum Vorschein. Ich muss unwillkürlich kichern und freue mich, dass ich keine 14 mehr bin. Und glücklicherweise auch nie wieder sein werde.

*

Nach einer ausgiebigen Dusche rieche ich nach Grapefruit und Zitronengras (mein Duschgel) und bin mit kühlender After Sun Bodylotion eingecremt. Meine Wangen sind noch ganz rosig vom Sonnenbad. Ich spüre immer noch die wärmende Sonne auf meiner Haut, obwohl sie schon fast untergegangen ist. Das ist definitiv eines meiner liebsten Sommergefühle! Genau wie Fahrtwind in meinen Haaren, wenn ich mit meinem Fahrrad einen Berg hinuntersause, junges Gras unter meinen nackten Füßen, im Meer baden und danach das Salz auf den

Lippen schmecken. Nackte Haut an nackter Haut (vorausgesetzt, ich mag diese Person sehr), oder wenn jemand liebevoll den Arm um mich legt und mich an sich drückt. Wobei die letzten beiden Punkte durchaus ganzjährig gelten.

Abends treffe ich Scarlett und Leo in einem der stylishsten Restaurants in der Motzstraße in Schöneberg. Die überwiegend schwulen Gäste sind mindestens genauso cool wie die freundliche Bedienung.

Die Wände sind in angenehmem Rot gestrichen, der Tresen und die Tische sind aus sattem Walnussholz gefertigt. Perlenbesetzte Stränge umspielen in die Decke eingelassene Lampen. Bis auf den Boden hängen sie hinab. Spiegel, Lampen mit Glasfuß und mattgelben Schirmen schenken dem Restaurant trotzdem eine gewisse Leichtigkeit. Wie jeden Abend ist es so voll, dass man kaum einen Platz findet oder an der Bar auf einen Tisch warten muss. Klugerweise haben wir reserviert, Leo und ich sind zuerst da. Wir bestellen uns Prosecco mit Rhabarberlikör und warten, den neuesten Klatsch und Tratsch austauschend, auf Scarlett. Sie ist ganz aufgeregt, als sie reinkommt.

»Ihr glaubt nicht, was passiert ist!«, schnaubt sie empört. »Ich wurde eben von 'nem Kerl so dermaßen dämlich angemacht, ich hätte ihm am liebsten meine Handtasche um die Ohren gehauen.« Sie zieht sich ihren Trenchcoat aus.

»Warum hast du es nicht gemacht?«, fragt Leo.

»Weil meine Tasche dafür zu schön ist«, lacht sie und setzt sich zu uns an den Tisch.

»Was hat der Fritze denn gemacht?«, will ich wissen.

Scarlett rollt mit ihren großen Augen: »Erst mal sah der Kerl aus wie ein Orang-Utan. Und dann sagte er: ›Tschuldigung, ich hab eine Frage.‹ Ich Gutmensch bleibe stehen, weil ich dachte, der will den Weg wissen oder so. Und dann fragt er: ›Hat es wehgetan?‹ Ich so: ›Was?‹ ›Na, als du vom Himmel gefallen bist!‹«

»Oh ne, wie dämlich!«, kichere ich.

Leo schlägt sich die Hand auf die Stirn. »Du Arme!«

Der Kellner bringt uns die Karten, Scarlett bestellt auch einen Drink.

»Mir ist neulich was ganz Ekliges passiert!«

»Natürlich ist dir das. Du bist ja auch Leo!«, sagt Scarlett. Er wirft ihr einen schnippischen Blick zu.

»Also: Ich war in einem Schwulenclub auf der Toilette und hab gepinkelt. Als ich fertig war, kam ein Typ auf mich zu und und sagte mit gedämpfter Stimme: ›Ich glaube, du hast ihn jetzt lange genug geschüttelt!‹«

»Iiiiihhh!«, quieken Scarlett und ich wie aus einem Mund.

»Zu viele Informationen?«, fragt Leo in gespielter Unschuld.

»›Shake it once that's fine, shake it twice that's okay, shake it three times, you're playing with yourself again!‹ Singen jedenfalls die Jungs von Good Charlotte!«, gluckst Scarlett.

»Mir hat mal ein Typ an der Tankstelle gesagt: ›Na Blondie, wie wär's mit uns beiden?‹ Ich dachte, das sagen die nur in Achtzigerjahre-Pornos ...«, erzähle ich. »Der sah übrigens auch aus, wie einem Achtzigerjahre-Porno entsprungen! Oberlippenbart, scheiß Frisur ... Also vorne kurz, hinten lang ...«

»Iiiih, ein Vokuhila!«, quiekt Scarlett.

»Was hast du gesagt?«, fragt Leo neugierig.

»Der war so eklig und lüstern, dass ich ihn von oben bis unten gemustert habe und dann angefangen habe, zu lachen. Du glaubst nicht, wie schnell der wieder weg war!«

Der Kellner bringt Scarletts Prosecco mit Rhabarberlikör, wir stoßen an. Die Eiswürfel und Limettenscheiben werden hin und her geschaukelt. Nachdem Scarlett runtergeschluckt hat, erzählt sie fast beiläufig: »Zu mir hat mal einer gesagt: ›Wow, hast du schöne Schuhe an! Wollen wir ficken?‹« Sie sieht in die Runde.

»Und?«, frage ich.

Sie grinst uns an. »Er war sexy, also hab ich's gemacht!«

Leo und ich fangen an zu lachen.

»Wie hätte ich da Nein sagen können? Ich hatte meine allerliebsten Schuhe an! Die dunkelgrauen Wildleder-Pumps von Christian Louboutin, die ich mir mal in den USA gekauft habe ... Er hatte einfach recht!«

»Warum finden Frauen Schuhe eigentlich so toll?«, fragt Leo.

»Weil Schuhe toll sind?!«

»Weil Frauen an den Füßen nicht zunehmen. Jedenfalls nicht bei kleineren Gewichtsschwankungen. Egal, was mit dem Rest der Figur passiert, Schuhe passen immer! Ist jedenfalls meine Theorie«, antworte ich.

»Ahhhh! Klingt logisch! Und deswegen lieben sie wahrscheinlich auch Handtaschen?«

»Du hast es erfasst! Und deswegen hassen sie es auch, Hosen zu kaufen! Ich habe mal einen Typen auf einer Party kennengelernt und der schien auch ganz nett zu sein. Wir tauschen also Nummern aus und das Erste, was er mir schreibt, ist: ›Ich will dich in den Arsch ficken!‹ Ich habe ja wirklich nichts gegen Klartext oder versaute SMS, aber das war so plump und dämlich, dass ich den sofort wieder abgeschossen habe. Ich meine, wir kannten uns gar nicht, da war keine sexuelle Spannung, kein Knistern ... Wenn der Mann heiß ist, oder wir schon guten Sex hatten, kann er gern machen, was er will, dann stehe ich total auf solche Nachrichten. Aber so? Das war einfach nur plump!«

»Wie mit meinem Schöne-Schuhe-willst-du-ficken-Kerl. Das war so sexy, wie er das gesagt hat, und es hat zur Stimmung gepasst!«

»Ja, manche Männer haben's halt einfach drauf. Und manche nicht!«

Wir zwinkern uns zu.

»Apropos es nicht draufhaben: Mir hat, ob ihr's glaubt oder nicht, auch mal jemand ein Kompliment gemacht …«, scherzt Leo. »Jedenfalls sollte es eins sein … Er hat gesagt, dass ich aussehe wie Neil Patrick Harris. Allerdings in einer weniger erotischen Ausführung!«

Scarlett kichert.

»Wer ist das denn?«, frage ich.

»So'n knittriger Schauspieler, der 100 Jahre älter ist als ich und gar nicht sexy aussieht!«, empört sich Leo. Jetzt muss ich auch lachen. »Als ich noch braune Haare hatte, hat mir mal einer gesagt, ich sehe aus wie Tiffani-Amber Thiessen. Dabei war ich 17 und sie fast 30!« Ich trinke einen Schluck. »Fast genauso schlimm wie: ›Du bist echt schön! Du erinnerst mich an meine Mutter!‹«

»Iiiih, oder der Klassiker: ›Dein Vater muss ein Dieb sein – er hat die Sterne geklaut und dir in die Augen gesetzt!‹«, prustet Scarlett.

»Oder ›Ich bin so schlecht im Bett, dass man es einfach erlebt haben muss!‹«, kichere ich und trinke mein Glas aus.

»Hat das mal einer zu dir gesagt?!«, will Leo ganz entsetzt wissen.

»Zum Glück nicht! Aber mir ist neulich was ganz Widerliches passiert! Ich war nachts unterwegs und kam gerade von der U-Bahn, als mitten auf dem Bürgersteig ein Typ stand. Er beobachtete mich die ganze Zeit, während ich auf ihn zukam. Er stand breitbeinig da und hatte die Hände am Gürtel. Total unangenehm ... Ich ging an ihm vorbei, sein Blick folgte mir und dann flüsterte er ›Blasen?‹«

»Wie eklig! Und dann?«, fragt Scarlett.

»Für einen kurzen Moment habe ich überlegt zu sagen: ›Klar, warum nicht, am besten hier zwischen den Autos!‹ Nur um zu gucken, wie er reagiert. Dachte der wirklich, ich sage Ja?«

»Warum hast du es nicht gemacht?«, will Leo wissen.

»Weil der Kerl so aggressiv und ekelhaft aussah, dass ich ihn lieber nicht provoziert habe ...«

»Ist auch besser so!«

»Ich frage mich, was solche Kerle mit derartig bescheuerten Anmachen bezwecken! Ob einer mal damit Erfolg hatte, es all seinen Freunden erzählt hat und es seitdem eine Art Legende gibt, dass alle Frauen es toll finden?«

»Ne, das ist wie mit bellenden Hunden«, sagt Leo, »die beißen auch nicht. Wahrscheinlich würden die Typen heulend zu ihrer Mama laufen, wenn du darauf eingehen würdest.«

»Blödheit kennt echt keine Grenzen! Ich wurde mal von 'nem Kerl vollgelabert, der zwar total gut aussah«, Scarlett macht eine theatralische Pause, »aber strohdoof war. Die ganze Zeit hat der mit diversen beknackten Anmachsprüchen um sich gehauen. Von ›Hast du Feuer?‹ bis hin zu ›Der liebe Gott hat geweint, als du geboren wurdest, weil er einen Engel verloren hat‹ war alles dabei. Da habe ich zu ihm gesagt: ›Hat dir eigentlich schon mal jemand gesagt, dass du nicht nur schön, sondern auch unheimlich intelligent bist?‹ Daraufhin antwortete er nach einer kurzen Denkpause mit ›Nein‹. Ich sagte: ›Das dachte ich mir.‹«

»Du kannst so fies sein!«, freut sich Leo.

»Das Beste war aber, dass er das nicht verstanden hat und dachte, es wäre ein Kompliment!« Wir kichern. Mit Tränen in den Augen sagt Leo: »Manche Männer sind nicht nur dumm, sondern auch eklig!«

»Sprich doch bitte nicht so abwertend von dir!«, sage ich. Leo wirft mir einen gespielt bösen Blick zu. Ich antworte mit einem Zwinkern.

»Dieser Typ und ich hatten Sex. War auch so weit alles okay. Aber danach leckte er sich über die Lippen und sagte zu mir: ›Los, Papi will's noch mal!‹«

»Iiiihhh!«, quietschen Scarlett und ich gleichzeitig.

»Allerdings! Ich bin aufgestanden und gegangen. Ich habe ihn nie wieder angerufen.«

»Zu Recht!«, grinse ich. »Neulich hat einer in der Sauna zu mir gesagt: ›Ganz schön heiß hier. Liegt wohl an dir!‹«

»Hat er auch seinen Finger angelegt und so'n Zisch-Geräusch gemacht, als er dich angefasst hat?«, quiekt Scarlett. Wir biegen uns vor Lachen und keiner von uns ist mehr in der Lage, irgendwas zu sagen. Nachdem wir uns wieder gefangen haben, bestellen wir uns ein köstliches Abendessen (drei Mal Rinderfilet in allen Variationen: mit Pfeffersauce für Scarlett, mit Salat für Leo, mit Riesengarnelen für mich) und eine Flasche Rotwein.

»Ich bin so froh, dass ich mit euch beiden esse!«, sage ich, als der Kellner unsere Hauptgänge bringt. »Mit euch kann ich essen, so viel ich will und muss nicht darauf achten, dass ich hinterher nicht ins Fresskoma falle.«

»Oh, das ist schlimm, wenn das passiert!«, sagt Leo kauend.

»Bevor ich mit Ben zusammen war, hatte ich ein Date mit meinem Exfreund. Wir waren noch nicht zusammen und sind in eine Bar gegangen. Es gab da auch mehrere Snacks, die ich am liebsten alle gegessen hätte! Schließlich hatte ich den ganzen Tag kaum gegessen, damit mein Bauch auch schön flach aussieht ...« Leo und ich hören genüsslich essend zu. Scarlett erzählt ihre Geschichte mit großer Hingabe. »Er hat mich gefragt, ob ich was essen möchte, und ich sagte ›Nein danke, ich bin total satt‹, dabei bin ich fast *gestorben* vor Hunger. Ich konnte nur noch ans Essen denken und habe ihm gar nicht mehr zugehört! Das Schlimmste aber war, dass mein Magen irgendwann angefangen hat, zu knurren! Und zwar so laut, dass er das auch gehört hat ... Es war so peinlich ...«

»Ich gehe beim ersten Date nicht mehr ins Restaurant!«, verkünde ich.

Leo grinst. »Wegen Malte?«

»Ja! Ich fühle mich immer beobachtet und gebe mir extra viel Mühe, kniggegerecht zu speisen. Während ich mich also darauf konzentriere, mich nicht zu bekleckern, passiert natürlich genau das. Oder ich beobachte mein Gegenüber dabei, wie er eindrucksvoll mit offenem Mund sein Essen zerkaut! Bäh! Seit Malte date ich Männer nur noch in Cafés oder Bars.«

»Ist das besser?«, fragt Scarlett. »Da kannst du dich doch erst recht bekleckern ...«

»Das ist definitiv besser! Die Drinks sorgen schnell für eine entspannte Atmosphäre, die Stimmung ist sowieso meist besser und wenn die Musik sehr laut ist, rückt man eben näher zusammen! Also, wenn er interessant ist! Ist er es nicht, schaltet man auf Durchzug und sieht sich nach Alternativen um.

Außerdem macht Sex ein bisschen besoffen noch viel mehr Spaß! Deswegen date ich sie ja überhaupt erst!« Scarlett und Leo grinsen sich an.

»Rosa, ich bin voll und ganz deiner Meinung! Ich mach das auch immer so: Ich will den Mann für den Moment, nicht für immer. Und wenn wir gleich Sex haben, weiß ich, ob sich Date Nummer zwei überhaupt lohnt!«

»Darauf trinken wir!« Scarlett erhebt ihr Glas.

Wir essen und trinken so viel, dass ich später, als ich in meinem Bett liege, der Fressnarkose sei Dank, sofort einschlafe. Manchmal sind Abende ohne heterosexuelle Männer eben das Beste, was es gibt.

Der HIV-Test

Was-wäre-wenn-Fragen sind wohl die sinnlosesten, die man sich stellen kann. Aber als ich gestern Abend ein riesiges Plakat mit der Aufschrift »Gib Aids keine Chance« gesehen habe, kam sie mir in den Sinn. Die Kampagne kenne ich schon seit den Neunzigern, aber irgendwie ist sie immer an mir abgeprallt. Bis gestern. Da bohrte sich diese Aussage in meinen Kopf. Dicht gefolgt von der Erkenntnis, dass ich Aids viele Chancen gegeben habe. Viel zu viele. So oft, wie ich in den letzten Monaten mit verschiedenen Männern ungeschützt geschlafen habe, wäre es wahrscheinlich gar nicht so unrealistisch, dass … Ich konnte diese Gedanken nicht zu Ende denken.

Nicht mal Hendrik hatte vor unserer Beziehung einen HIV-Test gemacht. Wir haben einfach so miteinander geschlafen, ohne ein Kondom zu benutzen. Er wusste, dass ich negativ war, weil ich kurz bevor wir zusammenkamen, einen gemacht hatte. Aber seitdem bin ich einfach zu unbefangen mit dem ganzen Thema umgegangen, so, als wäre es das Märchen vom bösen Wolf. Alle Gedanken in Bezug auf HIV habe ich verdrängt. Aber gestern Abend wurde mir klar, dass ich einen

Test machen *muss*. Auch wenn ich wirklich schreckliche Angst habe, der Wahrheit ins Gesicht zu blicken.

Ich nahm die Frage nach dem »Was wäre wenn« mit ins Bett, sie folgte mir bis in meine Träume. Ich sah einen Arzt im weißen Kittel, der mir bedrückt erklärte, dass es ihm unfassbar leidtue, aber dass ich HIV-positiv sei. Mit einem Mal war ich wach.

Ich mache seufzend das Licht an. Es ist noch mitten in der Nacht, 3.36 Uhr, um genau zu sein, aber ich bin so aufgewühlt, dass ich weiß: Jeder Versuch, weiterzuschlafen, würde mir mehr Energie rauben als schenken. Ich schäle mich aus dem Bett. Lasse die Bettdecke zerknautscht zurück, ziehe mir meinen flauschigen Bademantel an. Der Abdruck meines Körpers ist noch unverkennbar auf dem pinkfarbenen Bettlaken zu erkennen. Die Bettwäsche strahlt in unschuldigem Weiß. Unschuldig. Das ist wohl nicht mehr die richtige Bezeichnung für mich.

Ich schlurfe aus dem Schlafzimmer in die Küche. Knipse die kleine Lampe an, sie taucht den Raum in angenehmes Licht. Mir ist kalt. Nicht, weil es in meiner Wohnung kalt ist, sondern weil mein Körper noch gar nicht in Gang gekommen ist. Er sehnt sich zurück in mein warmes Bett. Ich bleibe wach, koche Kaffee und kurze Zeit später duftet es, als würde ich ein köstliches Frühstück vorbereiten. Kaffeegeruch erinnert mich immer an ausgedehnte Sonntagsfrühstücke, bei denen man viel zu viel isst, weil die Atmosphäre so gemütlich ist. Doch an Essen ist nicht zu denken. Mir ist übel. Die Gedanken in meinem Kopf überschlagen sich. Was wäre wenn …? Ich nehme meinen übergroßen Becher und fülle ihn mit lauwarmem Kaffee, der so schwarz ist, als wäre er eines dieser berühmten unheimlichen Löcher im Universum. Ich gieße Milch hinzu, bewundere wie ein kleines Kind, wie sich die beiden Flüssig-keiten vermischen. Wie die Milch sich langsam im Becher ausbreitet, mit dicken Armen, bis ich ihr mit dem Löffel zu mehr Schnelligkeit verhelfe und das Gemisch eins wird. Alles passiert wie in Zeitlupe. Ich trinke vorsichtig einen Schluck. Die heiße Flüssigkeit erfüllt mich mit wohliger Wärme. Ich lehne mich an die Wand und sehe aus dem Fenster. Die Nacht ist noch dunkel, schließlich ist es Oktober. Die Nachbarhäuser wirken wie verschluckt. Nirgendwo brennt Licht.

Ich sehe zum Himmel, erkenne ein paar Sterne zwischen zer-rissenen Wölkchen. Und dann ertappe ich mich, wie ich bete.

Jeder, der mich kennt, weiß, dass ich eigentlich nie bete. Aber ich höre meine Gedanken laut und deutlich. Als hätte sie jemand, ohne mich zu fragen, einfach angeschaltet. Höre mich wispern: »Bitte, lieber Gott, bitte, lass alles gut werden. Alles gut *sein*. Bitte.« Immer und immer wieder. Ich sage es auf, als sei es mein Mantra, das mich am Leben hält.

Warum habe ich auch nie verhütet? Wie kann ein erwach-sener, selbstständiger Mensch alle Risiken verdrängen? Ich schüttele den Kopf und spüre, wie sich die Wut über mich selbst in mir ausbreitet. Und alles nur wegen ein paar Minuten Spaß. Wäre es besser gewesen, nach dem Ex-Wurm gleich die nächste Beziehung zu beginnen?

Natürlich nicht!, denke ich im nächsten Moment, es wäre schlichtweg besser gewesen, du hättest verhütet! Meine Ge-danken überschlagen sich, jagen einander, als föchten sie den großen Welcher-schlechte-Gedanke-ist-am-mächtigsten-Wett-bewerb aus. Alle sind Sieger. Und ich bin die große Verliererin.

Ich unterbreche seufzend mein Mantra, um einen Schluck des inzwischen kalten Kaffees zu trinken. Ein Vogel zwitschert.

Ganz allein, als riefe er den Frühling. Dabei ist es noch nicht mal Winter. Es ist fünf Uhr.

Ich gehe zu meinem Laptop, google einen Frauenarzt in der Nähe. Zum Glück sind ab acht Uhr Sprechzeiten. Ich werde hinfahren, mir Blut abnehmen lassen und dann wissen, was Sache ist.

*

»Frau Mai bitte!«, brüllt die dürre Sprechstundenhilfe genervt vom Empfangstresen ins Wartezimmer. Sie scheint immer noch zickig zu sein, weil ich heute Morgen so kurzfristig anrief und einen Termin haben wollte. Sie war der Ansicht, dass es doch Zeit bis nächste Woche hätte, aber nachdem ich ihr sagte, dass ich mich auf HIV testen lassen wollte, machte sie stöhnend eine Ausnahme.

»Aber nur unter einer Bedingung! Sie sprechen auch mit dem Herrn Doktor!« Da ich einfach so schnell wie möglich die ganze Prozedur hinter mich bringen wollte und ich wenig gerüstet für einen Kampf war, stimmte ich zu.

Ich lege die Zeitschrift beiseite, stehe auf und eile zu ihr. »Gehen Sie bitte in Behandlungszimmer eins. Der Herr Doktor kommt gleich«, sagt sie streng und sieht an mir vorbei.

Irgendwie fühle ich mich unsicher in meinem kurzen Kleidchen. Hätte ich mich doch besser neutraler anziehen sollen? Einfach eine Jeans? Sehe ich aus, als ob ich öfter einen HIV-Test machen müsste? Ich blicke kurz an mir herunter: Ich liebe meine Beine, und ich liebe es, wenn meine kurzen Kleider zwar genug verdecken, aber viel Raum für Fantasie lassen. Eigentlich. Jetzt fühle ich mich genauso falsch angezogen wie mit verschwitzter Jogginghose auf einer Schickimicki-Cocktailparty.

Zehn Minuten später nimmt mein Frauenarzt mir gegenüber Platz. Dr. Weiß ist ungefähr Ende 50, er wirkt sehr streng, hat harte Gesichtszüge. An seinem Finger blitzt der goldene Ehering.

Auf seinem Schreibtisch steht ein Bild von ihm und seiner Familie am Strand. Es steht schräg, sodass ich es von meinem Stuhl aus sehen kann. Alle lachen ihr perfekt gestelltes Fotolächeln, die Sonne scheint. Daneben befindet sich eine bestimmt 15 Zentimeter große hölzerne Jesus-Statue.

Er blättert suchend in seiner Mappe, dann sieht er mich mit hochgezogenen Augenbrauen an. Ich schlage die Beine übereinander und zupfe nervös mein Kleid ein Stückchen runter. Ich fühle mich in diesem Moment splitternackt und hilflos. »Fräulein Mai, warum möchten Sie denn so dringend einen HIV-Test machen lassen? Hatten Sie etwa ungeschützten Sex?«

Er kneift die Augen zusammen, sieht mich fragend über die Ränder seiner Brille, die auf seiner Nasenspitze thront, an. Ich erkenne etwas wie Verachtung in seinem Blick, werde nervös. Muss ich mir solche Fragen gefallen lassen? Am liebsten würde ich sagen, dass das ihn nun wirklich nichts angehe. Aber ich fühle mich so schwach wie eine Schildkröte, die aus ihrem Panzer gerissen wurde, und sage kleinlaut: »Das Kondom ist gerissen.«

»Aha!«, entfährt es ihm. Für mich klingt das wie: »Fräulein Mai, ab in die Ecke mit Ihnen! Schämen Sie sich! Und wenn Sie sich Ihrer Schuld bewusst sind, schreiben Sie einen 100-seitigen Aufsatz über moralisch verwerflichen Geschlechtsverkehr vor der Ehe!«

»Fräulein Mai, wie lange ist denn der Akt her, bei dem das Kondom angeblich gerissen ist?« Hat er *angeblich* gesagt? Ich koche vor Wut und würde ihn am liebsten anschreien: Passen Sie mal auf, Sie Halbgott in Weiß! Ich kann nichts dafür, dass Sie sich über Verhütung keine Gedanken mehr machen müssen. Bei zweimal Sex im Jahr mit der Frau, mit der Sie seit 90 Jahren zusammen sind, spielt ein Kondom natürlich keine Rolle mehr! Und eins kann ich Ihnen sagen: Lieber ein gerissenes Kondom und geiler Sex als nur zweimal im Jahr mit der Frau, mit der Sie seit ...

»Im Sommer. Das war im Sommer.«

»Gut.« Er kritzelt in die Mappe. Laut fährt der Kugelschreiber über das Papier. »Wie Sie sicherlich wissen werden, muss der letzte Geschlechtsverkehr sechs Wochen her sein, damit wir Ihnen ein 100 Prozent sicheres Ergebnis mitteilen können.«

Ich nicke. »Mhm.« Natürlich hatte ich in den letzten sechs Wochen Sex, aber nur mit Alex. Und soweit ich weiß, hat er schon seitdem er aus Spanien zurück ist, mit keiner anderen mehr geschlafen.

»Ich werde jetzt Frau Mausner Bescheid sagen, damit sie Ihnen Blut abnehmen kann. Kommen Sie mit.« Er steht auf, öffnet eine Tür und bittet mich hinein. Ich atme tief durch und gehe in den fensterlosen Nebenraum. Grelles Neonlicht strahlt von der Decke. Einsam steht ein unbequem aussehender Stuhl neben einem Regal voller Spritzen und Verbandszeug. An den Wänden hängen Poster von menschlichen Skeletten.

»Nehmen Sie bitte Platz. Ach und Fräulein Mai ... vielleicht sollten Sie Ihre sexuelle Haltung überdenken. Es gibt allerhand andere Krankheiten neben Aids. Hepatitis B, Herpes Genitalis, Syphilis, Chlamydien – um nur ein paar zu nennen. Auf die werden wir Sie übrigens auch testen lassen, da wir schon mal dabei sind. Das ist doch auch in Ihrem Sinne, oder?«

Weil ich bereits sitze, muss ich zu ihm hoch schauen. In seinem weißen Kittel wirkt er unnahbar und übermächtig, als mache er nie auch nur einen Fehler. Selbst wenn ich ihm einen tiefen Blick in mein Dekolleté gestattete und er meine Brüste sehen dürfte – er würde wohl keine Reaktion zeigen.

Ich sehe ihn verblüfft an. Habe ich gerade richtig gehört? Ich soll meine sexuelle Haltung überdenken?! Was nimmt sich dieser Mann eigentlich raus?

Ich möchte antworten, bringe aber keinen Ton heraus. Irgendwie erinnert er mich an den Lehrer, den ich in der Schule am meisten gehasst habe. Dem hingen allerdings noch Wurstreste im nikotingelben Bart.

Er fährt fort: »Kondome reißen doch nur in den seltensten Fällen, Frau Mai, das wissen wir alle. Ich will Ihnen nichts unterstellen, aber Sie sollten natürlich immer verhüten ...! Haben Sie eigentlich einen Partner?« Ich sitze fassungslos vor ihm, nicht in der Lage, etwas Schlagfertiges zu antworten, und schüttele langsam den Kopf. Wie ein kleines Mädchen, das beim Süßigkeiten-Klauen erwischt worden ist. Dabei bin ich 24!

»Am besten, Sie suchen sich einen festen Partner! Denken Sie mal drüber nach.« Ich traue meinen Ohren nicht! Hat er das gerade wirklich gesagt? Oder halluziniere ich? Am liebsten würde ich aufstehen und meinem flauen Gefühl im Magen auf seinem Schreibtisch Ausdruck verleihen. Doch ich bin wie gelähmt, nur in der Lage, an meine Dämlichkeit zu denken ... Und der feine Herr Doktor nimmt seinen Dolch und stochert mit ihm noch tiefer in meiner quälenden Meine-Gedankenzerreißen-meinen-Kopf-Wunde herum. Hier war ich heute zum letzten Mal. Hoffentlich. Im Fernsehen werden die Leute immer angerufen und gebeten, in die Praxis zu kommen, wenn die Ergebnisse positiv sind. Verdammt. Ich bin in einem Albtraum gefangen und schaffe es nicht, aufzuwachen. Wie lange dauert es eigentlich, bis ich das Ergebnis habe? Und wie, um alles in der Welt, soll ich das meinen Eltern sagen? Oder Scarlett? Oder Alex? Den habe ich bestimmt schon angesteckt. Wie wird er reagieren, wenn …?

Beruhig dich, du weißt noch gar nichts. Es steht noch nichts fest, rettet mich meine Rationalität. Und wieder bete ich mein kleines Mantra. Dr. Weiß verabschiedet sich. Schweren Schrittes verlässt er den Raum. Heiß rollen vereinzelte Tränen über meine Wangen. Ich wische sie schnell ab.

Die Arzthelferin kommt rein. Heute ist anscheinend mein Glückstag: Es ist die unfreundliche Kuh von vorhin.

»So, dann wollen wir mal! Machen Sie bitte einen Arm frei. Und ballen Sie die Hand zu einer Faust!« Ich gehorche, sie zieht sich Handschuhe an, bindet meinen Arm ab, nimmt die Spritze. Pikst in meine blasse Haut, zieht mein Blut aus mir heraus. Ich mustere sie, wie gelangweilt sie ihrer Arbeit nachgeht. Sie sieht so aus, als ob sie sämtliche Mahlzeiten durch Zigaretten ersetzen würde. Schlaff hängt ihre graue Haut im Gesicht, wie ein übergeworfener Lappen. Ihr zusammengekniffener Mund sieht aus wie ein schmaler Strich. Ich frage mich kurz, ob man damit überhaupt anständig küssen kann. Ihrer schlechten Laune nach zu urteilen nicht. Sie hat ihre besten Jahre bereits hinter sich. Wenn sie überhaupt welche hatte.

»Das war's!« Sie zieht die Spritze aus meinem Arm und reicht mir einen Tupfer. »Hier!« Dann räumt sie auf, öffnet lautstark sämtliche Schubladen und lässt sie wieder zuknallen. Ich drücke den Tupfer fest auf die Haut. Wobei ein blauer Fleck im Gegensatz dazu, was mir blühen könnte, wirklich das kleinste Übel wäre.

»Wann haben Sie denn das Ergebnis?«, frage ich kleinlaut.

»Das Labor teilt uns die Ergebnisse in ca. zwei bis drei Tagen mit. Je nachdem wie schnell der Herr Doktor es schafft, sie anzugucken, bekommen Sie dann Bescheid.«

Was? Ich zittere um mein Leben, meine Gesundheit und der »Herr Doktor« weiß nicht, wann er es schafft, die Laborauswertungen anzusehen! Als ginge es darum, ein Teeservice zu bestellen oder sich zu überlegen, ob man sich mit der rechten oder der linken Hand am Po kratzt.

Ich glaube, dass es an meiner Freundlichkeit liegt, ob ich das Ergebnis schnell bekomme oder nicht. Also ändere ich mein Mantra in: Halt den Mund. Halt den Mund. Halt den Mund, und bringe ein »Aha« hervor.

»Werde ich angerufen oder muss ich vorbeikommen?« Sie hält inne. Mustert mich abschätzig von oben bis unten. »Kommen *Sie* mal lieber vorbei.« Das »Sie« betont sie so spitz und übertrieben, dass ich genau weiß, worauf sie hinaus will.

»Wie bitte?«, höre ich mich sagen. Die Arzthelferin zieht eine Augenbraue hoch, mustert mein kurzes Strickkleid und verzieht ihren schmalen Mund zu einem schiefen, abschätzigen Grinsen.

Das reicht! Die kleine nackte Schildkröte hat soeben ihren Panzer wiedergefunden. Und die Kampfausrüstung.

»Haben Sie ein Problem mit mir?«, frage ich ruhig.

Sie schnappt nach Luft. »Was?«

»Ob Sie ein Problem mit mir haben?«

»Ich muss doch sehr bitten!«

»Nein, *ich* muss sehr bitten! Glauben Sie nicht, dass es schwer genug ist, hierher zu kommen und einen Aids-Test machen zu lassen? Glauben Sie, ich mache das, weil ich nichts anderes zu tun habe? Aus lauter Jux und Tollerei?« Oh nein, auch die aufgerüstete Schildkröte ist leider nach wie vor nah am Wasser gebaut. Tränen schießen mir in die Augen.

»Ich mache mir genug Vorwürfe. Sie allerdings«, ich mache eine kleine Pause, »haben kein Recht dazu.« Wie versteinert sieht sie mich an. Ich stehe auf, ziehe meinen Mantel an und gehe. Ich will mich von ihr nicht noch weiter erniedrigen lassen.

*

Die kommenden drei Tage vergehen wie in Zeitlupe. Als würden sich die Sekunden an mich klammern und nicht vergehen wollen.

Ich igele mich zu Hause ein und will niemanden sehen.

Alex ruft an und fragt, ob wir uns treffen wollen. Ich lüge ihn an, dass ich viel zu tun habe und dass ich mich melde, wenn es wieder ruhiger wird. Meinem Chef erzähle ich per Telefon, ich hätte einen Magen-Darm-Infekt. Das ist gar nicht weit hergeholt. Ich bin so appetitlos, dass ich keinen Bissen hinunterkriege. Und dabei liebe ich Essen und habe immer Appetit. Normalerweise. Aber momentan ist nichts normal. Mein Magen fühlt sich an, als hätte mir jemand mit einer riesigen Faust hineingeboxt. Ich kann mich nicht ablenken. Will mit niemandem darüber sprechen. Nicht einmal Scarlett möchte ich mich anvertrauen. Ihre Sorgen würden mich noch verrückter machen. Außerdem gibt es einfach zu viele Fragen, auf die ich selbst keine Antwort weiß. Dicht gefolgt von düsteren Gedanken, die alle auf einmal auf mich einstürzen. Die mich überrennen und mich fertigmachen, als seien sie von einer Massenpanik ergriffen. Nachts klauen sie mir meinen Schlaf, zehren an mir, versuchen, mir den Verstand zu rauben. Wem sage ich es? Sage ich es überhaupt jemandem? Wie werden die Leute mit mir umgehen, wenn sie es wissen? Was wird sich ändern? Nimmt mich Alex noch genauso liebevoll in den Arm? Hält Scarlett trotzdem meine Hand, wenn ich traurig bin? Liebt mich meine Mutter dann noch immer, auch wenn ich sie so enttäuscht habe?

Wenn ich mit jemandem darüber spreche, habe ich Angst, dass ich von einer Gefühlswelle mitgerissen werde. Einer, die noch größer ist als die, in der ich schon hilflos treibe. Ich versuche ja, mich über Wasser zu halten, mich zu beruhigen, mir einzureden, dass ich doch erst mal das Ergebnis abwarten sollte. Dass ich mich jetzt nur verrückt mache. Ich weiß es. Ich weiß das alles. Doch eines weiß ich nicht – wie ich die nächsten Tage überstehen soll.

Ich gehe früh ins Bett in der Hoffnung, einfach einzuschlafen und so vor meinen Gedanken fliehen zu können. Ich schlafe zwar unruhig, doch träume nicht, wie in der vergangenen Nacht.

Der Himmel am nächsten Morgen ist grau und dicht bewölkt. Er taucht meine Wohnung in dunkles Licht. Obwohl es bereits Mittag ist, mache ich das Licht an. Gleich wird es wohl ziemlich heftig anfangen, zu regnen. Der Wind pustet die letzten gelben Blätter von den Bäumen. Ich seufze. Der Herbst gehört wirklich nicht zu meinen Lieblingsjahreszeiten. Ich weiß ganz genau, dass ich neben dem Herbst erst noch den

Winter überstehen muss, bis endlich wieder Frühling ist und sich das Leben wieder fast nur draußen abspielt. Bis dahin wird ein halbes Jahr voller Erkältungen, dicker Pullis und viel zu kalter Luft vergehen.

Im Radio läuft *Streets of Philadelphia* von Bruce Springsteen. Der Soundtrack zu dem Film *Philadelphia*. Tom Hanks spielt den Protagonisten, bei dem Aids ausbricht. Ich sehe sein krankes Gesicht vor mir, zermürbt und gezeichnet von der schweren Krankheit. Nach Drehschluss konnte er sich abschminken und war wieder gesund. Ich bin vielleicht wirklich krank. Kann mir nichts abschminken. Höchstens das Leben. Ich mache das Radio aus.

Ich fange an, das Wort »positiv« zu hassen. Eigentlich liebe ich seine Bedeutung. Das Bejahende, das Schöne. Die Leichtigkeit ... Eigentlich. Genau wie die ganzen Redewendungen: »Das Leben positiv sehen«, »Ich bin positiv gestimmt«, »Denk positiv« – alles rund um »positiv« verbanne ich aus meinem Wortschatz. Ich rolle mich auf mein Sofa und schalte den Fernseher ein. Ich nehme gar nicht wahr, was ich sehe. Es prasselt zwar stundenlang so vieles auf mich ein, doch nichts davon bleibt hängen.

*

In der Nacht auf den zweiten Tag finde ich kaum Schlaf. Meine Sorgen lachen mir hämisch ins Gesicht. Sie haben nicht vor zu gehen. Sie bleiben. Sie bleiben mit dem Ziel, mich zu zermürben. Langsam und qualvoll. Ich schlafe unruhig und schlecht. Die ganze Zeit spukt mir nur eine Frage durch den Kopf: »Was wäre wenn?«

Ich wache wieder viel zu früh auf. Es ist sechs Uhr morgens. Die Zeit vergeht nicht. Ich lege mich wieder vor den Fernseher und sehe mir meine Lieblingsfilme auf DVD an. Von *Die fabelhafte Welt der Amelie* über *Four Rooms* bis hin zu *Casino* und den ersten Film von *Sex and the City*. Alles plätschert an mir vorbei. Würde ich die Filme nicht alle in- und auswendig kennen, wüsste ich nicht, wovon sie handeln. Es ist bereits Nachmittag, als ich den Fernseher ausmache. Ich fühle mich wie unter einer Glocke. Bin ganz betäubt von den ganzen Bildern.

Ich sollte mich nicht so hängen lassen. Mit Sicherheit mache ich mir ganz unnötig so viele Sorgen. Vielleicht habe ich ja Glück und die Ergebnisse sind doch schon heute da …? Ich rufe in der Praxis an, um nachzufragen.

»Gynäkologische Praxis Dr. Weiß, Sie sprechen mit Frau Lundt«, flötet die Sprechstundenhilfe in den Hörer.

Mein Herz schlägt mir bis zum Hals. Vielleicht habe ich gleich endlich Klarheit! »Hallo, mein Name ist Mai. Ich habe vorgestern einen Aids-Test bei Ihnen gemacht und wollte fragen, ob die Ergebnisse schon da sind.«

»Mai, ja?«

»Ja.«

»Moment.«

Ich höre Papierrascheln und werde in die Warteschleife gehängt. Oh mein Gott!!! Wird sie mir gleich sagen, dass ich vorbeikommen soll? Die nächsten Sekunden fühlen sich an wie Tage. Meine Finger umklammern den Hörer so fest, dass die Knöchel weiß hervortreten. Warum, warum um alles in der Welt, war ich nur so dämlich und habe nicht verhütet?!

»Frau Mai?«, holt mich Frau Lundt aus meinen Gedanken.

»Ja!«

»Die Ergebnisse sind schon da, aber …«, sie macht eine kurze Pause. Was wird sie jetzt sagen? Bestimmt, dass ich vorbeikommen soll. Das Ergebnis ist positiv! Ich wusste es! Scheiße! Ich spüre Tränen in mir aufsteigen. »… die hat Herr Doktor Weiß zur Auswertung mit nach Hause genommen.«

Ein zehn Millionen Zentner schwerer Stein fällt mir vom Herzen. Jedenfalls vorerst.

»Okay …«, sage ich kleinlaut.

»Am besten, Sie rufen morgen noch mal an. Ab acht Uhr erreichen Sie uns«, schlägt sie freundlich vor.

»Mache ich. Danke.« Ich lege auf und starre Löcher in die Luft. Ich schwöre mir, dass ich nie wieder so dumm sein werde, wenn ich mit jemandem schlafe. Ab sofort verhüte ich! So viel steht fest.

*

Nachdem ich die folgende Nacht endlich wieder durchgeschlafen habe, wache ich am nächsten Morgen einigermaßen erholt um kurz nach acht auf. Ich rufe sofort in der Praxis an.

»Gynäkologische Praxis Doktor Weiß, Mausner am Apparat, was kann ich für Sie tun?«

Die genervte Stimme kenne ich.

»Guten Morgen, Frau Mausner, hier spricht Rosa Mai. Ich wollte fragen, ob meine Testergebnisse schon da sind«, sage ich mit verschlafener Stimme.

»Frau Mai …«, sagt sie emotionslos, »ich schaue nach.«

Wieder raschelt Papier. Ich stelle mir vor, wie sie einfach nur so tut, als würde sie suchen, um mich noch länger hinzuhalten.

Meine Finger umkrallen den Hörer, mein Herz schlägt so laut, dass ich es hören kann. Meine Brust bebt.

»Ja, die sind da. Ich verbinde Sie mit dem Herrn Doktor!«

Wartemusik. *Für Elise*. Hätte Beethoven gewusst, inwieweit sein Stück von der modernen Technik vergewaltigt wird, er hätte es bestimmt gar nicht erst geschrieben.

Moment! Wenn ich verbunden werde und nicht in die Praxis muss, ist das dann ein gutes Zeichen? Mein Herz schlägt schneller.

»Jaaaaaaa, Frau Mai«, Herr Weiß knistert mit den Zetteln und atmet so laut in den Hörer, dass es zischt. Ich zucke zusammen. »Wir freuen uns, die Ergebnisse sind da! Und …«

Und und und …? Los! Sag es!!!!

»Alles negativ!«

»Also alles in Ordnung?«, frage ich ungläubig.

»Ja, alles in Ordnung. Sämtliche Testergebnisse sind negativ!«

Ich bedanke mich und lege auf. Ich zittere und flüstere erleichtert: »Danke. Danke, danke, danke, lieber Gott! Danke!« Die Gefühlswelle zieht an mir vorbei und spült alle Sorgen, die Belastung und die schweren Gedanken der letzten Tage weg. Mein Albtraum ist beendet.

Ich bin wirklich gesund!!! Und im allerschönsten Sinne von ganzem Herzen positiv.

Aus und vorbei

»Eine echte Begegnung kann in einem einzigen
Augenblick geschehen.«   ANAÏS NIN

Ich schreibe Alex eine SMS mit der Frage, ob wir uns treffen
wollen. Sie bleibt unbeantwortet. Nicht mal auf eine MMS mit
einem versauten Bild reagiert er.

Komisch, denke ich, das passt gar nicht zu ihm. Warum
meldet er sich denn nicht?

Ein unangenehmes Gefühl breitet sich in mir aus. Ob er
wohl eine andere getroffen hat …?

Nach zwei Tagen surrt abends endlich mein Handy. Eine
SMS von Alex: *Liebe Rosa, nie hätte ich gedacht, dass ich dir
so eine SMS schreiben würde. Um ehrlich zu sein, bin ich zu
feige, es dir ins Gesicht zu sagen: Ich habe mich verliebt. Es
hat mich umgehauen. Und ich möchte es anständig beginnen.
Ich kann dich nicht mehr sehen, weil du weißt, was passiert,
wenn wir uns sehen. Die Zeit mit dir war der Hammer. Ich
hoffe, du bist nicht sauer. Alex*

Ich lese die SMS mehrfach. Nein, ich bin nicht sauer. Ganz
und gar nicht. Ich antworte:

*Lieber Alex, ehrlich gesagt, habe ich mir schon so was ge-
dacht. Denn es gibt nur einen Grund, warum Männer sich
nicht mehr melden: eine andere Frau. Ich wünsche dir bezie-*

hungsweise euch alles Gute …! Wirklich, ich wünsche dir alles
Glück dieser Welt! Meld dich einfach, wenn du es dir anders
überlegt hast ;-). Rosa

Ich meine jedes Wort genau so, wie ich es geschrieben habe.
Und doch tut es weh, dass es vorbei ist. Kurze Zeit später
antwortet er noch, dass er sich freue und erleichtert über
meine Reaktion sei. Ich bin alles andere als erleichtert. Eher
beschwert und unglücklich. Ich mache eine Flasche Wein auf
und fange an, sie zu trinken. Lasse uns Revue passieren. Zum
Glück hat er sich nicht getraut, es mir ins Gesicht zu sagen. Es
wäre wirklich komisch gewesen, ihn beim Aussprechen dieser
Worte in die Augen zu sehen.

Sogar Alex hat jetzt eine Beziehung! Mein Jackpot gehört
jetzt zu einer anderen. Ich trinke hastig, ohne wirklich etwas
zu schmecken. Als die Flasche leer ist, gehe ich raus. Ich muss
mich ablenken. Am besten mit einem anderen Mann. Also
gehe ich in irgendeinen Club.

*

Ich tanze. Flirte wie besessen. Als ob Alex mich sehen könnte
und ich ihm irgendwas beweisen müsste. Dabei ist er nicht
hier. Er ist bei ihr. Und bei ihr wird er auch bleiben. Warum
bin ich überhaupt so enttäuscht? Ich wusste von Anfang an,
dass es zwischen uns nichts für die Ewigkeit ist. Und trotzdem
bin ich verletzt. Sicher, ich bin ihm sehr dankbar für seine Ehr-
lichkeit, ich verstehe ihn. Ich habe es ernst gemeint, als ich
ihm alles Glück der Erde für diese Beziehung gewünscht habe.
Ganz einfach, weil ich ihn mag. Ihn so schätze. Weil er ein
toller Mann ist. Und er mir im Laufe der Zeit einfach ans Herz

gewachsen ist. Hätte er mich gefragt, ob ich eine Beziehung mit ihm anfangen würde, hätte ich verneint. Ich war nie verliebt in ihn und dennoch weiß ich jetzt schon, dass ich ihn vermissen werde. Ihn, diesen wunderbaren Mann, stets mit Dreitagebart, der mir zeigte, wie fabelhaft versauter Sex sein kann. Der mir eine unvergessene erste Nacht in Berlin schenkte. Er, der mir auf ganz besondere Weise so nah kam. Ich werde ihn vermissen. Ihn und unser Zusammensein. Unsere Sex-Joints-Wein-Pizza-Abende. Unsere Unbeschwertheit, unsere Leichtigkeit.

Hart dröhnt der Elektro aus den Boxen. Ein Remix von Robyn's *Dancing on my own* läuft. Wie passend. Ein Mann tanzt mich an. Mustert mich mit lüsternem Blick. Ich tanze mit ihm. Was macht es schon aus? Ich fühle mich leer. Es ist vorbei. Alex und Rosa ist vorbei. Der Mann kommt immer näher. Nimmt meine Taille. Ich spüre die Wärme seines Körpers. Sehe die kleinen Schweißperlen seine Schläfen hinunterfließen. Gleich wird er versuchen, mich zu küssen. Mir seine warme Zunge in den Mund stecken und ich werde nichts dabei fühlen. Weil ich wie betäubt bin. Der Mann neigt seinen Kopf. Uns trennen nur noch wenige Zentimeter. Dabei habe ich überhaupt keine Lust auf das, was gleich passieren wird. Was mache ich hier eigentlich? Wie schwachsinnig ist mein Verhalten? Ich drehe mich weg, löse seinen Griff und gehe, ohne ihn anzusehen, von der Tanzfläche. Ich will einfach nur noch nach Hause. Meine Ruhe haben. Und noch eine Flasche Wein trinken.

Scarlett ist mit Ben im Urlaub. Sie feiern ihren Geburtstag in Thailand. Doch selbst wenn sie hier wäre, ich würde sie nicht anrufen. Ich könnte mich auch bei Leo melden und mich bei ihm ausweinen, aber Alex und ich, das war eine Kiste, die nur wir beide verstanden haben. Niemand sonst. Wir hatten kein Label, wir haben uns einfach nur genossen. Und deswegen muss ich jetzt auch allein damit klarkommen, wieder ohne ihn zu sein.

Ich sitze auf der Rückbank im Taxi und lasse mich nach Hause fahren. Die Nacht ist noch jung. Die Stadt fliegt an mir vorbei. Die Kälte hat sie fest im Griff. Die Äste der Bäume sind kahl, der Himmel ist sternenklar. Vor einem Jahr kam ich hier an. Mit so vielen Erwartungen. Sie wurden alle übertroffen. Ich verschwinde in meiner ganz eigenen Welt. Der Taxifahrer will sich unterhalten, doch ich sage ihm, dass ich jetzt lieber schweigen will. Die Lichter der Stadt funkeln. Egal, was passiert: Die Stadt lebt immer weiter, als sei nichts passiert. Unbeirrt lebt sie weiter und weiter. Sie ist so schön, wie du sie dir machst. Ich spüre Tränen in mir aufsteigen. Wie einen dicken Kloß, der sich langsam nach oben rollt. Ich schlucke ihn hinunter. Der Taxifahrer soll mich nicht weinen sehen. Ich will mich selbst nicht weinen sehen. Ich will mir nicht eingestehen, dass es mir wirklich wehtut, dass Alex eine andere mir vorzieht.

Der Taxifahrer lässt mich an der Ecke zu meiner Wohnung raus. Beim Späti kaufe ich mir eine Schachtel Zigaretten und eine Flasche Rotwein. Es ist kalt. So kalt. Ich tue mir selbst unheimlich leid.

In meiner Wohnung öffne ich die Flasche, zünde mir eine Zigarette an. Das Licht lasse ich aus. Ich sehe trinkend aus dem Fenster. Beobachte Nachbarn gegenüber, bei denen noch Licht brennt. Arm in Arm liegen sie auf dem Sofa und sehen fern. Ihre Wohnungen sehen warm und gemütlich aus. Die Nacht ist still. Alle sind zusammen: Scarlett ist mit Ben im

Urlaub, Alex mit seiner neuen Freundin sonst wo, Leo wahrscheinlich wieder mit irgendeinem Kerl unterwegs. Ich bin allein. So allein ...

Und dann passiert es einfach. Eine Träne fließt über meine Wange. Und als ob durch sie ein ganzer Damm brechen würde, folgen ihr viele weitere. Ich schluchze wie ein kleines Mädchen. Hemmungslos schniefe ich, weine alles aus mir heraus, was mich in den letzten Monaten belastet hat. Die schwangere Freundin von Felix, der HIV-Test, Alex' Schlussstrich.

Die Tränen fließen warm meine Wangen hinab. Ich denke plötzlich an meinen Vater, der mich, als ich noch ganz klein war, immer fest in den Arm nahm, als ich so weinte und mich beruhigend hin und her wiegte. Sein Pullover roch immer nach einer Mischung aus Waschmittel und Parfum. »Pssssscht«, brummte er dann immer mit bauchige Stimme. »Pssssscht ...« So lange, bis ich aufhörte und die Welt wieder in Ordnung war. Aber niemand ist hier, niemand tröstet mich ... Dieser Gedanke macht mich noch trauriger. Ich sehe Hilfe suchend in den Himmel. Meine Mutter tröstete mich immer, indem sie mir sagte: »Wenn du groß bist, hast du die Schmerzen längst vergessen.« Ich meine, mich an jede der Wunden erinnern zu können, bei denen sie das sagte, auch wenn sie letztendlich recht hatte. Jeder Schmerz geht vorbei. Die Frage ist nur, wie lange es dauert.

*

Dampfend steht der Karamell-Macchiato vor mir. Ich sitze in einem der großen Sessel im Emma's und versuche zu arbeiten. Zum einen, weil meine Gedanken immer wieder zu Alex wandern, mir schmerzlich bewusst wird, was da eigentlich passiert ist, und zum anderen, weil der Mann, der mir gegenübersitzt, die ganze Zeit nervös mit seinem dürren Bein wippt. Immer wieder sieht er mich verstohlen an. Wie ein hibbeliges Kind versucht er, Aufmerksamkeit zu erregen, nimmt sich seine Cap vom Kopf und spielt mit ihr. Sieht mich wieder an. Spielt wieder mit der Mütze. Verschüttet seinen Kaffee. Flucht. Sucht meinen Blick. Warum verstehen manche Leute nicht, dass man sich nicht unterhalten will, auch wenn man ihnen erlaubt, sich zu einem zu setzen? In Coffeeshops mit Fremden am gleichen Tisch zu sitzen ist so normal wie das Platznehmen neben jemandem in der U-Bahn. Leider sieht das mein Gegenüber anders. Er ist vielleicht Anfang 40, hat schlechte Haut und kurze, gegelte Haare. Die Spitzen sind blondiert. Na ja, Schönheit liegt halt im Auge des Betrachters ... Ich bin wirklich davon genervt, wie er zwanghaft versucht, ein Gespräch anzufangen.

Ich komme oft her, um zu arbeiten. Solange keine schreienden Kinder oder nervige Kerle wie mein Gegenüber hier sind, klappt das sogar ganz gut. Der Kerl bekommt jetzt Besuch von einer Frau, die genauso aussieht wie er: Lacksneaker von Nike, kurze blondierte Haare, Jack-Wolfskin-Cap. Sie nimmt ihre 1,5-Liter-Flasche Pepsi aus dem Rucksack und gönnt sich einen großen Schluck. »Ich geh mal kurz aufs Klo!«, sagt er eine Spur zu laut und verschwindet. Sie setzt sich lautstark auf den Sessel. Sie seufzt und versucht, irgendwas an ihrem Handy einzustellen. Sieht mich suchend an. Genau wie ihr blondierter Freund.

Demnächst werde ich, wenn jemand fragt, ob neben mir noch frei ist, fragen: »Wollen Sie flirten, telefonieren oder sich unterhalten? Kommt gleich noch jemand, mit dem Sie laut stöhnend Alltagsprobleme wälzen werden? Nein? Gut, dann setzen Sie sich.«

Ich setze meine Kopfhörer auf, schalte die Welt um mich herum auf lautlos und höre meine Musik. Shuffle. Egal, irgendwas hören. Hauptsache nicht diese nervige Frau. Mein iPod spielt ausgerechnet Faithless mit *North Star*. Der Song schubst mich von der Genervtheit in die Wehmut. Es ist einer der Songs, den Alex und ich immer hörten. Als er mich besuchen kam. Ich habe meistens nackt auf ihn gewartet. Das Einzige, was ich anhatte, waren meine Schuhe. Ich lehnte an der Wohnungstür, in meiner Hand hatte ich Martini auf Eis. Oder unseren obligatorischen »Rosa in Berlin«. Es lief der Soundtrack zu *Berlin Calling*, das Remix-Album von 2Raumwohnung, Faithless. Harter Elektro für harten Sex. Er kam die Treppen hoch. Hat mich gierig angesehen. Mir ohne zu zögern zwischen die Beine gegriffen. Gefühlt, wie geil ich auf ihn war, und vor Erregung scharf die Luft eingesogen.

Er hat mich sofort geküsst. Wir haben uns nicht einmal Hallo gesagt, zogen ihn so schnell aus, wie es ging. Oft dauerte es lange, bis er nackt war. Weil sein Kopf meistens sofort zwischen meinen Beinen verschwand. Er hat es geliebt, mich zu lecken. Und ich habe es geliebt, von ihm geleckt zu werden. Ich war so nass, ich bekam von ihm einfach nicht genug. Genau wie er von mir. Ich habe es geliebt, wenn er zwischendurch meinen Hals gefickt hat. Bis die Tränen flossen. Hart und fest. Er hat so wunderbar versaute Sachen mit mir gemacht, bis wir beide nicht mehr konnten. Und das war oft erst nach Stunden. Ich habe es geliebt, wenn er, völlig in Ekstase, angefangen hat, mich zu beißen. Ich hatte viele blaue Flecken am nächsten Tag. Und über jeden einzelnen habe ich mich gefreut.

Unser Sex war, wie er sein sollte: heiß und geil. Kein bescheuertes Licht-Ausgemache oder Geziere. Kein Fake. Schlichtweg authentischer Sex. Hardcore. Phänomenal. Leidenschaftlich.

Ich seufze. Er fehlt mir. Nicht nur der Sex, sein Körper und sein wunderbarer Schwanz. Auch sein Geruch, seine Witze und unsere Unterhaltungen. Die Vertrautheit. Ein komisches Gefühl steigt in mir auf. Schmerzhaft und flau. Ich ziehe mein dunkelblaues, kurzes Kleid ein Stückchen weiter runter und sehe aus dem Fenster. Heute Nacht habe ich sogar von ihm geträumt. Er stand vor mir und hat mir gesagt, dass ich nicht so oft an ihn denken solle, weil es nicht gut für mich sei. Ich antwortete daraufhin: »Ich weiß. Aber … mit dir war es einfach so gut, ich kann nicht anders.«

Ich glaube, dass niemand außer uns verstanden hat, was zwischen uns war. Manchmal verstehe ich es selbst nicht. Diese Anziehung, der unfassbar gute Sex – und trotzdem kein Verliebtsein. Jedenfalls bis vor acht Tagen. Jetzt ist er verliebt. Aber nicht in mich und weil er weiß, dass er seine schönen Finger nicht bei sich behalten kann, wenn wir zusammen sind, will er mich nicht mehr sehen. Er will nicht in Versuchung geführt werden. Nicht unserer sexuellen Anziehung erliegen. Das ehrt ihn. Auch wenn es sehr zu meinem Nachteil ist.

Bei dem Gedanken an Sex mit ihm bekomme ich Gänsehaut. Gott, wie ich ihn vermisse. Bei keinem war ich so geil wie bei ihm. Bei keinem bin ich so schnell gekommen. Ich konnte gar nicht anders, als absolut heiß auf ihn zu sein. Schon sein Geruch hat mich heiß gemacht. Eines der wenigen Male, als ich ihn zufällig auf der Straße getroffen habe, wir uns auf die Wangen küssten und ich sein dezentes Parfum roch, fing es zwischen meinen Beinen an zu kribbeln. Ich hätte mich am liebsten auf der Stelle von ihm ficken lassen.

Ich merke, wie die Erregung aus mir fließt, und mache die Musik aus.

Ich trinke einen Schluck Karamell-Macchiato. Nach einer gefühlten Ewigkeit kommt der blondierte Typ zurück von der Toilette, nimmt sich einen Stuhl. Jetzt sitzen wir zu dritt an dem Tisch. Die beiden zanken sich mehr oder weniger leise. Ich seufze. Ich kriege Alex nicht aus meinem Kopf. Dass ich ihn irgendwo verstehe, macht es nicht besser. Ich will ihn sehen. Will ihn zurück. Ihn, unsere Freundschaft, unseren Sex. Unser wunderbares Zusammensein. Stattdessen bin ich allein. Ich bräuchte wirklich eine liebevolle Umarmung von jemandem, der mich nicht für meine Affäre verurteilt. Der nichts sagt. Dem ich nichts erklären muss. Ich will einfach nur gehalten werden. Zum Glück ist Scarlett bald wieder da.

*

Als ich abends zu Hause bin, mixe ich mir seit Langem mal wieder einen »Rosa in Berlin«. Cointreau, Cranberry- und Zitronensaft. Es schmeckt nach ihm, nach uns. Nach meinem ersten Abend in Berlin. Wehmut erfüllt mich. Ich schalte den Fernseher an und zappe durch die Programme. Es läuft *Schneewittchen und die sieben Zwerge*. Der Prinz küsst gerade das tief schlafende Schneewittchen. Als sie langsam ihre Augen öffnet, durchfährt mich plötzlich wie aus dem Nichts ein Gefühl der Dankbarkeit.

Alex und ich hatten eine wunderschöne Zeit. Ich lächle. Er war mein Prinz, der mich wachgeküsst hat. Wachgeküsst aus meinem sexuellen Schneewittchenschlaf. Und er hat mich nicht nur vor der Unbefriedigung gerettet, sondern mir auch Türen in völlig neue Dimensionen geöffnet.

Schneewittchen und der Prinz sehen sich an. Eine Träne fließt meine Wange hinab. Manchmal ist halt nicht die Dauer der Zeit entscheidend, sondern die Intensität. Und diese Zeit zwischen ihm und mir hätte nicht schöner sein können. Nicht unkomplizierter. Es war eine Zeit voller Leichtigkeit, die ich nicht missen möchte. Mir wird bewusst, wie froh ich sein kann, so etwas Besonderes erlebt zu haben. Und deutlich, dass eine Beziehung vielleicht doch nicht das Schlimmste ist. Nicht einmal für mich.

*

Es hat geschneit. Scarlett und ich stapfen mit roten Wangen und warm eingepackt in Richtung Gendarmenmarkt. Ihre gebräunten Wangen sind, wie meine, von der Kälte rot gefärbt. Die Lichter der Buden auf dem Weihnachtsmarkt leuchten dem dunklen Himmel entgegen. Duftwölkchen tragen den Geruch gebrannter Mandeln und Zuckerwatte zu uns. Dicht gefolgt von dem nach Bratwürsten und Glühwein. Brav zahlen wir den obligatorischen Euro Eintritt, lassen das Kärtchen von den verkleideten »Weihnachtsmarktwächtern« abreißen und gehen geradewegs auf die Bude zu, die Kaiserschmarrn verkauft. Wir bestellen zwei Portionen mit dickflüssiger Vanillesoße und Glühwein. Scarlett erzählt mir von ihrem Urlaub mit Ben: »Eines Tages werde ich so viel Geld verdienen, dass ich den Winter nur noch da verbringe, wo es warm ist! Es war herrlich! Und es tat so gut, endlich mal wieder mehr Zeit mit Ben zu verbringen … Du glaubst nicht, wie viel Sex wir hatten!«

»Doch, das glaube ich!«, lache ich. »Da hat sich ja auch viel aufgestaut!«

Sie lächelt verlegen. »Nach der ganzen harten Arbeit in den letzten Monaten musste das auch echt sein! Es war perfekt!!! Ich muss dir unbedingt die Fotos zeigen! Jedenfalls, wenn ich die unanständigen aussortiert habe …«

»Ich wusste doch, dass du auch ein kleines Ferkel bist!«, freue ich mich.

Sie zuckt mit den Schultern. »Du weißt doch, die Mädchen, die am anständigsten aussehen, sind die schlimmsten!«

Wir stoßen an. »Ach Rosa, du glaubst nicht, wie schön es war … Wir waren auch an dem Strand, wo *The Beach* gedreht wurde. Sind zwar jede Menge Touristen unterwegs, aber der Sand ist so weich … Wir müssen unbedingt mal zusammen dahin! Wirklich, ich konnte nicht fassen, was ich sehe: diesen perfekten Strand, die Natur! Alles leuchtet … Dagegen ist es hier richtig grau … Und erst die Gerüche! Der Hammer!«

»Ich freue mich für dich! Du siehst auch richtig erholt aus!«

»Danke!« Sie legt ihre Hand auf meinen Arm: »Oh, und dann habe ich noch was gemacht, das wäre auch was für dich gewesen! Ich war bei einer original Thai-Massage, bei der mir eine kleine Frau auf dem Rücken rumgelaufen ist, und bei einer Doktorfisch-Pediküre …« Sie seufzt glücklich und trinkt einen Schluck Glühwein. »Lass uns nächstes Jahr mal zusammen wegfahren!«

»Gern!« Ich lächle sie an. Es ist schön, sie mal wieder so glücklich zu sehen.

»Ist denn in meiner Abwesenheit irgendwas Weltbewegendes passiert?«

»Na ja, weltbewegend würde ich es nicht nennen, aber doch einschneidend ...«

»Wieso? Was denn?« Sie sieht mich erschrocken an. Ich erzähle Scarlett von Alex' SMS, während wir uns die süßen Häppchen einverleiben. »Oh nein! Und ich war nicht da! Warum erzählst du das denn erst jetzt? Und ich rede die ganze Zeit von meinem Urlaub!« Scarlett legt mir ihren Arm um die Taille. »Tut mir leid!«

»Kein Problem! Kannst du doch echt nicht wissen ...! Außerdem interessiert mich dein Urlaub!«, lächle ich.

»Wie geht's dir jetzt?«

»Gut.« Ich mache eine kleine Pause. »Wieder gut. Zuerst war ich total enttäuscht und traurig. Aber ich verstehe seine Entscheidung und freue mich bei aller Traurigkeit sehr über seine Aufrichtigkeit. Er hätte sich ja auch einfach gar nicht mehr melden können. Tat trotzdem weh. Ich hab gemerkt, dass ich ziemlich heftig wieder in der Realität angekommen bin.« Mitfühlend sieht Scarlett mich an. »Kann ich verstehen.«

»Eine Sexbeziehung ist meistens voller Unbeschwertheit. Schließlich trifft man sich nur zum Sex. Worüber sollte man sich auch streiten? Man hat keinen gemeinsamen Alltag, keine Verpflichtungen. Es ist, als ob du die ganze Zeit Ferien mit dieser Person machen würdest. Eine Mischung aus miteinander schlafen, sich erholen, trinken, essen, quatschen, weitermachen. Da schwingt ganz automatisch eine besondere Leichtigkeit mit. Wenn das dann auf einmal zu Ende sein soll, fühlt es sich an wie das Ende eines Sommercamps. Du weinst und bist traurig, denkst, dass du die ganzen Leute schrecklich vermissen wirst. Letztendlich sind die Wunden aber schnell verheilt und du konzentrierst dich wieder auf Neues. Auch wenn Alex immer einen besonderen Platz in meinem Herzen haben wird. Einen, der in keine Schublade passt, kein Klischee erfüllt.«

Scarlett denkt kurz nach. »Bist du dir sicher, dass du dich nicht verliebt hast?«

»Absolut. Ich denke, dass man es am Anfang selbst steuern kann, ob man sich verliebt oder nicht. Es kommt ja auch darauf an, wie offen du fürs Verlieben bist. Sicher, irgendwann übernehmen die Gefühle die Macht, aber wenn du von vornherein einfach keine Lust auf eine Beziehung hast, dann siehst du den Menschen automatisch mit ganz anderen Augen. Die meisten Leute verlieben sich doch, weil sie sich unbedingt verlieben wollen. Das, was mir wirklich wehgetan hat, ist, dass er eine andere mir vorgezogen hat. Um ehrlich zu sein, bin ich einfach in meiner Eitelkeit verletzt. Und traurig, dass ich auf diesen atemberaubenden Sex verzichten muss ... Und ja: Ich bin auch traurig, dass ich ihn nicht mehr sehen werde. Weil ich ihn einfach so mochte.«

Ich stecke mir eine Gabel Kaiserschmarrn in den Mund. »Aber mir hat es auch wieder gezeigt, dass ich was ändern muss.«

»So?« Scarlett zieht die Augenbrauen hoch. Ich nicke. »Ja. Vielleicht sollte ich nicht stets sofort eine Beziehung ausschließen.«

Scarlett gibt ein lang gezogenes »Ohhh!« von sich. »Dass ich das noch erleben darf!«, sagt sie lächelnd und zwinkert mir zu. »Find ich gut!«

Ich kichere: »Das hab ich mir gedacht!«

»Das kommt schon alles mit der Zeit. Musst dich ja auch nicht gleich in eine Beziehung stürzen …«

»Nee! Mit wem denn auch? Ich sage ja auch nur, dass ich es nicht mehr ausschließe …«

»Das hört sich richtig gut an! Was machst du eigentlich Silvester?«

Ich zucke mit den Schultern. »Weiß noch nicht.«

»Eine Kollegin von mir schmeißt 'ne Party in ihrer riesigen Wohnung. Ich bin eingeladen und darf noch Leute mitbringen! Lust?«

»Klar! Kommt Ben auch mit?«

»Ne, der feiert mit seinen Jungs.«

»Auch mit Daniel?«, frage ich amüsiert. Wenn ich an seine Bemühungen zurückdenke, durchfährt mich immer eine Mischung aus Mitleid, Scham und Belustigung.

Scarlett gluckst. »Ja, auch mit Daniel … Also, was ist? Kommst du mit?«

»Klar. Es gibt niemanden, mit dem ich lieber feiern würde als mit dir!« Und das meine ich von ganzem Herzen genau so. Denn egal, was mit den Männern passiert – das Wichtigste ist doch, dass man Freunde hat, auf die man sich verlassen kann.

Neues Jahr, neues Glück

> »In diesem Augenblick ist alles perfekt: die
> Weichheit des Lichts, dieser feine Duft, die ruhi-
> ge Atmosphäre der Stadt. Sie atmet tief ein, und
> das Leben erscheint ihr so einfach, so klar, dass
> sie eine Anwandlung von Liebe überkommt.«
> AUS »DIE FABELHAFTE WELT DER AMELIE!

Silvester. Ich habe nie gute Vorsätze. Außer einen: um Mitternacht nicht so betrunken zu sein, dass ich den Countdown
verpasse. Ist ja alles schon mal passiert. Ganz automatisch
passiert es aber, dass ich am Silvesterabend in Gedanken das
Jahr Revue passieren lasse. Und noch nie ist so viel passiert
wie in diesem Jahr. Der Umzug, Alex, all die anderen Männer, der tolle Sommer, das Ausleben meiner neu gewonnenen
Freiheit …

Es tat gut, eine Pause von Berlin zu machen und die Weih-
nachtstage in Hamburg zu verbringen. Ich fühle mich immer
sofort zu Hause, diese Stadt ist und bleibt mein geliebter
Heimathafen. Meine Eltern haben mich dermaßen verwöhnt,
dass ich mir vorkam wie eine Prinzessin. (Nur mit dem Unterschied, dass ich statt des obligatorischen pinkfarbenen Glitzer-
kleidchens Jogginghosen getragen habe …) Ohne zu wissen,
was alles passiert ist, haben sie mir einfach nur mit ihrer
Anwesenheit jede Menge Kraft gegeben. Wir haben lange

Spaziergänge mit dem Hund an der Elbe gemacht und zufällig habe ich auch meine alte Freundin Mia wiedergetroffen. Sie hat jetzt einen kleinen Sohn, ist verheiratet und liebt ihr neues Leben genau so wie ich meins. Wir haben geredet wie in alten Zeiten: ohne zu merken, wie die Zeit vergangen ist, ohne unangenehme Pausen ... Dabei haben wir uns zwei Jahre nicht mehr gesehen! Nächstes Jahr wird sie mich in Berlin besuchen und ich bin mir sicher, dass ich sie auch wiedersehen werde, wenn ich das nächste Mal in Hamburg bin.

Ich kam also völlig gestärkt und glücklich nach Berlin zurück. Bereit für eine hoffentlich coole Silvesterparty und ein neues Jahr. 2011.

*

Wir feiern in einer riesigen Wohnung mit Dachterrasse am Leipziger Platz. Leo ist nicht mitgekommen, weil er in irgendeinem Gay-Club seinen Spaß haben will. Scarlett und ich sind schon angetrunken, als wir ankommen. Scarletts Kollegin Karoline steht fröhlich strahlend in der Tür und begrüßt uns mit Küsschen. »Schön, dass ihr da seid! Zur wichtigsten Frage des Abends: Was wollt ihr trinken?«

»Prosecco!«, sagen Scarlett und ich wie aus einem Mund. Karoline kichert: »Alles klar! Dann besorgen wir euch jetzt eure Drinks und dann bekommt ihr eine kleine Wohnungsführung!«

Es läuft laute Popmusik, die Wohnung ist gut gefüllt (was man bei dieser Wohnungsgröße auch erst mal schaffen muss), die Stimmung ausgelassen. Karoline versorgt uns mit Getränken und zeigt uns ihren Palast. Von der Dachterrasse hat man einen atemberaubenden Blick über die ganze Stadt: den Fernsehturm, den Reichstag, den Hauptbahnhof. Unmittelbar vor uns liegt der Potsdamer Platz.

»Wow! Das ist ja umwerfend!«, staune ich. Ich freue mich jetzt schon darauf, das Feuerwerk von hier oben zu sehen.

»Danke! Das ist mit Abstand auch die schönste Wohnung, die ich je hatte ...! Hier könnt ihr übrigens auch rauchen.«

Wir unterhalten uns noch kurz und dann mischt sich Karoline wieder unter die anderen Gäste.

»Ich geh mal eben kurz auf die Toilette. Kommst du mit?«, fragt mich Scarlett.

»Nein, ich bleibe erst mal hier und rauch eine.«

Obwohl so viele Leute um mich herum sind, die Party in vollem Gange ist, lasse ich mich nicht mitreißen. Ich genieße es, dass hier auf der Terrasse nicht ganz so viele Leute sind. Die Ruhe tut mir gut, sie lässt ein bisschen Platz für sanfte Melancholie. Ich zünde mir eine Zigarette an, stütze mich auf das Geländer und sehe auf die Stadt. Sie liegt mir momentan regelrecht zu Füßen ... Meine Stadt. Berlin. Vereinzelt schießen Leute in den verschiedensten Stadtteilen Raketen in die Luft, die sich wie kleine bunte Würmchen der Nacht entgegenrecken. Wieder denke ich an all das, was 2010 passiert ist. Ein Lächeln huscht über mein Gesicht. Das war mit Abstand das aufregendste und beste Jahr meines Lebens!

*

Das Feuerwerk übertrifft all meine Erwartungen und Vorstellungen. Und das, obwohl ich kein Feuerwerk-Fan bin. Die buntesten und schönsten Raketen werden aus anscheinend jeder Ecke der Stadt abgefeuert. Besonders das Feuerwerk am Brandenburger Tor will kein Ende nehmen. Ab und zu rutscht mir sogar ein »Ohhh« raus, worüber Scarlett und ich uns sofort lustig machen. Jeder ist gut gelaunt, Alkohol fließt in Mengen. Auch Scarlett hat schon einiges getrunken. Sogar wesentlich mehr als ich, was eigentlich recht ungewöhnlich ist. Ich wende meinen Blick vom Feuerwerk ab und lasse ihn über die Mitfeiernden gleiten. Ich mag es, Menschen zu beobachten, wenn sie es nicht merken. Ich sehe ihnen zu, wie ihre Gesichter von den Raketen angeleuchtet werden und in den buntesten Farben strahlen, sehe sie lachen, beobachte sie, wie sie sich küssen und drücken. Ein paar Jungs schießen Raketen ab und freuen sich über jede einzelne, als seien sie Fünfjährige, die das zum ersten Mal machten. Während ich all die fröhlichen Leute beobachte, muss ich selbst lächeln. Ich bin schon sehr froh, dass alles so gekommen ist, auch wenn es manchmal schmerzhaft war.

Und dann sieht plötzlich einer der Raketen-Jungs zu mir. Sieht mir direkt ins Gesicht. Für diesen Moment ist es, als würde die Zeit stehen bleiben. Mir geht es durch und durch. Unsere Blicke halten sich, wir sehen uns einfach an. Er hat braune Augen, einen Blick, der ein Kribbeln durch meinen ganzen Körper auslöst. Der mich dahinschmelzen lässt ... Es fühlt sich an, als streichle er mein Herz ...! Sein Gesicht ist männlich mit feinen Zügen. Dann lächelt er mir zu. Sein ganzes Gesicht strahlt Freude und Liebe aus. Es dauert einen kleinen Augenblick, bis ich es erwidern kann. Ich muss mich richtig konzentrieren, so sehr hat er mich in seinen Bann gezogen.

Dann boxt ihn ein Kumpel in die Seite und das Leben geht ganz normal weiter. Die Pause ist vorbei. Was war das? Das war mit Abstand der kitschigste Augenblick meines Lebens! Ich hätte nie gedacht, dass ich so etwas einmal erleben würde. Er sieht noch mal zu mir rüber und lächelt mich an. Oh dieser Blick! Dieses Lächeln! Bevor ich es erwidern kann, höre ich Scarlett neben mir murmeln: »Mir ist so schlecht.« Ich bin endgültig in der Realität angekommen. »Soll ich mit dir auf die Toilette gehen?«, frage ich fürsorglich. Sie nickt. War wohl doch ein bisschen zu viel Prosecco.

Während wir auf dem Badezimmerfußboden sitzen, ich Scarlett über den Rücken streiche und versuche, sie mit Scherzen von ihrer Übelkeit abzulenken, geht mir das Gesicht dieses Mannes nicht mehr aus dem Kopf. Immer wieder erscheint es mir. Sein Blick war voller Wärme … Es war wirklich ein besonderer Moment … Hektisch beugt sich Scarlett über das Klo. Sie fängt an zu würgen. Ist das etwa Romantik? An einen Moment voller Was-auch-immer-das-war zu denken, während ich meiner spuckenden, besten Freundin die Haare zurückhalte?

Scarlett sieht mich an. Ihre Augen sind glasig, ihre Haut ist blass. Sie sieht jetzt endgültig erschöpft aus.

»Süße, soll ich dich nach Hause bringen?« Sie nickt benommen. »Okay, mach ich. Warte hier, ich hol unsere Sachen und ein Glas Wasser für dich.«

»Danke«, murmelt sie erschöpft und sieht mich dankbar mit ihren großen Augen an.

»Ach, mein kleines Häschen, für dich würde ich noch ganz andere Sachen machen«, sage ich und umarme sie. »Warte hier. Geh nicht weg. Ich bin gleich wieder da.«

Ich gehe in Karolines Ankleidezimmer, um das sie wohl jede Frau aufrichtig beneidet, um unsere Taschen zu holen. Draußen ist die Party noch in vollem Gang, diese Feier endet bestimmt erst in den späten Morgenstunden. Ich knipse das Licht an. Der ganze Raum ist voller Handtaschen. Ich konzentriere mich, auch die richtigen beiden zu nehmen, und mache mich auf den Weg zurück ins Bad.

Und dann steht er vor mir. Er, der Mann, mit dem ich den Was-auch-immer-das-war-Augenblick hatte. Ich bin sofort stocknüchtern.

»Willst du schon los?«, fragt er mich. Seine Stimme klingt sanft und warm. Mir geht es wieder durch und durch. Schöne Stimmen machen mich immer ganz verrückt. Ich nicke. »Meiner Freundin geht's nicht so gut, ich bringe sie nach Hause.«

»Oh.« Er sieht kurz auf den Boden. »Soll ich euch ein Taxi rufen?« Diese Augen! Oh Gott, seine Augen sind so schön! Ich muss mich konzentrieren, damit ich einen normalen Satz herausbringe. Jetzt bloß nicht blamieren!

»Nein danke, wir halten uns unten eins an. Die Leitungen sind mit Sicherheit alle besetzt.«

»Klar, ist ja auch Silvester.« Er fährt sich verlegen durch seine braunen, halblangen Haare. »Schafft ihr es denn allein runter? Ich kann dir sonst helfen, sie runterzubringen ...« Wie! Süß! Dazu kann ich einfach nicht Nein sagen!

»Gern, das wäre lieb von dir.«

»Okay. Wo ist sie?«

»Im Bad. Danke, dass du mir hilfst.« Wir gehen Richtung Badezimmer.

»Ist doch klar«, sagt er und ich merke, wie er mich von der Seite ansieht. Er ist einen halben Kopf größer als ich und seiner Statur nach zu urteilen, mit Sicherheit im Schwimmverein. Ein warmer Schauer durchfährt mich. Ich sehe zu ihm und wir lächeln uns an. »Ich bin übrigens Sebastian.«

»Freut mich! Ich bin Rosa.« Wir geben uns die Hände.

»Frohes neues Jahr, Rosa!«

»Frohes neues Jahr!«

Sebastians Vorschlag, mir dabei zu helfen, Scarlett auf die Straße zu bekommen, kam gerade richtig. Karolines Dachgeschosswohnung hat natürlich keinen Fahrstuhl und während ich mir Scarletts Arm mit Mühe über die Schulter gelegt hätte (wahrscheinlich mit der Folge, dass wir beide die Treppen runtergefallen wären), nimmt Sebastian sie einfach auf den Arm, als wäre sie seine Braut, und trägt sie vorsichtig die Treppen herunter. Was für ein Mann!

Unten angekommen setzt er sie genauso vorsichtig ab, wie er sie hochgehoben und getragen hat. Scarlett klammert sich sofort an meine Seite. Ich muss grinsen und lege meinen Arm um sie.

»Danke, Sebastian«, sage ich. »Ohne dich hätte ich das niemals geschafft!«

»Ja, danke!«, lallt Scarlett müde.

»Gern. Schaffst du es jetzt allein? Ich komme sonst wirklich gern mit und helfe dir.«

»Das ist lieb, aber das bekomme ich schon hin, danke.«

»Gut, aber ich warte, bis ihr im Taxi sitzt, ja?« So fürsorglich war aber schon lange kein Mann mehr zu mir. Um ehrlich zu sein, kann ich mich gar nicht erinnern, ob es überhaupt schon mal einer war.

Ich lächle ihn an. »Gern.«

»Oh, du bist wirklich nett!«, nuschelt Scarlett. Sebastian und ich kichern.

»Sie weiß sonst eigentlich, wie viel sie verträgt …«

»Ist doch nicht schlimm.«

Wieder treffen sich unsere Blicke. Sie sind an Intensität kaum noch zu überbieten. Obwohl ich Scarlett im Arm habe, jede Menge Besoffene unterwegs sind und die Stadt wahnsinnig laut ist, gibt es nur uns. Wir sehen uns an, ohne ein Wort zu sagen. Mein Herz schlägt schneller. Er sieht mir direkt in die Augen, als versuche er, in mein Herz zu sehen.

Ich schaue auf die Straße, weil ich seinem Blick nicht mehr standhalten kann. Die Autos brettern die Straße herunter. Natürlich sind alle Taxen besetzt. So ein Mist!

»Rosa?«

»Ja?« Ich drehe mich wieder zu ihm.

»Ich … würde dich echt gern wiedersehen«, sagt er und sieht mir dabei tief in die Augen. Dieser Blick … Mein Herz macht einen kleinen Sprung.

»Ich dich auch«, erwidere ich lächelnd.

»Cool.« Auch er lächelt jetzt. Wieder fährt er sich durch die Haare. Nach einem kurzen Zögern fragt er: »Gibst du mir deine Nummer?«

Nach zwanzig Minuten kommt endlich ein freies Taxi vorbei. Sebastian hält es an. Er ist ein wahrer Held in dieser Nacht!

»So, bitte schön die Damen!«, sagt er und hält uns die Tür auf. Scarlett lässt sich auf den Sitz plumpsen.

Er lächelt mich an. »Ich ruf dich an, okay?«

»Okay«, flüstere ich.

Er kommt näher und küsst mich auf die Wange. Sein Geruch steigt in meine Nase. Wie elektrisiert merke ich, wie sich meine Nackenhaare aufstellen. Ich schließe kurz die Augen und atme tief ein. Sebastian riecht fantastisch! Mein Herz schlägt schneller.

»Bis dann!«, sagt er mit leiser Stimme, als ich mich hinsetze. Dann schlägt er die Tür zu und sieht uns nach, bis unser Taxi um die Ecke biegt.

Ich bringe Scarlett ins Bett und stelle einen Eimer neben ihren Nachttisch. »Danke, Rosa ...«, murmelt sie noch, dann schläft sie ein. Ich streiche ihr über die Haare und gehe in die Küche. Ich sehe aus dem Fenster. Es ist vielleicht gerade mal halb drei, jeder feiert jetzt wahrscheinlich noch eine Party. Aber ich kann Scarlett nicht böse sein. Zum einen, weil ich sie dafür viel zu lieb habe, und zum anderen, weil ich durch sie Sebastian kennengelernt habe. Sicher hätten wir uns irgendwann auf der Party noch gesehen, aber so war es doch wesentlich einfacher, ins Gespräch zu kommen. Außerdem habe ich so eine wirklich tolle Seite an Sebastian kennengelernt. Ich hab zwar keinen Neujahrskuss bekommen, aber immerhin einen echten Neujahrshelden getroffen!

Mein Handy piepst. Eine SMS von einer Nummer, die ich nicht kenne. Ob das schon Sebastian ist?

Liebe Rosa, es hat mich wirklich sehr gefreut, dich heute Nacht kennenzulernen. Ich hoffe, ihr seid gut nach Hause gekommen ... Viele Grüße, Sebastian. Oh, das ging aber schnell! Ich antworte:

Hallo Sebastian, ja, Scarlett schlummert jetzt selig. Danke noch mal für deine Hilfe!

Total gern. Wollen wir morgen Abend mal telefonieren?

Verzückt grinse ich. Sebastian scheint mich ja genauso interessant zu finden wie ich ihn.

Morgen Abend passt super!

Cool! Ich freu mich!

Ich mich auch. Dann feier noch schön!

Mach ich. Bleibst du bei Scarlett oder kommst du noch vorbei?

Ich bleibe hier und pass auf, dass sie nicht aus dem Bett rollt ...

Schade für mich, gut für sie ...! Also bis morgen! Und schlaf schön ...!

Ich lege das Handy beiseite und lächle. Um ehrlich zu sein, kann ich gar nicht mehr damit aufhören. Selbst, als ich Scarlett im Schlafzimmer würgen höre, bringt mich das nicht aus meinem Glückszustand. Für mich hätte das neue Jahr nicht besser anfangen können!

Ich lege mich ins Gästezimmer, setze meine Kopfhörer auf und schalte meinen iPod ein. Ich höre Air, *Kelly watch the Stars*. Sofort fangen meine Gedanken an zu tanzen. Ich weiß nicht, ob es ein schöner, sinnlicher Tanz ist. Sie überschlagen sich, sie tanzen wie Raver, die zu viel Ecstasy gefressen haben und nicht mehr runterkommen. Sie tanzen wie zu dröhnenden Technobeats und sind gierig nach mehr. Süchtig nach der Musik. Sie sind verschwitzt und atemlos, ihre Pupillen sind geweitet, aber sie wollen nicht aufhören.

In manchen Momenten fühlt es sich an, als tanzten sie so taktlos und unkontrolliert wie Besoffene. Sie torkeln und stürzen. Stehen wieder auf. Machen weiter. Sie kennen kein Ende. Und in anderen Momenten wirken sie so elegant wie Balletttänzerinnen, die monatelang nur für diesen einen Tanz trainiert haben. Sie tanzen zu Robyn, Jamie Cullum, zu Marina and the Diamonds, zu Faithless. Sie tanzen und tanzen. Ungeachtet dessen, dass sie eigentlich schlafen und sich ausruhen sollten.

Manchmal wiegen sie sich zu der Musik wie Blumen im Sommerwind. Holen Luft. Lassen sich Zeit. Umarmen sich.

Sie können so friedlich sein. Und dann wieder aggressiv wie Boxer. Ausdauernd wie Langstreckenläufer.

Und dann kommt der Schlaf, schluckt sie wie ein großer Mund. Er gibt ihnen einen ganz anderen Raum.

Ach, das Leben kann so schön sein!

Affentanz

»Wo es eheliche Pflichten gibt, gibt es außerehe-
liches Vergnügen.«　　　HENRY MILLER

Glückselig gehe ich die Akazienstraße hinab. Heute ist es wieder kalt, Schneemassen türmen sich wie kleine Schutzwälle,
die ich als Kind im Sommer am Strand baute, am Straßenrand.
Ich mag Schnee in der Stadt nicht wirklich, er ist mir viel zu
grau und matschig. Dennoch kann ich nicht aufhören, fröhlich
zu strahlen! Ich rufe Scarlett an. »Na, mein Lieblingssuffkopp,
wie geht es dir?«

Sie kichert verlegen. »Wieder gut. Danke noch mal.«

»Kein Ding.«

»Ich war zwar total betrunken, aber … ging da was mit
dem Typen und dir?«

»Nein.«

»Ach so … Ich dachte.«

»Vielleicht geht aber morgen was zwischen dem Typen und
mir. Er heißt übrigens Sebastian.«

»Ohhhh!«, quietscht Scarlett. »Erzähl!«

Ich erzähle ihr von unserem ersten Blick auf der Dachterrasse bis hin zur Verabschiedung alles, was passiert ist.

»Süße, das klingt alles so gut! Ich freue mich so für dich!«

»Danke! Ich freu mich auch! Gestern Abend haben wir telefoniert!«

»Und? Wie war's?«

»Super! Erst mal ist seine Stimme so schön ... Ganz tief und rund ... So ...« Ich suche nach dem richtigen Wort: »In sich ruhend ... Und mit ihm zu sprechen war so vertraut! Es hätte nicht besser laufen können! Wir haben uns die ganze Zeit viel zu erzählen gehabt, es war richtig schwierig, überhaupt ein Ende zu finden ...«

»Ach Rosa, das ist so toll! Ich freue mich wirklich sehr für dich!«

»Es geht noch weiter!«

»Ohhhhh ...«

»Morgen haben wir ein Date! Kein Sexdate, sondern eine richtige Verabredung!«

»Tja, irgendwann erwischt es jeden! Dass es bei dir aber so schnell gehen würde, hätte ich nicht gedacht.«

»Ich auch nicht.«

»Aber umso schöner ist es! Ich werde gleich mal ein bisschen Karoline über ihn ausfragen, vielleicht kennt sie ihn ja besser ...«

Ich muss schmunzeln. »Scarlett, ich bin so gespannt, ihn zu sehen ...«

»Das kann ich mir vorstellen! Erste Dates sind ja auch was ganz Besonderes. Was macht ihr?«

»Wir gehen einen Kaffee trinken.«

»Du wirst ja schon ganz spießig!«, kichert sie. »Im Emma's?«

»Ja. Wir haben beide morgen frei, klar am Sonntag, und es ist doch nett, sich schon mal früher zu treffen.«

»Klar. Ich will dich ja auch nur ein bisschen ärgern. Was macht er denn beruflich?«

»Oh, er ist Grafiker bei einer ziemlich großen Agentur im Prenzlauer Berg. Den Namen habe ich natürlich schon wieder vergessen.«

»Ist ja auch egal.«

»Richtig. Aber weißt du, was krass ist? Manchmal habe ich das Gefühl, als ob die Dinge genau so passieren mussten, wie sie letztendlich gekommen sind. Hätte sich Alex nicht von mir getrennt, wäre ich auch nicht mit dir zur Party gegangen. Ansonsten hätte ich nämlich bestimmt mit Alex eine Privatparty gefeiert ...«

»Sau!«, neckt sie mich.

»Und wenn du nicht so viel getrunken hättest, hätte ich nicht Sebastian kennengelernt ...«

»Hatte meine Spuck-Aktion also doch was Gutes!«

»Auf jeden Fall!«

Scarlett seufzt. »Das klingt wirklich alles so gut! Ich drück dir ganz fest die Daumen!«

»Danke! Manchmal kann das Leben wirklich schön sein!«

»Und morgen fliegen dir schon die Herzchen aus den Ohren, ich weiß es! Ruf mich unbedingt an und erzähl mir, wie es war!«

»Mach ich!«

Wir verabschieden uns. Ja, manchmal ist das Leben wirklich perfekt!

Gerade habe ich diesen Gedanken zu Ende gedacht, überzeugt mich das Leben vom Gegenteil: Ich höre eine Männerstimme meinen Namen rufen. Ich drehe mich um und sehe Felix auf der anderen Straßenseite! Den Felix, dessen schwangere Freundin letzten Sommer plötzlich im Zimmer stand! Unbehagen durchfährt mich. Felix möchte ich wirklich nicht sehen! Außerdem kann das doch echt nicht sein!!! Ich treffe so gut wie nie jemanden zufällig auf der Straße und Felix innerhalb von sechs Monaten gleich zwei Mal! Ich verdrehe die Augen.

»Warte!«, brüllt er zu mir rüber und joggt dann über die Straße. Seine Schritte verlangsamen sich, als er auf mich zukommt. »Na …«, sagt er etwas unsicher, fügt dann aber in alter Manier hinzu: »Wie geht's dir?«

»Gut«, sage ich kühl. Schnippisch füge ich hinzu: »Wie geht's deiner Freundin?«

Felix atmet laut ein. »Frau. Wir haben geheiratet …«

»Wie auch immer. War 'ne ziemliche Scheißaktion von dir …«

»Ich weiß.« Er senkt den Blick. »Aber jetzt ist ja alles wieder gut!« Schlagartig ist er selbstbewusst wie eh und je. »Wie lustig, dass wir uns wiedertreffen, oder? Erst sehen wir uns so lange nicht und dann gleich zwei Mal in 'nem halben Jahr!«

Er mustert mich von oben bis unten. Seine Augen sprechen dieselbe Sprache wie letzten Sommer. Er hat sich überhaupt nicht verändert. Nur der Glanz, dieses besondere Etwas in seinem Blick, was mich so gereizt hat, ist verschwunden. Seine ganze Ausstrahlung wirkt grau auf mich. Aber vielleicht sehe ich ihn einfach nur in einem anderen Licht.

»Wollen wir nicht einen Kaffee trinken gehen? Ich muss erst heute Abend wieder in Hamburg sein … Und da ich mit der Bahn fahre, hätte ich noch Zeit.« Er zwinkert mir zu. Ich traue meinen Ohren nicht!

Sein Handy klingelt. »Moment …«, er guckt auf das Display. »Oh, da muss ich ran … Hallo mein Schatz!«, säuselt er, während er gleichzeitig zu mir gewandt seine Augen verdreht.

»Ich weiß es noch nicht so genau ... Es hat sich kurzfristig noch ein Meeting ergeben ... Ja, wird bestimmt anstrengend.«

Er grinst mich an. »Mhm, ich melde mich, wenn ich losfahre ...!« Ich glaube es nicht! Seine Frau, die ahnungslos mit dem Baby zu Hause sitzt, ist dran. Und freut sich auf ihn, diesen Mann, der wie ein gieriger Köter gerade dabei ist, seine Ex-Affäre zu beschnuppern! Darauf aus, sie zu besteigen und die Frau, der er ewige Treue geschworen hat, schon wieder zu betrügen. Er schafft das, was ich nie für möglich gehalten hätte: Er übertrifft sich in seiner Armseligkeit selbst. »Bis dann! Ich liebe dich!«, sagt er sanft und legt auf.

»Nee, lass mal«, sage ich genervt. Nicht mal sein Superpenis reizt mich mehr. Was nützt der schon, wenn der an einem armseligen Typen baumelt?

»Warum? Was'n los?« Felix scheint wirklich überrascht zu sein. »Ich würde es gern wiederholen ... War doch der Hammer!«

»Ja, war es – bis deine schwangere Freundin in der Tür stand! Ich frage mich immer noch, für wen diese Aktion eigentlich am peinlichsten war.« Ich werfe ihm einen verachtenden Blick zu. »Sei froh, dass sie dir verziehen hat! Ich hätte dich mit einem gewaltigen Arschtritt vor die Tür gesetzt ... Such dir zum Ficken eine andere. Zum Beispiel ...«, ich mache eine theatralische Pause und sehe in den bewölkten Himmel, während ich mit gespielter Anstrengung nachdenke. Ich sehe ihm in die Augen: »Deine Frau!«

Er sieht mich erschrocken an. Und dann gehe ich einfach weiter. Lasse ihn stehen und fühle mich wie die Ritterin des Rechts! Zu gern würde ich mich umdrehen und in sein verdutztes Gesicht sehen, aber ich halte meine Neugierde zurück und lege einen lässigen Abgang hin. Zum Glück ist es nicht glatt. Ansonsten würde ich, wie ich mich kenne, bestimmt hinfallen … Kopfschüttelnd denke ich an einen Spruch, den ich vor einiger Zeit gehört habe: »Manche Frauen faken Orgasmen. Manche Männer ganze Beziehungen.« Und mit beidem kann ich mich einfach nicht identifizieren.

Sebastian

»Kein Meer ist so wild wie die Liebe.«
AUS »MERCI CHÉRIE« VON UDO JÜRGENS

Ich schwitze. Warum schwitze ich? Es ist mitten im Winter und eiskalt! Außerdem schwitze ich nie! Mein Herz schlägt mir bis zum Hals, als ich die Wohnung verlasse. Gleich treffe ich *ihn*, meinen Silvesterhelden! Jetzt würde ich zu gern eine rauchen. Aber ich weiß nicht, ob er raucht, außerdem will ich nicht stinken, also verzichte ich. Es fängt an zu schneien. Auch das noch! Meine Haare blähen sich immer so auf, wenn sie nass werden … Hoffentlich sehe ich nicht gleich aus wie Bonnie Tyler in den Achtzigern.

Vor einem Date will ich immer nur, dass es schon vorbei ist. Wenn es aber gut läuft, könnte es von mir aus ewig andauern. Ich wünsche mir so sehr, dass das jetzt kein Reinfall wird. So wie mit Malte. Das war ja wirklich furchtbar langweilig! Gleich bin ich da. Noch zwei Straßen. Ich sehe auf mein Handy. Mist, wir sind erst in zehn Minuten verabredet! Ich kann doch nicht zu früh zu meinem Date kommen! Wie peinlich wäre das denn? Ich bleibe stehen und gucke mich noch einmal im Spiegel an. Meine Wangen sind knallrot! Scheiße!

Ich bin wirklich ein Naturphänomen: Ich kann mir so viel Make-up ins Gesicht schmieren, wie ich will, meine Wangen schaffen es immer, rot zu werden. Ich habe mich vor Kurzem mit Ben und Scarlett übers Schminken unterhalten. Als ich Ben fragte, ob er fände, dass ich mich zu stark schminke, sagte er nur: »Nö. Wobei, deine Wangen sind manchmal ein bisschen zu rot.«

Dabei schminke ich meine Wangen nicht! Ich bin wohl die einzige Frau auf diesem Planeten, die kein Rouge besitzt.

Das ist aber auch alles aufregend! Eine Windbö pustet mir entgegen. Jetzt sind meine Haare nicht nur voller Schnee, sondern auch noch endgültig zerzaust. Na wunderbar. Warum geht vor einem ersten Date auch immer so viel schief? Ich gucke noch einmal auf mein Handy. Immer noch sechs Minuten, bis wir uns treffen. Vielleicht sollte ich Audrey Hepburns Spruch »Wenn man auf einer Party im Mittelpunkt stehen will, sollte man einfach fernbleiben« befolgen … Einfach umdrehen und gehen? Ich entdecke ganz neue Seiten an mir. Ich war noch nie vor einem Date so aufgeregt!

Es schneit heftiger. Das wird mir jetzt echt zu kalt! Ich habe keine Lust mehr auf meinen Zirkus und beschleunige meine Schritte. Mir doch egal, wenn ich zu früh bin! Daran wird's schon nicht scheitern. Außerdem verabscheue ich sowieso diese bekloppten Dating-Spielchen.

Im Emma's ist es warm und gemütlich. Die Kaffeemaschine verbreitet den Duft von frischem Espresso, die kleinen Lampen tauchen das Café in angenehmes Licht. Ich schließe die Tür hinter mir und gehe ein paare Schritte hinein. Ob er schon da ist?

»Rosa!«

Ich drehe mich um. Sebastian lächelt mir zu. Mist, ich dachte, ich könnte mir vorher noch einmal die Haare bürsten!

Verlegen streiche ich sie glatt. Rot werden kann ich zum Glück nicht mehr, bin ich ja ohnehin schon.

»Hey!«, sage ich, gehe zu ihm und tue so, als ob mir meine zerstörte Frisur egal wäre. Wir begrüßen uns mit zwei Küsschen. Und wieder steigt mir sein angenehmer Duft in die Nase. Ich bekomme Gänsehaut.

»Wartest du schon lange?«

Er schüttelt den Kopf. »Nein, nicht wirklich. Ich war viel zu früh ...« Er hilft mir aus meinem Mantel. »Was möchtest du trinken?« Ich liebe höfliche Männer! Zuvorkommend in der Öffentlichkeit, versaut im Bett. Perfekte Mischung!

»Karamell-Macchiato, bitte.«

»Auch was zu essen?«

»Nein, danke.« Bei meinem Glück würde mir wahrscheinlich alles zwischen den Zähnen hängen bleiben. Oder ich würde mich bekleckern ... Ich bin froh, dass ich es bisher geschafft habe, mein Kleidchen unversehrt durch den Tag zu bringen ... Außerdem bin ich viel zu nervös, um zu essen.

Sebastian geht an die Theke und kauft meinen Kaffee. Ich setze mich in den bequemen Sessel und richte noch einmal meine Frisur. Ich mustere ihn. Seine Jeans sitzen zwar locker, aber eng genug, um einen Blick auf seinen hübschen Po werfen zu können. Er trägt einen schlichten dunkelgrauen Pullover. Sein Rücken ist breiter, als ich ihn in Erinnerung habe. Er sieht wirklich sexy aus! Ich bin immer noch total aufgeregt, wenn auch nicht mehr so doll wie eben. Sebastian kommt mit meinem Kaffee zurück an den Tisch. Auch er scheint etwas nervös zu sein. »Siehst hübsch aus«, sagt er verlegen.

»Danke«, antworte ich, »auch für den Kaffee.«

»Gern. Wie geht es Scarlett?«

»Wieder gut. Neujahr war sie quasi nicht ansprechbar«, grinse ich.

»Ja, das hab ich mir gedacht«, lächelt er. Sanft fügt er hinzu: »Ich finde es echt total schön, dass wir uns treffen.«

Seine Stimme, seine Art, er wirft mich einfach um.

»Finde ich auch«, sage ich leise. Da ist sie wieder, die schüchterne Rosa, die kaum einer kennt. »Wie war's denn eigentlich noch auf der Party?« Darüber hatten wir am Telefon gar nicht gesprochen. Wir waren zu sehr damit beschäftigt, uns unsere Lebensgeschichten zu erzählen ...

»Die Party war super! Schade, dass du so früh wegmusstest. Meine Kumpels und ich waren noch bis sechs oder so da.«

»Ich fand's auch schade, aber ich konnte Scarlett ja nicht sich selbst überlassen.«

»Nein, bloß nicht. Wer weiß, wo sie dann jetzt wäre.« Wir lächeln uns an. Das *ist* eines dieser ersten Dates, von denen man schon nach den ersten Minuten hofft, dass sie nie vergehen. Der ganze Körper besteht nur aus einem einzigen Kribbeln, jedes Wort, jede Berührung verstärkt dieses Kribbeln noch. Und wahrscheinlich ist es eines dieser Dates, bei dem rundherum alle ganz genau wissen, dass es die erste Verabredung ist. Alles ist noch so frisch und unbeholfen, so aufmerksam, so verknallt.

Sebastian schenkt mir Blicke, die mich dahinschmelzen lassen. Blicke, die mehr sagen als »Ich will nur Sex«. Die Anspannung ist verschwunden, stattdessen ist es fast so vertraut, als ob ich mit Scarlett hier sitzen würde. (Nur mit dem kleinen Unterschied, dass ich sie nicht ganz so hinreißend finde ...)

Ab und zu sucht Sebastian Körperkontakt, legt kurz seine Hand auf meinen Arm, während er mir etwas erzählt. Jedes

Mal, wenn er das macht, geht es mir durch und durch. Und obwohl ich leicht zu beeindrucken bin und schon viele Dates mit vielen Männern hatte, die gut gelaufen sind, ist es dieses Mal anders. Intensiver. Sinnlicher. Tiefgehender. Vielleicht, weil ich mir mehr mit ihm vorstellen kann als einen One-Night-Stand.

Die Zeit mit ihm vergeht wie im Flug. Wir unterhalten uns über alles Mögliche: über unsere Arbeit und Freizeit, unsere Lieblingsplätze in Berlin. Alles, was um uns herum ist, wird nebensächlich. Ich ignoriere die schreienden Babys, das klappernde Geschirr.

»Wir machen gleich zu. Möchtet ihr noch einen Kaffee haben?«, fragt uns die Bedienung.

Ich bin ganz überrascht, ich habe gar nicht gemerkt, wie die Zeit vergangen ist.

»Möchtest du noch was?«, fragt er mich.

»Nein, danke.«

»Ich auch nicht, danke.« Er fährt sich durch die Haare. »Ich zahl dann auch gleich.«

Wie schön! Keine Diskussionen, kein peinliches Gestammel. Ich zahle! Punkt aus fertig! Und jetzt? Ich frage ihn nicht, ob wir noch was machen … Oder? Will er überhaupt …?

»Hast du Lust, noch was zu machen?«, unterbricht er meine Gedanken.

Jajajajaja!, juchze ich innerlich.

»Klar«, sage ich und lächle ihn an.

»Schade, dass es so kalt ist, sonst könnten wir spazieren gehen.« Er überlegt kurz. »Lust auf Kino?«

Wir gehen zu Fuß zu einem kleinen Kino an der Hauptstraße, nicht weit vom Emma's entfernt. Mittlerweile ist es dunkel und noch kälter geworden. Trotzdem möchte ich gerade nichts lieber machen, als eng neben Sebastian durch die verschneiten Straßen Berlins zu gehen. Unsere Gesprächsthemen finden kein Ende, wir lachen und sind so vertraut miteinander, als würden wir uns schon eine Ewigkeit kennen. Wir bleiben an einer roten Ampel stehen. Sebastian erzählt mir gerade gestikulierend von einem Sturz in seiner Kindheit, als er plötzlich innehält.

Er sieht mir direkt in die Augen. Eine ganz besondere Stimmung baut sich in Sekundenschnelle zwischen uns auf. Die, die einen zauberhaften ersten Kuss ankündigt. Die, die sich so selten blicken lässt … Die, die einen alles andere vergessen lässt …

Ich sage nichts. Halte einfach nur seinem Blick stand. Mein Herz schlägt schneller. Ob er mich jetzt küssen wird? Sebastian kommt näher. Ganz langsam. Wie in Zeitlupe. Seine Hände umfassen mein Gesicht. Mein gesamter Körper wird von Gänsehaut überzogen. Ich spüre seinen warmen Atem auf meiner Haut. Ich öffne meinen Mund. Dann küsst er mich mit weichen Lippen. Ganz sanft und vorsichtig. Ich schließe die Augen. Sein Kuss ist zärtlich und intensiv. Ich lege meine Arme um seine Taille. Unsere Körper kommen sich immer näher. Wir stehen uns eng umschlungen gegenüber. Es fühlt sich so gut an, so richtig, so vollkommen. Wir können nicht mehr voneinander lassen. Der Kuss scheint endlos. Ich spüre seine Erregung durch meinen Mantel, kurz nachdem ich meine bemerke. Zwischen meinen Beinen ist es heiß. Ich weiß nicht, wie lange wir hier so stehen, aber als wir uns wieder ansehen, habe ich absolut keine Lust mehr, ins Kino zu gehen. Aber wäre es richtig, ihn zu fragen, ob er mit zu mir kommen will? Würde das dann nicht wieder auf so eine Sexgeschichte hinauslaufen? Seine braunen Augen funkeln. Er macht mich jetzt schon ganz verrückt. Ich kann nicht anders, als ihn flüsternd zu fragen, ob er immer noch ins Kino will. Er schüttelt schmunzelnd den Kopf. Wir küssen uns erneut und gehen dann Arm in Arm und uns immer wieder küssend zu meiner Wohnung.

»Möchtest du was trinken?«, frage ich Sebastian, nachdem wir unsere Jacken ausgezogen haben und in meinem Flur stehen.

»Nein, danke«, sagt er und zieht mich an sich. Er legt seine Arme um meine Taille und sieht mich liebevoll an. Es ist mir schon fast unangenehm, aber gleichzeitig so schön, dass ich seinem Blick standhalte und meine Arme um seinen Hals lege. So müssen sich die alten Hollywood-Diven gefühlt haben, wenn sie einem Mann in den Armen lagen. Ich versinke in seinem Blick. Wir sehen uns lange an, bevor wir uns küssen. Alles zwischen uns scheint magisch zu sein. Und dann löse ich mich aus seiner Umarmung, nehme ihn an die Hand und gehe mit ihm ins Schlafzimmer.

Wir ziehen uns ganz langsam aus, alles scheint so besonders und von einer ganz anderen Leidenschaft zu sein. Es ist nicht so stürmisch und hektisch wie mit Alex. Es ist eine wunderbare Sinnlichkeit, die mich vollkommen zum Erliegen bringt. Zwischen meinen Beinen kribbelt es ohne Unterlass und durch seine Hose spüre ich seinen harten Schwanz an meinem nackten Bauch. Immer wieder küssen wir uns und halten uns in den Armen. Jede Berührung geht regelrecht unter die Haut ... Die Nähe könnte nicht intensiver sein.

Unsere warmen, nackten Oberkörper fühlen sich toll aneinander an. Er dirigiert mich aufs Bett und zieht meine Strumpfhose aus. Ich beobachte ihn, wie er sich seiner Jeans entledigt, beobachte das Muskelspiel seines Körpers im sanften Licht meiner Nachttischlampe. Er legt sich neben mich. Wir streicheln uns pausenlos. Er küsst mein Gesicht, meine Wangen, meine Stirn, meine Nasenspitze. Keinen Zentimeter lässt er aus. Ich glaube, dieser Moment ist der intimste, den ich je mit einem Mann erlebt habe.

Sebastian fängt an, meine Brustwarzen zu lecken. Ich greife ihm lustvoll in seine braunen Haare, streiche ihm immer wieder über seinen breiten Rücken. Als wir uns wieder küssen, wandert meine Hand in seinen Schritt. Er stöhnt leicht auf, als ich seine Lenden streichle, ihm seine Shorts runterziehe und ganz langsam anfange, seinen harten Penis zu massieren. Zwischen meinen Beinen brennt es regelrecht, ich könnte platzen vor Geilheit, aber ich genieße die Langsamkeit, die hocherotische Stimmung zwischen uns.

Unsere Küsse werden gieriger, heiß spielen unsere Zungen miteinander. Er schiebt meinen String beiseite und fängt leicht an, meine Klit zu streicheln. Ich könnte ausrasten! Seine Finger fühlen sich so gut an und als seine Berührungen fester werden und seine Finger in mich gleiten, bin ich schon kurz davor zu kommen. »Hast du ein Kondom?«, raunt er. Ich greife in meine Nachttischschublade, reiße die Verpackung auf und rolle es ihm rüber. Dann zieht er meinen String aus, legt sich auf mich drauf und dringt langsam in mich ein. Ich bin so feucht, dass es sich anfühlt, als würde meine Muschi ihn regelrecht reinziehen. Wir stöhnen beide tief aus dem Bauch heraus. Seinen Körper so nah und nackt auf meinem zu spüren, sein ganzes Gewicht auf mir liegend, versetzt mich noch mehr in Ekstase. Er bewegt sich ganz langsam. Küsst meinen Hals, meine Wangen, meine Ohren, meinen Mund. Sieht mich an. »Ich wollte dich vom ersten Augenblick«, flüstert er. Ich ziehe seinen Kopf noch näher an meinen. Wir küssen uns, seine Hüften stoßen genüsslich und fest in mich. Die ganze Zeit sehen wir uns an, unsere Blicke lassen einander nicht los, bis uns doch die Lust die Augen schließen lässt und wir fast zeitgleich kommen.

Obwohl mein Orgasmus wie eine Erlösung war, bin ich sofort wieder erregt. Unsere verschwitzten Körper liegen nah beieinander, Sebastians Hände spielen mit meinen Haaren. Ich kraule seinen Nacken. Wir sagen nichts, lächeln uns die ganze Zeit an, knutschen unentwegt. Liebkosen uns. Zärtlich tauchen seine Finger immer wieder in meine Spalte, bis er anfängt, mich zu lecken. An mir zu saugen. Es mir wieder mit ganzer Hingabe zu machen. Wir lieben uns die ganze Nacht, bis wir völlig erschöpft Arm in Arm einschlafen.

Irgendwann weckt mich Sebastian mit zärtlichen Küssen auf die Wangen auf. »Süße ...«, höre ich ihn flüstern. Ich öffne verschlafen meine Augen und sehe in sein tolles Gesicht. Seine Augen sehen mich noch ganz müde an, seine Haare sind zerzaust. Automatisch lächle ich. Ich kann gar nicht anders, als ihn in diesem Moment zuckersüß zu finden.

»Ich muss jetzt los ... Arbeiten ...« Morgens hört sich seine Stimme ja noch toller an!

»Oh nein ... Wie spät ist es denn?«

»Sieben ... Ich meld mich bei dir, wenn ich Feierabend habe, okay?«

»Möchtest du noch einen Kaffee?«, nuschele ich verschlafen. Er schüttelt den Kopf. »Lieb von dir, aber ich hole mir unterwegs einen. Bleib du mal liegen und schlaf noch ein bisschen.« Er streicht mir über den Kopf. »Ich ruf dich später an, ja?«

»Okay«, lächle ich.

Wir küssen uns und dann steht Sebastian auf, zieht sich an und geht. Sein ganzer Geruch ist noch in meinem Bett. Ich rolle mich auf seine Seite, die noch ganz warm ist, und atme ihn tief ein. Ich kann mich nicht erinnern, schon mal so glücklich gewesen zu sein.

*

Den ganzen Tag über schreiben wir uns SMS. Jedes Mal, wenn mein Handy piepst, schlägt mein Herz schneller. Ich kann gar nicht anders, als unentwegt zu lächeln. Wir verabreden uns für den Abend. Und ich bin so verknallt, dass ich anfange, die Stunden zu zählen.

Ich besuche Sebastian in seiner Wohnung. Er wohnt in der Gartenstraße in Mitte. Normalerweise würde ich mit dem Fahrrad fahren, aber da es viel zu glatt dafür ist, nehme ich die Bahn. Sobald in Berlin einmal Schnee fällt, scheint sich die ganze Stadt im Ausnahmezustand zu befinden. Die S-Bahnen fallen aus, die Straßen werden nicht geräumt, überall ist Stau und Verkehrschaos. Menschen fluchen frierend über die Inkompetenz der Verantwortlichen. Ich aber stehe am Bahnsteig und schwebe auf meiner rosafarbenen Wolke. Mir ist das alles egal, denn ich fahre jetzt zu dem tollsten Mann überhaupt! Auch wenn mir die Wartezeit vorkommt wie eine Ewigkeit ... Ich vertreibe sie mir, in dem ich an letzte Nacht denke, an unseren intensiven Sex, der an Sinnlichkeit nicht zu überbieten war. Ich spüre ein wohliges Kribbeln zwischen meinen Beinen und seufze zufrieden.

Quietschend kündigt sich die einfahrende Bahn an. Dicke Eiszapfen hängen an dem Führerhäuschen. Sie ist hoffnungslos überfüllt. Ich entdecke eine meiner Nachbarinnen im Gewühl. Ihre Haare haben die Farbe frischer Karotten. Mit einem Ruck setzt sich die Bahn in Bewegung. »Entschuldigen Sie, dass ich Sie störe. Mein Name ist Jochen und ich bin obdachlos ...«

Der Verkäufer des Obdachlosenmagazins quetscht sich mit seinem Hund durch die Menge. Es ist in Berlin schier unmöglich, mit der Bahn zu fahren, ohne erstens nervige Straßenmusiker zu hören, ohne zweitens eine Obdachlosenzeitung angeboten zu bekommen oder drittens kontrolliert zu werden. Wobei man sich momentan schon als Glückspilz bezeichnen kann, wenn man überhaupt eine Bahn erwischt, so oft wie die zur Zeit ausfallen ...

Ich kaufe mir eine Zeitung. Dankbar lächelt mich Jochen an und wünscht mir einen schönen Abend. An der nächsten Station wechselt er den Waggon. Ich blättere durch den *Straßenfeger*, wobei die Bilder und Texte alle an mir vorbeirauschen. Gleich bin ich endlich bei ihm, Sebastian ...! Ich kann es kaum erwarten!

*

»Wie schön, dass du da bist, ich habe den ganzen Tag an dich gedacht!«, begrüßt mich Sebastian, als ich endlich vor ihm stehe. Er wohnt im ersten Stock eines restaurierten Altbaus. »Finde ich auch. Ich konnte es kaum erwarten!«, sage ich. Wir küssen uns leidenschaftlich im Treppenhaus.

»Komm rein, du bist ja ganz kalt.« Fürsorglich legt er seinen Arm um meine Schulter und führt mich in seine Wohnung. »Möchtest du vielleicht einen Tee trinken?«, fragt er mich, während er mir meinen Mantel abnimmt. Ich nehme sein Angebot dankend an und wir gehen in seine kleine Küche. Ich setze mich an den schmalen Küchentisch und sehe ihm dabei zu, wie er alle möglichen Schränke öffnen muss, um den Tee zu finden. Seine Bewegungen wirken trotz seiner Größe so beherrscht. »Ahh, da bist du ja!«, sagt er, als er ihn schließlich gefunden hat. Er hängt den Beutel in einen Becher und setzt Wasser auf. Ich stehe auf und gehe zu ihm.

»Ich kann meine Finger einfach nicht von dir lassen«, sage ich, als ich von hinten seinen Bauch umfasse. Er stellt den Wasserkocher hin und drückt mich an seinen Rücken. »Dagegen habe ich so rein gar nichts einzuwenden!«, erwidert er. Wir stehen so nah aneinander, dass nicht mal ein Blatt zwischen uns passen würde. Ich schließe die Augen. Spüre seinen Po an meinem Bauch, meine Brüste an seinem Rücken. Atme seinen Geruch. Ich werde feucht. Er dreht sich um und küsst mich.

»Ich weiß was viel Besseres, damit dir warm wird«, sagt er und fasst mir zwischen die Beine. Ich kichere und spreize sie für ihn. Seine Hand fährt unter mein Kleid, bahnt sich ihren Weg durch die Strumpfhose und meinen String in meine feuchte Vagina. Ich weiß nicht, wen von uns das mehr erregt, jedenfalls fangen wir beide an zu stöhnen. Ich öffne seine Jeans, fühle jetzt schon seinen harten Schwanz. Wir küssen uns heftiger, er zieht seine Finger aus mir und stülpt mir mein Kleid über den Kopf, zieht sich dann seinen Pulli und sein T-Shirt aus.

Wie Magneten kleben wir sofort wieder aneinander. Geschickt öffnet er meinen BH, drückt meine kleinen Brüste mit seinen großen Händen. Ich ziehe ihm die Hose und seine Shorts runter und knie mich vor ihn. Genüsslich nehme ich seinen Schwanz in meinen Mund. Knie vor ihm auf dem Küchenboden, sehe die Erregung in seinen Augen und spüre sie in meinem Mund. Immer wieder streicht er mir durch die Haare, vorsichtig bewegt er seine Hüften.

Dann zieht er mich hoch, zieht mir meine Strumpfhose und meine Unterwäsche aus, hebt mich an und setzt mich auf den Esstisch. Ich spreize meine Beine, er hockt sich vor mich und fängt an, meine Muschi zu lecken. Sein heißer Atem zwischen meinen Beinen. Er saugt und küsst meinen Kitzler, leckt meine Schamlippen. Dann hört er kurz auf, angelt aus der Hosentasche seiner auf dem Boden liegenden Jeans ein Kondom, rollt es sich über. Ich sehe uns dabei zu, wie er seinen harten Penis in mich gleiten lässt. Meine Lust sprudelt nur so aus mir raus. Sebastian fühlt sich so gut in mir an!

Er fickt mich fest, variiert sein Tempo. Genauso wie ich es mag ... Ich drücke ihn an seinen Pobacken noch fester in mich. Stöhne seinen Namen, sehe ihn an. Spüre, wie er die Kontrolle verliert, sich fallen lässt, immer schneller in mich stößt und dann explosionsartig in mir kommt. Das törnt mich so sehr an, dass mein Orgasmus nicht lange auf sich warten lässt. Wir verharren noch kurz so. Ich streiche ihm die Haare aus dem Gesicht und wische ihm den Schweiß von den Schläfen.

»Hast du Lust auf eine Massage?«, fragt er mich.

»Immer!«, lächle ich und küsse ihn auf seinen Mund.

Ich liege völlig entspannt auf dem Bauch in Sebastians Bett und habe die Augen geschlossen. Sebastian sitzt neben mir und entdeckt jeden Zentimeter meiner Haut mit seinen Fingern und Lippen. Massiert einfühlsam meinen Nacken, meinen Rücken. Küsst mich überall. »Deine Leberflecke zwischen deinen Schulterblättern sehen aus wie der Große Wagen«, haucht er mir ins Ohr. Meine Nackenhaare stellen sich auf. Jedes Wort von ihm scheint Poesie zu sein.

Seine großen Hände wandern tiefer. Den Rücken hinab bis zu meinem Po. Er streichelt erst meine Backen, zieht sie dann auseinander, massiert mit seinem Daumen meine Rosette, während sein Zeigefinger mit meinem Kitzler spielt. Ich öffne kichernd meine Augen, sehe ihm dabei zu, wie er fasziniert seine Finger lenkt. Die Muskeln seines Armes und seiner Schulter bewegen sich geschmeidig, sein Penis steht kerzengerade nach oben. Feucht glitzert seine Eichel. Bei diesem Anblick werde ich ebenfalls wieder feucht. Ich drehe meinen Oberkörper zu seinem Schoß und umschließe mit meinen Lippen seinen Schwanz. Ich nehme ihn bis zur Wurzel in meinen Mund. Stöhnend fingert mich Sebastian weiter. Mit seiner freien Hand fährt er mir durch die Haare. Ich sauge fester, streichle seine Hoden. Auch seine Finger werden schneller. »Setz dich auf mich …«, keucht er. Ich streife ihm ein Kondom über, setze mich auf seinen Schoß. Sein harter Penis gleitet mühelos in mich. Ich fange an, meine Hüften zu bewegen. Wie bisher jedes Mal, wenn wir Sex hatten, sehen wir uns unentwegt an. Diese Intimität erregt mich ungemein.

»Du bist noch schöner, wenn du heiß auf mich bist«, sagt er mit gedämpfter Stimme. »Dann glänzen deine Augen so schön …« Wir küssen uns. Ich bewege mich schneller. Sein Schwanz ist heiß und steinhart. Was für ein Gefühl ist schöner als die erste Verknalltheit? Was für ein Gefühl ist schöner, als im glückselig betrunkenen Tanz der Emotionen die nackte Haut seines Geliebten zu spüren? Jede Berührung geht so tief, als ob er direkt mein Herz streicheln würde. Ich bin wie benommen, betäubt vor Glück.

*

Die nächsten Wochen vergehen wie im Zeitraffer. Sie sind voller Harmonie und bedingungsloser Vertrautheit. Wir verbringen so viel Zeit miteinander, wie es nur geht. Wir besuchen Ausstellungen, gehen ins Kino oder spazieren oder liegen faul auf seinem Sofa, kraulen uns und sehen fern. Jede Sekunde scheint so gut wie vollkommen. Wir sind so wie eines dieser furchtbar verliebten Pärchen in Hollywoodfilmen, die nicht voneinander lassen können.

Natürlich gibt es auch Momente, in denen ich lieber allein bin und die Pause von ihm genieße, denn manchmal sind die bösen Blicke, mit denen er andere Männer bedenkt, irgendwie anstrengend. Trotzdem ist die Vorfreude auf ihn jedesmal unheimlich groß.

Anfang Februar sind wir bei Karoline eingeladen. Sie feiert wieder eine Party in ihrer traumhaften Wohnung. Für mich wird es die perfekte Gelegenheit sein, Sebastian Leo und Ben vorzustellen. Und natürlich Scarlett, die sich nicht mehr so richtig an ihn erinnern kann. Auch ein paar Freunde von Sebastian werden vorbeikommen. Nach Wochen der Zweisamkeit werden wir heute also das erste Mal die Freunde des anderen kennenlernen ... Ich bin gespannt!

*

»Scarlett, Leo, das ist Sebastian!«, sage ich und bemerke sofort Leos verzückten Gesichtsausdruck.

»Hi! Wir kennen uns ja schon ...«, sagt Scarlett verlegen, »und danke wegen Silvester.« Die beiden küssen sich auf die Wangen.

»Kein Problem«, grinst er zurück.

»Wir kennen uns nicht, aber ich danke dir auch für Silvester ...«, sagt Leo und küsst Sebastian ebenfalls auf die Wangen. Dieser ist ein bisschen perplex, lässt es aber über sich ergehen. Scarlett und ich fangen sofort an zu schmunzeln. Das ist Leo, wie er leibt und lebt. Auch wenn er eher auf schmale Jungs steht, lässt er keine Gelegenheit aus, einem hübschen Mann näherzukommen.

»... Allerdings bekommen wir Rosa seitdem gar nicht mehr zu Gesicht ...!«, sagt er beleidigt und fügt schnippisch hinzu: »Na ja, ist auch nicht so schlimm.«

Ich boxe ihn in die Seite. »Wollte Ben nicht auch mitkommen?«, frage ich Scarlett.

»Ja, der hat noch zu tun und kommt später nach.«

»Was wollt ihr denn trinken?«

Ach, Sebastian ist der aufmerksamste Mensch auf der Welt!

»Prosecco!«, sagen wir drei wie aus einem Mund und fangen an zu lachen. Es ist so schön, wieder Leo und Scarlett um mich zu haben!

»Rosa, er ist h-e-i-ß!«, raunt Leo mir zu, sobald Sebastian zwei Schritte weggegangen ist.

»Finde ich auch!«, zwinkere ich ihm zu.

»Und so zuvorkommend!«, freut sich Scarlett.

»Ja, er ist definitiv einer von den Guten!«, schwärme ich und merke, wie sich ein wohliges Kribbeln in mir ausbreitet.

»Dabei warst du ja noch richtig zurückhaltend, Leo ...« Scarlett streicht ihm über die Wange. »Warum so schüchtern heute? Hm?«

»Wieso?«

»Ich erinnere mich noch gut daran, wie es war, als du Ben zum ersten Mal getroffen hast ...!«

»Oh nein!« Leo hält sich die Hände vor die Augen. »Das ist nie passiert!«

Ich grinse von einem zum anderen. »Was ist denn passiert?«

»Erzähl es ihr nicht!«, zickt Leo zwischen den vorgehaltenen Händen hindurch.

»Hallo? Ich weiß jedes schmutzige Detail aus deinem Sexleben und das soll jetzt das große Geheimnis bleiben? Stell dich nicht so an!«

»Also …«, fängt Scarlett an.

»Oh Gott!«, sagt Leo.

»Wir waren zu dritt unterwegs. Und Leo dachte, Ben würde ihm nicht zuhören, weil er gerade telefonierte. Also sagte er zu mir: ›Wenn Ben nicht heterosexuell wäre, würde ich ihn mir in allen erdenklichen Stellungen vornehmen! Dieses heiße Ding!‹«

Ich sehe Leo kichernd dabei zu, wie er rot wird.

»Als Ben ihm daraufhin einen entsetzten Blick zugeworfen hat, war klar, dass er uns sehr wohl zugehört hatte.«

Wir fangen an zu lachen. »Das war so peinlich!«, sagt Leo mit einem dramatischen Gesichtsausdruck.

»Dir kann etwas peinlich sein?«

»Ja! Wobei das ja eigentlich ein großes Kompliment für Ben war …«

»Ich glaube, er hätte sich mehr darüber gefreut, wenn du eine hübsche Frau gewesen wärst …«

»Bin ich doch!«

*

Die Party füllt sich zusehends. Ich bin echt zufrieden: Scarlett und Leo mögen Sebastian und auch seine Kumpels scheinen nett zu sein. Ein paar von ihnen kenne ich noch vom Sehen von der Silvesterparty. Sie albern respektvoll mit mir herum und stellen neugierige Fragen zu meinem Job, während Sebastian seinen Arm nicht von meiner Schulter nimmt und mir ständig Küsschen auf die Wange oder den Mund gibt. Nach einiger Zeit brauche ich eine kleine Pause von der ständigen Nähe und gehe zur Toilette.

Inmitten der Feiernden sehe ich Ben, wie er sich suchend zwischen den anderen Gästen umsieht. »Hey!«, freue ich mich. »Lange nicht gesehen!«

»Hi Rosa! Na, alles klar bei dir?« Wir umarmen uns. Ben ist wie ein Bruder für mich.

»Ja, mir geht es sehr gut! Und dir?«, lächle ich.

»Das sieht man!«, grinst er. Er legt seine Hand freundschaftlich auf meinen Oberarm. »Wo ist denn Scarlett? Ich hoffe nicht wieder im Bad!« Wir lachen über seine Anspielung.

»Hi, ich bin Sebastian! Und du?« Ich habe gar nicht gemerkt, wie er gekommen ist, aber er legt demonstrativ einen Arm um meine Schulter. Sein Ton gefällt mir nicht. Ich habe Sebastian noch nie so schroff erlebt.

In diesem Moment muss ich an ein paar Situationen denken, die in den letzten Wochen passiert sind, bei denen ich mir aber nichts weiter gedacht habe: In einem italienischen Restaurant wurde ich, wie jede Frau, vom Chef mit Küsschen begrüßt, was ganz und gar nicht dramatisch war. Aber Sebastian hat sich total darüber aufgeregt und meinte, dass er das letzte Mal in diesem Laden wäre. (Was ich nicht nachvollziehen konnte, da die Pizza wirklich erstklassig war!) Ein anderes Mal, als wir an der Spree entlangspazierten und mich ein Tourist etwas länger ansah, meckerte Sebastian leise:

»Was glotzt der dich denn so blöd an? Sieht er nicht, dass wir zusammen sind?« Danach zog er mich demonstrativ an sich und küsste meine Wange. Ich fühlte mich genauso markiert wie ein bepinkelter Baum.

Mal ganz davon abgesehen, sind wir bisher auch noch keine drei Meter nebeneinander gegangen, ohne Händchen zu halten oder sonstigen Körperkontakt zu haben. Ich dachte, das sei normal, wenn man sich gerade kennengelernt hat, aber nach seinem pampigen »Ich bin Sebastian!« erscheint mir alles plötzlich in einem anderen Licht.

»Ich bin Ben!«, sagt dieser etwas verwundert und streckt ihm seine Hand entgegen. Nach einem kurzen Zögern nimmt Sebastian sie.

»Scarletts Freund«, füge ich noch hinzu. Sebastians Gesicht hellt sich ein bisschen auf. »Ah, ach so. Hi!«

»War cool, wie du Scarlett geholfen hast, Mann, danke!« Er klopft ihm auf seinen Oberarm.

»Ist doch klar.« Er lächelt.

»Also, wo ist meine Herzensdame jetzt?«

»Da hinten im Wohnzimmer mit Leo.« Ich zeige mit dem Finger nach links.

»Dann geh ich mal zu ihr! Bis gleich!«, sagt Ben und geht.

»Na, alles klar, Herr Kommissar?«, versuche ich zu scherzen. Ich will mir von Sebastians komischer Aktion eben nicht den Abend verderben lassen.

»Ja, klar.« Er atmet laut aus. Leicht verärgert fügt er hinzu: »Ich dachte nur, das wäre irgendein Typ gewesen, der dich blöd anmacht.«

Mir schnürt sich mit diesen Worten mein Hals zu. Mit Eifersucht kann ich überhaupt nicht umgehen. Ich atme tief ein und gebe mir Mühe, nicht sauer zu werden. »Du kannst mir schon vertrauen.«

Er nickt und zieht mich an sich. »Ich weiß, aber ich will einfach nicht, dass dir irgendwelche Typen zu nah kommen.« Er küsst meine Wange. »Du bist doch mein Mädchen …!« Seine Worte wecken in mir kein Verständnis. Eher im Gegenteil: Ich will nur noch meine Ruhe haben. Für mich ist die Stimmung dahin. Ich löse mich aus seiner Umarmung. Verwundert sieht er mich an.

»Ich muss auf die Toilette!«, sage ich vielleicht ein bisschen zu scharf. Jedenfalls guckt Sebastian jetzt wie ein geschlagener Hund. Mir egal, schließlich ist er selbst schuld – warum ist er auch so eifersüchtig? Ich beschließe, mir nichts anmerken zu lassen, und hole mir noch einen Sekt. Vielleicht habe ich ja auch einfach überreagiert? Auf jeden Fall will ich die Zeit mit Scarlett und Leo genießen. Schließlich habe ich die beiden knapp fünf Wochen nicht gesehen. Ich gehe zu ihnen. Sebastian wird das schon verstehen.

»Ahhh, da bist du ja wieder!«, freut sich Leo. »Ich muss dir doch unbedingt noch von meiner neuesten Eroberung erzählen!« Verschwörerisch legt er seinen Arm um meine Schulter. Scarlett nutzt die Zeit für einen Plausch mit ihrem Liebsten. »Also, ich war neulich in einem richtig coolen Schwulenclub am Mehringdamm … Meine Güte, da laufen aber viele heiße Männer rum! Zu schade, dass die da keinen Darkroom haben! Oder sie haben einen und ich habe ihn nicht gefunden …«

»Du findest doch jeden Darkroom!«

Er grinst zufrieden. »Ich weiß! Aber kaum war ich im Club, habe ich schon diesen heißen Kerl gesehen … Wobei er mehr ein Bübchen als ein Kerl ist!«

»Bübchen?«

»Ja, er ist 19 und ganz zart gebaut. Zuckersüß sage ich dir!«

»Und dann?«

»Hatten wir ziemlich lange Blickkontakt ... Ich bin zur Bar, habe zwei Drinks bestellt, bin zu ihm hin und habe gesagt: ›So, den trinken wir hier und den zweiten bekommst du bei mir!‹«

»Nein! Das hast du echt gesagt?«

Er nickt. »Klar!«

»Und was hat das Bübchen geantwortet?«

»Er hat über sein ganzes Bübchengesicht gegrinst und gesagt: ›Prost!‹« Ich gluckse über Leos Selbstbewusstsein. So etwas würde ich mich nie trauen. Außerdem bin ich, wenn es ums Anmachen geht, schüchtern und faul. Soll der Mann sich doch Mühe geben. Ich zeige ihm zwar, dass ich will, aber einen Mann ansprechen? Das kommt für mich nicht infrage. Ein einziges Mal habe ich es gemacht, aber der Kerl war mir dann leider die ganze Zeit über zu passiv. Ich brauche einen Mann mit Biss, einen, der mich will und um mich kämpft.

Leo fährt fort: »Dann hat er das Glas geext und gesagt: ...«

»Ach hier bist du!« Leo und ich drehen unsere Köpfe zeitgleich zu Sebastian.

»Wo sonst? Ich muss doch wissen, was ich verpasst habe!« Ich gebe mir Mühe, freundlich zu klingen, und lächle ihn an. Mein »Ja, nachdem ich mit jedem Mann auf der Party geflirtet habe, wollte ich mal gucken, was meine Freunde so machen« verkneife ich mir. So dramatisch bin ich dann doch nicht. Auch wenn ich eine Zehntelsekunde darüber nachdenke ...

»Ich werde ihr gleich alle versauten Details von meiner Nacht mit dem Bübchen erzählen! Du bist herzlich eingeladen, zuzuhören!« Leo grinst ihn herausfordernd an. Natürlich weiß er, dass sich kaum ein heterosexueller Mann für seine Hardcore-Storys interessiert. Sebastian zieht eine Augenbraue hoch und sieht mich fragend an.

»Er meint es ernst«, nicke ich. In diesem Moment huscht ein verlegenes Lächeln über Sebastians Gesicht und er sieht mich so süß an, dass mein Groll wie weggeblasen ist. »Ich hoffe, dann seid ihr mir nicht böse, wenn ich euch allein lasse?«

»Doch!«, keift Leo mit gespieltem Ernst.

»Nein, Quatsch«, lache ich. Wieder zieht er mich an sich. Ich liebe Körperkontakt mit ihm, aber bitte nicht den ganzen Abend! Und schon gar nicht, wenn wir direkt neben meinen Freunden stehen! Dieses ständige Rumgetatsche macht mich ganz verrückt! Er küsst mich länger, öffnet seine Lippen. Ich drücke ihn ein bisschen von mir weg. »Leo hat mir doch gerade seine Geschichte erzählt ... Wir sehen uns noch den ganzen Abend.« Sebastian lässt von mir ab, wirft mir einen traurigen Blick zu, küsst mich noch einmal und sagt: »Wenn er fertig ist, weißt du, wo du mich findest ...« Ich lächle gequält. So langsam geht er mir echt auf die Nerven. Ich möchte nicht zu so einem »Wir«-Paar mutieren und möchte auch nicht gleich wieder seine Gesellschaft. Ich war fünf Wochen fast täglich mit ihm zusammen – heute Abend schlafe ich auch wieder bei ihm – da kann er mir doch bitte mal Zeit mit meinen Freunden lassen!

»Was war das denn?«, fragt Leo.

»Nichts.« Ich atme laut aus. »Sebastian ist toll, aber manchmal fühle ich mich, als hätte ich eine Klette an meiner Seite. Die ganze Zeit will er mich anfassen und küssen. Entweder nimmt er meine Hand oder legt seinen Arm um meine Schulter ...«

»Also wenn ich er wäre, würde ich dir ja die ganze Zeit an den Arsch gehen!« Er gibt mir einen festen Klaps auf den Po. Ich quieke und bin froh, dass wir das heikle Thema nicht weiter vertiefen müssen.

»Jetzt erzähl endlich: Was hat Bübchen gesagt?«

Leo kommt ganz nah an mich ran. »Worauf wartest du noch? Bei mir flutscht alles so gut!«

»Iiih, ihr alten Ferkel!«, freue ich mich.

»Und eins kann ich dir sagen …«

»Ich will's nicht wissen!«

»Nein?«

»Doch!«

»Er hat nicht gelogen!«

»Na dann: Prost!«

Wir stoßen lachend an. Mein Blick gleitet durch den Raum. Scarlett und Ben unterhalten sich und scheinen so sehr in ihrer Welt versunken zu sein, dass sie nichts mehr um sich herum mitbekommen. Andere Paare knutschen oder tanzen, trinken oder unterhalten sich. Dann trifft mein Blick Sebastians. Ich muss daran denken, wie es war, als wir uns zum ersten Mal gesehen haben. An diesen besonderen Moment, in dem meine Welt kurz stehen blieb. Eine Gänsehaut fährt meinen Rücken hinunter. Auch wenn ich ihn so gern habe, beschließe ich in diesem Moment, dass ich heute Nacht lieber allein sein möchte.

Später erzähle ich Sebastian, dass ich Kopfschmerzen hätte und lieber zu Hause schlafen würde. Es erscheint mir zu dramatisch, ihm den wirklichen Grund zu sagen. Erst mal muss ich selbst darüber nachdenken, was heute Abend passiert ist. War es wirklich so schlimm, wie es mir vorkommt? Mit seiner manchmal schon aufdringlichen Art nimmt er mir die Luft zum Atmen ... Und vorhin schwang in seiner Stimme so viel Aggression mit ... Habe ich mir das nur eingebildet oder ist Sebastian wirklich so eifersüchtig? Mir ist schon aufgefallen, dass er die anderen Männer immer ziemlich wütend ansieht, wenn wir unterwegs sind, habe mir aber nichts dabei gedacht. Aber jetzt ... Wie auch immer – ich bin mir sicher, dass mir der Abstand, jedenfalls in dieser Nacht, guttun wird.

Sebastian macht sich Sorgen, als ich ihm von meinen »Kopfschmerzen« erzähle.

»Komm doch mit zu mir, ich massiere deinen Nacken, dann geht's dir sofort besser ...« Er ist wirklich entzückend, aber ich schüttele den Kopf. »Danke. Du bist wirklich lieb ... Aber ich glaube, dass ich einfach nur schlafen muss. Und du weißt ganz genau, dass wir nicht schlafen werden, wenn ich bei dir bin ...«

»Ich verspreche dir: Ich fasse dich nicht an, wenn du es nicht willst. Hauptsache, du bist bei mir ...«

Er streicht mir über die Wange. Seine Hand ist warm. Seine Geste so liebevoll ... Ich seufze und schließe kurz die Augen. »Ich möchte einfach nur schlafen.« Wir sehen uns in die Augen. Ich könnte in seinen versinken, in diesem liebevollen Blick, den er nur mir schenkt. Ich bin hin und her gerissen ... Trotzdem weiß ich, dass ich jetzt einfach allein sein muss.

»Okay. Gute Besserung, meine Süße!« Er nimmt mich fest in den Arm. Er riecht so gut. Er fühlt sich so gut an. Ich schließe die Augen und seufze. Vielleicht stelle ich mich ja auch einfach nur an ...

Ich mache das Licht aus und lege mich ins Bett. Die Ruhe tut gut. Ich sehe aus dem Fenster. In die nackten Äste der Bäume. Ein verlassenes Nest thront in einer Astgabel. Ich atme tief ein. Übertreibe ich, weil ich Eifersucht hasse? Gebe ich ihm vielleicht einen Grund dazu, eifersüchtig zu sein? Eigentlich nicht. Es wird ja wohl noch erlaubt sein, mit anderen Männern zu sprechen. Ich erwidere ja auch gar nicht die Blicke der Männer, wenn wir unterwegs sind ... Das klingelnde Telefon auf meinem Nachttisch reißt mich aus meinen Gedanken. Habe ganz vergessen, es lautlos einzustellen. Ich sehe aufs Display: Sebastian.

»Hey«, sage ich müde.

»Hey. Wie geht's deinem Kopf?«

»Nicht besser.« Das ist gar nicht mal gelogen. Ich habe mittlerweile Schmerzen vom ganzen Nachdenken.

»Hast du schon eine Tablette genommen?«

»Ja.«

»Nimm mal lieber noch eine. Nicht, dass es noch schlimmer wird.« Sebastian klingt fast wie meine Mutter.

»Okay.«

»Und wenn was ist, meld dich, ja?« Ich korrigiere mich: eins zu eins wie meine Mutter.

»Mach ich.«

»Schlaf gut.«

»Du auch.«

Ich lege den Hörer auf. Ein dumpfes Gefühl hat sich in mir ausgebreitet. Je mehr er sich um mich kümmert, mir hinterherläuft, desto weniger will ich ihn sehen. Es ist absurd – früher sehnte ich mich nach einem Mann, der genau das macht. Es scheinen Gefühle aus einem anderen Leben zu sein, letztendlich sind es aber nicht mehr als zehn Jahre, die seitdem vergangen sind. Ich treffe also einen Mann, der wunderbar zu mir ist, der so viel Liebe zu geben hat. Und jetzt weiß ich nicht, ob ich das alles noch will. Momentan will ich eigentlich nur weglaufen.

Das Ende der Leichtigkeit

Der Winter neigt sich dem Ende entgegen. Es ist Ende Februar
und alle scheinen verknallt zu sein: die liebestollen Pärchen auf
der Straße, die zwitschernden Vögel ... Sogar Leo hat jemanden
kennengelernt, mit dem er sich mehr vorstellen kann. »Wir hatten immer noch keinen Sex!«, verkündet er bei unserem sonn-
täglichen Frühstück. Heute essen wir in einem kleinen Bio-Café
in der Goltzstraße. Leo ist jetzt nämlich der Ansicht, dass alles
bio sein muss, was er isst, damit er später noch eine straffe Haut
hat. Mit dem Rauchen aufzuhören, wäre vielleicht ein besserer
Anfang, aber ich verkneife mir meinen liebevoll-boshaften
Kommentar. Leo strahlt über das ganze Gesicht. Wir bestellen
Milchkaffee, Rührei und Brötchen mit Serrano-Schinken.

»Danke, dass du die Optionen, die ihr noch nicht prakti-
ziert habt, nicht weiter ausführst!«, witzelt Scarlett. Doch Leo
ist auf Wolke sieben, er freut sich einfach nur. »Ach, ihr glaubt
ja gar nicht, wie glücklich ich bin!«

»Obwohl ihr noch keinen Sex hattet?«, frage ich ungläubig.
So anständig kenne ich Leo gar nicht. Er nickt stolz wie ein
kleines Mädchen, das gerade ein Gedicht richtig aufgesagt hat.

»Im Moment sind wir wie Hunde! Wir beschnuppern uns, ohne uns am Arsch zu riechen!«

»Ja«, gluckst Scarlett, »nur um euch dann hinterher umso heftiger im Doggystyle zu nehmen!«

»Hoffentlich!«, lacht Leo und sieht uns verschwörerisch an. »Beim nächsten Date knacke ich ihn! Oder ich lasse mich knacken. Je nachdem. Ich bin da ganz flexibel!« Wir kichern. »Ich halte das langsam echt nicht mehr aus! Wir haben uns schon vier Mal getroffen und es ist nichts gelaufen …«

»Warum denn? Weil du so eine artige Klosterschülerin bist?«, neckt ihn Scarlett. Leo zieht eine Grimasse. Amüsiert trinke ich einen Schluck Milchkaffee. »Sebastian und ich haben uns auch erst bei unserem ersten Date geküsst. Immerhin hätten wir es ja auch schon Silvester machen können …«

»Genau, während Scarlett euch auf die Füße kotzt!«, freut sich Leo. Sie knufft ihn in die Seite, woraufhin Leo theatralisch quiekt.

»Am liebsten hätte ich ihn echt schon Silvester geküsst! Viel länger hätte ich ehrlich gesagt nicht warten wollen. Ich versteh das immer nicht: Warum soll man warten, wenn man sich mag?«

Scarlett und Leo nicken zustimmend. »Du und Sebastian seid so süß!«, quietscht Leo. Ich ziehe meine Augenbrauen hoch. »Ja?«

»Ja!«, sagen Scarlett und Leo wie aus einem Mund. »Ihr passt wirklich gut zusammen!!! Und das Beste: Sebastian ist kein Freak!«

»Aber Sebastian engt mich ganz schön ein …«, werfe ich zurückhaltend ein. Die beiden sehen mich mit großen Augen an. »Was ist denn passiert?«, fragt Scarlett besorgt.

»Hat Ben dir das nicht erzählt?«

Sie schüttelt den Kopf.

»Auf Karolines Partys hab ich ihn auf dem Weg zum Klo getroffen. Wir haben kurz geschnackt und rumgealbert und dann stand Sebastian total wütend hinter mir. Es hätte mich nicht gewundert, wenn Rauchwölkchen aus seinen Nasenlöchern gestiegen wären …!«

»So schlimm?«, Scarlett sieht mich mitfühlend an.

Ich nicke. »Dann meinte er ganz schroff: ›Ich bin Sebastian! Und du?‹ So richtig unfreundlich! Im Nachhinein frage ich mich, warum er sich nicht noch mit den Fäusten auf die Brust getrommelt hat …!«

»Ne, echt?«, fragt Leo entsetzt.

»Ja …!«

»Ach warst du deswegen kurz so komisch zu ihm, als er ankam, während ich dir gerade vom Bübchen erzählt habe?«

Ich seufze. »Genau … Dabei läuft eigentlich alles super … Mal abgesehen davon, dass er anderen Männern ständig böse Blicke zuwirft, oder mich unentwegt im Arm oder an der Hand hält, wenn wir unterwegs sind …«

»Aber das ist doch süß …!«, sagt Scarlett.

»Ja, bis zu einem gewissen Grad schon … Er schreibt mir auch den ganzen Tag SMS. Ich weiß, dass sich das viele Mädchen von ihrem Freund wünschen, aber mich engt das total ein. Unentwegt surrt mein Handy. Außerdem ist er ziemlich eifersüchtig. Und damit komm ich überhaupt nicht klar.«

Die beiden nicken synchron.

»Ach Mensch, das ist ja blöd!«, sagt Leo und streicht über meine Hand. »Mach dir nicht so viele Gedanken. Das wird schon. Man muss sich ja erst mal aufeinander einstellen …«

»Muss man das? Sollte nicht die erste Phase sein wie im berühmten siebten Himmel? Wir kennen uns jetzt fast zwei Monate und ich denke schon daran, was mich alles stört. Ich weiß nicht, ob ich damit umgehen kann.«

»Klar kannst du das!«, ermuntert mich Scarlett. »Vielleicht kommt dir das nur so vor, weil du längere Zeit keine feste Beziehung hattest.«

»Aber Sebastian und ich haben keine feste Beziehung. Jedenfalls nicht offiziell. Und mir ist es auch ganz lieb, wenn wir uns mit diesem Label noch ein bisschen Zeit lassen.«

»Wahrscheinlich musst du dich nach deinem extremen Singleleben echt erst mal wieder daran gewöhnen, zu jemandem zu gehören ...«

»Wahrscheinlich«, seufze ich und wünsche mir, dass Scarlett recht behält.

*

Die Töpfe stehen dampfend auf dem Herd, als ich Sebastian besuche. Es riecht nach köstlicher Rotweinsauce und Kartoffelgratin, das angebratene Rinderfilet gart im Ofen nach. »Es riecht fantastisch!«, freue ich mich. Ich habe den ganzen Tag so gut wie nichts gegessen, weil es bei der Arbeit so stressig war. Auch der kleine Küchentisch sieht heute ganz anders aus: Weiße Tischdecke, Wein- und Wassergläser, Kerzen und Blumen schmücken ihn.

»Und dann hast du auch noch den Tisch so schön gedeckt!« Sebastian ist wirklich toll!

»Ich habe mir auch besonders viel Mühe gegeben!«, sagt er stolz und zwinkert mir zu. »Ich habe übrigens auch noch

Nachtisch gemacht. Weiße Mousse au Chocolat ist dir doch recht, oder?«

Er grinst mich an. Sebastian weiß ganz genau, dass ich weißer Mousse au Chocolat absolut verfallen bin. Ich lächle ihn an. »Ja? Hast du das echt gemacht? Wie lieb von dir! Danke!« Ich umarme ihn.

Er drückt mich fest an sich. »Für dich würde ich alles machen!«, flüstert er mir ins Ohr. Ich schließe meine Augen.

Wir genießen fast schweigend sein köstliches Essen. Es ist keine peinliche Ruhe, sondern ein sehr angenehmes Schweigen, wie man es nur mit Menschen haben kann, denen man nahesteht. Es ist schön, bei ihm zu sein. Wahrscheinlich habe ich neulich einfach überreagiert.

»Das war der Hammer! Danke!« Ich lege mein Besteck an den Tellerrand.

»Gern gern gern!«, freut er sich, dass mir seine Kochkünste gefallen. »Dessert?«

»Später, ja? Ich bin ganz schön satt ...«

»Okay ... Sag einfach, wenn du es willst.«

Er ist so lieb zu mir ... »Mach ich.« Ich lächle ihn an. Seine Augen halten mich fest. Wie immer glaube ich, in ihnen zu versinken ... Ach, warum habe ich mir überhaupt so viele Gedanken gemacht? Sebastian ist wirklich ein so lieber Mann. Und so verrückt nach mir ... Er streicht mir über den Tisch hinweg über meine Wange.

»Mein Mädchen ...«, haucht er, »ich liebe dich!«

Mit einem Mal schnürt sich mir die Kehle zu. Das eben noch verspürte Wohlbefinden ist wie weggeblasen. Erwartungsvoll sieht er mich an. Ich weiß nicht warum, aber ich muss schlagartig an Alex denken. Daran, wie wir im Sommer auf seinem

Bett lagen und er mir von dem Mädchen erzählte, das zu ihm gesagt hatte, dass sie sich in ihn verliebt hätte. »Das hat alles kaputt gemacht«, höre ich ihn sagen.

In diesem Moment geht es mir genauso. Mein Magen zieht sich zusammen. Diese, mir viel zu frühe, Liebesbekundung, weckt in mir kein Glück, sondern nur meinen Fluchtinstinkt. Er hat mir noch nicht mal gesagt, dass er sich in mich verliebt hat …! Ein großes Unwohlsein breitet sich in mir aus, ich fühle mich in die Enge getrieben. Am liebsten würde ich jetzt gehen. Aber was soll ich machen? Ich zwinge mich, zu lächeln und küsse Sebastians Hand. Er steht auf, kommt zu mir, zieht mich hoch, küsst mich. Hält mich. »Ich bin so glücklich mit dir, wie mit keiner anderen zuvor«, sagt er leise.

Auch wenn ich es mag, wie er beim Küssen mein Gesicht hält, und seine ganze Art einfach zauberhaft ist – das war einfach zu viel. Alex hatte recht. Zu frühe Liebeserklärungen machen alles kaputt. Drücken einem ein Label auf, das man noch nicht haben will. Und dann schießen mir plötzlich andere Worte von Alex durch den Kopf: »… Ich meine, wenn ich auch in sie verliebt gewesen wäre, hätte ich mich doch gefreut, oder?«

*

Der Abend geht mir in den nächsten Tagen nicht mehr aus dem Kopf. Sollte ich mich nicht eigentlich glücklich schätzen, dass so ein lieber Mann wie Sebastian sich in mich verliebt hat? Mir nicht mehr von der Seite weichen will? Jeder sagt zu mir, wie glücklich ich sein kann, weil ich ihn habe. Für mich fühlt es sich so an, als *müsste* ich es. Aber mir geht das alles eindeutig zu schnell …

Warum spricht er denn auch gleich von Liebe? Ich mag ihn so gern, aber das ist mir echt zu viel … Vielleicht wäre es besser, wenn wir erst mal eine offene Beziehung führen würden. So, wie ich es vor einigen Monaten zu Scarlett gesagt habe. Dann würde ich mich auch nicht so komisch fühlen, wenn mich ein Kerl auf der Straße anlächelt … Es kommt mir jedes Mal vor, als würde ich Sebastian betrügen, dabei lächle ich nicht mal zurück. Das ist doch echt absurd! Ich lasse mich schon wieder total einengen! Hoffentlich kommen dann auch die berühmten Schmetterlinge wieder zurück … Mit seiner Liebesbekundung sind die nämlich auf einen Schlag alle weggeflogen. Wie aufgeschreckte Vögel. Aber wie wird er darauf reagieren? Schließlich hat er doch zu mir gesagt, dass er mich nur für sich will … Ist die Idee wirklich gut? Ist sie letztendlich vielleicht gar kein Verlangen nach mehr Freiheit, sondern nur ein Versuch, uns zu retten? Ich weiß selbst nicht, was mit mir los ist, aber am liebsten würde ich ihn erst mal nicht sehen. Und das schon nach zwei Monaten! Tief im Inneren ist mir klar, dass das wirklich kein gutes Zeichen ist. Ich muss es darauf ankommen lassen!

*

»Ich habe mir etwas überlegt«, sage ich etwas unbeholfen, als wir das nächste Mal bei mir sind und es uns mit einem Glas Wein auf dem Sofa gemütlich gemacht haben. Er sieht mich erwartungsvoll an.

»Ja?«

»Also, mir geht das mit dir ein bisschen zu schnell. Nimm das bitte nicht persönlich, es liegt hundertprozentig an mir …«

Wie sollte er nicht persönlich nehmen, was ich ihm gleich sage?, frage ich mich selbst, fahre dann aber fort: »Ich brauche einfach mehr Zeit.«

»Okay. Kein Problem.« Seine Augen flackern nervös.

»Ja, das war aber noch nicht alles.« Ich mache eine kurze Pause und hole tief Luft. Ich sehe ihm in die Augen: »Deine Liebeserklärung hat mich ein bisschen eingeengt ...«

»Oh.«

»... mir geht das zu schnell.« Ich bin so nervös, dass ich anfange, mich zu wiederholen.

»Das tut mir leid, aber meine Gefühle kamen so über mich. Ich habe es in diesem Moment so stark gespürt ... Ich liebe dich, mein Schatz.«

Oh nein! Nicht schon wieder! Wie soll ich ihm denn jetzt von meiner Idee erzählen? Er sieht mich eindringlich an. Ich hole tief Luft.

»Ich mag dich auch unheimlich gern, aber ich habe mir schon so oft die Hände verbrannt, ich ...«

Er zieht mich an sich. »Na, dann ist da halt mal jemand, der dir die Hände eincremt.«

Oh Gott! Es wird immer schwieriger! Ich muss es ihm aber sagen! Trotz allem! Und zwar genau jetzt! Augen zu und durch!

»Ich würde es einfacher finden, wenn wir eine offene Beziehung führen würden«, sage ich in einem Rutsch und sehe ihn unsicher an.

Sebastian weicht zurück und zieht eine Augenbraue hoch. »Ja?«

Ich nicke. »Ich glaube, das würde vieles leichter machen. Wir wären nicht so aufeinander fixiert und ...«

»Du meinst, dass jeder von uns schlafen kann, mit wem er will?«, unterbricht er mich.

Wieder nicke ich. »Und jeder …«, starte ich einen zweiten Versuch, meinen Gedanken zu Ende zu bringen.

»Ich will dich aber nicht teilen!«, sagt er bestimmt. Das war deutlich. Und jetzt?

»Warum willst du das denn?«

»Weil es mich nicht so einengen würde.«

»Aber ich enge dich doch nicht ein!«

»Manchmal schon.«

»Ja? Das tut mir leid …« Er rückt wieder näher, streichelt meinen Rücken und sieht mir in die Augen.

»Aber deswegen müssen wir doch nicht solchen Quatsch ausprobieren. Unser Sex ist doch super … Außerdem will ich alle Exklusivrechte an dir, meine Süße!« Er gibt mir einen zärtlichen Kuss.

»Exklusivrechte?!« Habe ich richtig gehört? Ich möchte ihm sagen, dass ich kein Gegenstand bin und er nie alle Exklusivrechte an mir haben wird, aber dann sieht er mich so liebevoll an, dass ich nur leise »War ja auch nur eine Idee« sage.

*

Die nächsten Tage erzähle ich Sebastian, dass ich wegen der vielen Arbeit im Studio zu müde wäre, um mich mit ihm zu treffen. Dabei bin ich hellwach. Sogar nachts kann ich nicht schlafen, weil ich die ganze Zeit nachdenke und nach meinem gefloppten Vorschlag, eine offene Beziehung zu führen, nach einer anderen Lösung für uns suche. Ständig schwirren mir die Stimmen von Scarlett und Leo im Kopf herum (»Du musst dich wohl erst mal daran gewöhnen«), dicht gefolgt von Sebastians: »Ich liebe dich! – Ich will alle Exklusivrechte an dir …!«

Ich sehe seinen umwerfenden Blick, höre seine tiefe Stimme, spüre seine sanften Berührungen … Erinnere mich an unsere erste Begegnung, die so zauberhaft war … Nie hätte ich gedacht, dass ich so etwas erleben darf!

Auf der anderen Seite sehe ich seine Eifersucht, seine bösen Blicke, das Besitzergreifende an seiner Person.

Sebastian ist jemand, den ich sogar meinen Eltern vorstellen könnte … Sie wären mit Sicherheit hellauf begeistert von ihm: Er ist charmant, liebevoll, höflich … Er weiß sich zu benehmen, seine Tischmanieren sind top … Sie würden ihn schon deswegen so toll finden, weil er alles für mich macht: Er kocht für mich, er massiert mich, schreibt mir zehn Millionen SMS am Tag … Ich bin sein Ein und Alles. »Sein Mädchen«, wie er immer sagt.

Ich hätte nie gedacht, dass mich so schnell jemand so bezeichnen würde. »Mein Mädchen …« Bin ich das? Auf einmal halte ich inne. Mir wird etwas sehr Wichtiges bewusst: Hier geht es nicht um meine Eltern oder Scarlett und Leo. Nicht darum, was andere denken oder finden.

Nicht darum, was Sebastian will oder wie er für mich empfindet.

Hier geht es um mich!

Was will ich?

*

»Hallo?«, höre ich Sebastians wunderschöne Stimme durch die Gegensprechanlage. Sie klingt müde und verwundert.

Noch könnte ich gehen und er wüsste niemals, dass ich es war, die so spät noch bei ihm geklingelt hat ... Nein, ich muss das jetzt durchziehen. Ich muss!

»Hier ist Rosa. Lässt du mich rein?«

»Rosa?«, fragt er schon fast erschrocken. »Klar!!! Komm hoch!« Es summt und ich öffne die Tür.

»Rosa!« Sebastian trägt schon Shorts und T-Shirt, als er mir die Haustür öffnet. Anscheinend war er gerade auf dem Weg ins Bett. Klar, ist ja auch schon kurz nach Mitternacht. »Was ist los? Alles okay?«, fragt er besorgt, während ich die Treppen hochkomme.

»Ich muss mit dir reden«, sage ich, als ich durchnässt vor ihm stehe. Der Regen scheint sich durch jede Schicht meiner Kleidung seinen Weg gebahnt zu haben.

»Komm erst mal rein ...«, sagt er liebevoll und drückt mir einen Kuss auf meine kalte Wange.

»Willst du duschen? Nicht, dass du dich noch erkältest ...«

Ich schüttele den Kopf. »Nein danke.«

Ich kann jetzt nicht duschen. Ich kann nicht noch länger warten. Seit Tagen grübele und überlege ich schon, jetzt ist es an der Zeit, dass ich ihm von meiner Entscheidung erzähle. Die, von der er wahrscheinlich nie wusste, dass es sie überhaupt geben wird. Doch vielleicht hat er es auch geahnt. Vielleicht.

»Dann zieh dir wenigstens was anderes an! Warte.« Er geht in sein Schlafzimmer und reicht mir einen dicken Pulli, eine Jogginghose und ein Handtuch.

Ach Sebastian ... Du bist so lieb!, denke ich traurig und tausche meine nassen gegen die warmen Klamotten. Sie riechen nach ihm. Ich bekomme Gänsehaut.

Wir setzen uns an den kleinen Küchentisch, auf dem wir so schönen Sex hatten, an dem er mir nach einem fantastischen Essen seine Liebe gestanden hat, und ich spürte, wie die Übelkeit in mir aufstieg. An diesem Tisch würde ich mich nach zwei Monaten wieder von ihm trennen.

Ich seufze. Die Lampe sorgt für schummriges Licht. Sebastian nimmt meine Hände. »Süße, was ist los mit dir?« Ich kann ihn nicht ansehen. Es würde mir das Herz zerreißen.

»Ich kann das nicht«, flüstere ich, »ich kann das einfach nicht.« Eine Träne rollt über meine Wange. Ich sehe ihn an. »Es tut mir leid. Ich wünschte, ich könnte …« Bei dem Gedanken an all die Kompromisse, die ich würde eingehen müssen, schnürte sich mir in den letzten Tagen die Brust zu. Es wäre einfach falsch, mit ihm zusammen zu sein. Mit Eifersucht kann ich nicht umgehen. Ich bin ein Freigeist – wenn ich das Gefühl habe, dass mich jemand einsperren will, will ich nur noch weg … Und Sebastian liebt mich …! Ich muss respektvoll mit ihm umgehen!

Sebastian wird blass. »Was … Was kannst du nicht?«

Ich schlucke den aufsteigenden Schwall an Tränen herunter und sehe in seine dunkelbraunen Augen. Diese wunderbaren Augen, in denen ich so gern versunken bin. »So mit dir zusammen sein. Das geht mir zu schnell … Ich bin einfach nicht bereit für eine feste Beziehung.«

Seine warmen Hände liegen immer noch auf meinen. Sie fangen an, mich zu streicheln. »Aber wir können es doch versuchen …! Ich ändere mich! Versprochen!« Verzweiflung macht sich in seinem Blick breit. Es tut mir weh, ihn so zu sehen. Eine weitere Träne rollt über meine Wange.

»Es tut mir so leid«, sage ich leise. Ich weiß, dass Menschen sich nicht so einfach ändern können. Und wenn es schon am

Anfang nicht passt, sollte man die Konsequenzen ziehen, bevor man sich wirklich wehtut. Ich will nicht, dass es zwischen Sebastian und mir so endet wie damals zwischen dem Wurm und mir. Den würde ich nicht mal grüßen, wenn ich ihm auf der Straße begegnen würde ...

»Aber warum?«, unterbricht Sebastian mit tränenerstickter Stimme meine Gedanken. »Warum? Ich dachte, das zwischen uns ist etwas Besonderes ...«

Meine Augen füllen sich erneut mit Tränen. »Das war es auch. Und trotzdem reicht es einfach nicht. Ich bin noch nicht bereit, meine Freiheit aufzugeben.«

»Aber ... ich würde dir deine Freiheit doch lassen ...!«

»Nein, das würdest du nicht, das weißt du ganz genau«, sage ich sanft. »Du willst mich nur für dich. Das funktioniert für mich nicht.«

»Ich gebe mir Mühe, wirklich! Ich lass dir alle Zeit, die du brauchst!«

»Das macht keinen Sinn ...« Ich sehe ihm in die Augen. »Sebastian, ich mag dich unheimlich gern. Aber ich liebe mich. Ich bin mir selbst der wichtigste Mensch. Du sollst dich für mich nicht zu jemandem machen, der du nicht bist. Genauso wenig, wie ich das tun sollte. Du willst mich so sehr ... Und ich ... Ich könnte deinen Bedürfnissen nicht gerecht werden.« Und leise füge ich hinzu: »Ich würde dir die ganze Zeit nur wehtun.«

»Nein, würdest du nicht!«, sagt er kaum hörbar.

»Doch ... Wir würden letztendlich einfach nicht glücklich werden.«

Wir sehen uns an. Seine braunen Augen sind fast mit Tränen überschwemmt. Ich habe ihn noch nie so traurig, so verzweifelt gesehen. Es ist hart für mich, ihm so wehtun zu müssen. Doch ich weiß, dass meine Entscheidung richtig ist.

»Aber mit dir war es perfekt …«, flüstert er.

Ich seufze traurig. Er hat recht: Einige Momente waren perfekt. Andere wiederum schienen mir wie düstere Vorboten einer gemeinsamen Zukunft zu sein.

»Ja … Aber am Anfang ist das doch normal …« Meine Stimme ist tränenerstickt. »Trotz unterschiedlicher Ideale und Ziele. Wir hatten perfekte Momente, aber die können nicht ewig dauern. Wir passen einfach nicht zusammen …« Ich schlucke, um nicht hemmungslos zu weinen. Vereinzelt kullern mir Tränen die Wange hinab.

»Scheiße«, murmelt er und atmet laut aus. Er sucht nach Worten, schweigt dann aber. Hilflos sieht er mich an. Er weiß, dass es keinen Sinn mehr hat, weiterzukämpfen. Er zieht seine Hand weg, wischt sich die Tränen aus den Augen und vergräbt sein Gesicht zwischen seinen Händen. Es ist still. Nur der Regen prasselt. Ich stehe auf, hocke mich neben ihn und streiche ihm über seinen breiten Rücken. »Es tut mir wirklich leid«, flüstere ich. Er nickt und sieht mich an. »Ich weiß«, flüstert er zurück, streichelt über meine nassen Haare und wischt mir meine Tränen aus dem Gesicht. Und dann rutscht er vom Stuhl neben mich auf den Fußboden und nimmt mich fest in den Arm. Wir halten einander eine gefühlte Ewigkeit. Weinen in den Arm des anderen. Ich genieße seinen Geruch, seinen Körper. Ein letztes Mal. Wir sagen nichts mehr, weil wir wissen, dass alles gesagt ist. Dass kein Wort mehr einen Sinn ergeben würde.

Bevor ich gehe, ziehe ich mich um. Wir küssen uns ein letztes Mal. Es ist ein zarter und wunderschöner Kuss. Ich streiche über seinen Hinterkopf und lächle ihn kurz an. Seine Hand fährt zärtlich über meine Wange. Er bemüht sich, ebenfalls zu lächeln. Es ist ein schmerzhafter Moment voller Liebe und Respekt. Für einen kurzen Augenblick bleibt die Zeit stehen.

Dann drehe ich mich um und gehe genauso unverhofft, wie ich gekommen bin. Es ist vorbei.

Frühlingsvorfreude

»Das Leben ist wundervoll. Es gibt Augenblicke,
da möchte man sterben. Aber dann geschieht
etwas Neues und man glaubt, man sei im
Himmel.«   EDITH PIAF

Sonntagnachmittag. Die blaue Stunde breitet sich über der
Stadt aus, taucht sie in magisches Licht. Ich komme aus
dem Museum für Fotografie am Bahnhof Zoo. Ich habe
mir mal wieder die Dauerausstellung von Helmut Newton
angesehen. Seine Bilder sind einfach toll. Sie zeigen ausschließlich selbstbewusste, starke Frauen, die sich nehmen,
was sie wollen. Die kein Problem mit ihrer Sexualität haben.
Trotzdem sind manche Bilder sehr selbstironisch. Eine gute
Kombination!

Ich steige in die S-Bahn und fahre Richtung Friedrichshain,
wo ich noch mit Scarlett und Leo Cocktails trinken werde. Ich
mache meinen iPod an, höre Airs *La Femme D'argent*. Die
Fenster sind geöffnet, es riecht nach Frühling.

Die Frau, die mir gegenübersitzt, holt ein Buch aus ihrer
Tasche. Das Lesezeichen, eine Postkarte, legt sie neben sich
auf den freien Platz.

»Abschied ist ein schweres Los. Und gleichzeitig die Chance für einen Neuanfang« steht in geschwungenen Lettern

über dem Bild einer jungen Frau, die ihr weißes Taschentuch schwingt. Wie kitschig. Wie wahr. Ich denke an all die schönen Momente mit Sebastian. Seine Nähe, seine Zuneigung.

Der Sex mit ihm war ganz anders als der mit Alex, aber trotzdem auf seine eigene Art berauschend. Er hatte dieses besondere Prickeln namens »Verknalltsein«, das automatisch alles schöner macht. Ich bekomme Gänsehaut, wenn ich daran denke. Sex mit ihm war nicht das Verlangen nach körperlicher Befriedigung, sondern schon fast ein spirituelles Erlebnis – und trotzdem voller Sinnlichkeit. Wir hatten viele wunderbare Erlebnisse, trotzdem nahm mir seine Liebe am Ende fast die Luft zum Atmen.

Berlin fliegt an mir vorbei. Die Siegessäule strahlt von Scheinwerfern angeleuchtet der Abenddämmerung entgegen.

Ich brauche keinen Mann, der mich in den Armen hält, bis ich eingeschlafen bin, oder der mich 40 Mal am Tag anruft, nur um mir zu sagen, wie sehr er in mich verliebt ist. Ich weiß, dass es viele Frauen gibt, die sich genau so einen Mann wünschen. Aber mir war das zu viel. Da war es auch egal, dass alle ihn mochten und uns eine großartige Zukunft prophezeiten. Ich fühlte mich nicht wohl, gefangen.

Ich atme erleichtert aus. Ja, meine Entscheidung war richtig. Auch wenn es mir wehtat, Sebastian so traurig zu sehen ... Ich bin dankbar für all das, was wir beide hatten, es war eine besondere Zeit. Aber ich werde keine Beziehung anfangen, nur weil ich einen liebevollen Mann getroffen habe, der mich verwöhnt. Wenn ich mich wieder binde, dann nur an einen Mann, von dem ich nicht genug bekomme. Einen, für den ich bereit bin, Kompromisse einzugehen. Einen, den ich genauso will wie er mich.

Nächste Haltestelle: Hauptbahnhof.

Die Türen öffnen sich. Die Frau mit dem Buch steigt aus. Jamie Cullum singt *Music is through*. Ein attraktiver Typ steigt ein, setzt sich mir gegenüber. Er ist, glaube ich jedenfalls, ein bisschen größer als ich, seine Jeans sitzen locker, seine hellblonden Haare sind zerzaust. Wir sehen uns an. Seine Augen sind noch blauer als meine. Ich schaue wieder aus dem Fenster. Ich liebe diese Sicht auf den Reichstag, den Fernsehturm, den Potsdamer Platz. Man sieht fast alle wichtigen Sehenswürdigkeiten auf einen Blick. Neubauten neben historischer Architektur. Ach Berlin, du bist einfach toll.

Sieht der hübsche Blonde mich an, oder bilde ich mir das nur ein?

Ich schaue wieder zu ihm. Er sieht kurz auf den Boden, dann wieder in mein Gesicht. Für einen Moment halten sich unsere Blicke, bis er seinen wieder von mir nimmt. Seine kurzen Bartstoppeln sind rötlich. Ich unterdrücke ein Lächeln. Er sieht mich wieder an. Diese eine Sekunde zu lang, die alles sagt. Wohlige Schauer laufen meinen Rücken herunter. Es tut gut, so frei zu sein. Und man weiß nie, was einen an der nächsten Ecke erwartet – beziehungsweise wer ...

Ob er mich ansprechen wird? Ob sich eine Liebesgeschichte ergibt wie in einer kitschigen Hollywoodromanze?

Nächste Station: Friedrichstraße.

Er steht auf. Ganz plötzlich. Mein Blick folgt ihm. Schade. Sein Po ist echt sexy ... Er steigt aus und umarmt das schönste Mädchen auf dem Bahnsteig, das er trotz der vielen Menschen sofort entdeckt hat. Küsst sie.

Ich grinse über mich selbst. Seufze. Verliebt zu sein ist wirklich eines der schönsten Gefühle, die es gibt.

Mein Gesicht spiegelt sich in der zerkratzten Fensterscheibe. Robyn singt *Indestructible* in der Acoustic-Version. Ich mache noch ein bisschen lauter. Höre jedes Instrument, jede Spur, ihre Stimme:

And I never was smart with love
I let the bad ones in and the good ones go
But I'm gonna love you like I've never been hurt before
I'm gonna love you like I'm indestructible
Your love is ultra magnetic
and it's taking over
This is hardcore
And I'm indestructible

Eines Tages wird dieser Text auf einen Mann und mich zutreffen. Ich weiß es.

*

An der Warschauer Straße steige ich aus. Es ist dunkel geworden. Die Straßen sind noch voller Menschen. Feierwütige beenden ihr Partywochenende, Punks schnorren Zigaretten, Touristen freuen sich über den Blick von der Brücke auf den leuchtenden Fernsehturm.

Der Frühling breitet sich über der Stadt aus. Bäume tragen wieder die ersten Blätter, Krokusse wachsen zwischen leeren Bierflaschen und ausgetretenen Kippen im Gebüsch. Eine milde Brise streicht über meine Haut. Der Winter ist endlich vorbei.

Ecke Revaler Straße sehe ich schon Scarlett und Leo. Ich winke ihnen fröhlich zu.

Nächste Woche werde ich 25.

Ich bin losgelöst von meinen eigenen Extremen. Offen für alles. Selbstbefreit.

Und immer wieder aufs Neue verliebt ins Leben.

Dank an

Jennifer Hirte, Maren Konrad, Annika Dipp, Ulrike Thams, Gordian Giebel, meine Eltern, Karin Müller-Güldemeister, Jasmin Eikmeier, Scarlett Zobel, Leonard Blum, Alyssa Lambrecht, Schwarzkopf & Schwarzkopf Verlag, Karen und Ralph Lambrecht, die Leser meines damaligen Blogs, mit dem alles anfing ...

*Bitte beachten Sie auch die Hinweise
auf den folgenden Seiten.*

KURZE NÄCHTE

ZWISCHEN GROSSSTADT-BOHEME UND MUTTERPFLICHTEN –
ARCHITEKTIN EVA BAUT IHREN GANZ BESONDEREN LEBENSENTWURF

KURZE NÄCHTE
ROMAN. ANAIS BAND 7
Von Anna Blumbach
288 Seiten, Paperback
ISBN 978-3-89602-555-5 | Preis 9,90 €

»Blumbachs Sprache schafft eine starke Nähe zur Protagonistin und ihren Gefühlen. Ein lustvolles und offenes Buch.«
Feigenblatt

»Das ist Unterhaltung an der Schmerzgrenze, mit Loserinnenbiografie und Abgründen galore. Dabei ist das Buch dankenswerterweise nicht larmoyant geschrieben. Sondern schrill, schmissig und schnell. Ein weiterer Schritt zur Wiederbelebung eines literarischen Genres, das ansonsten von Vampiren und dummen Kreaturen bevölkert ist. Hier geht es um die Realität. Ganz konkret.« taz

»Authentisch!« InTouch

»Kurze Nächte‹ ist ein beeindruckendes Debüt, zärtlich, zwingend und explizit.«
Wochen-Kurier

DIE AUTORIN

Rosa Sophie Mai wurde 1986 in Hamburg geboren. Nach einer Ausbildung als Restaurantfachfrau arbeitete sie als Redakteurin und Moderatorin bei einem großen Hamburger Radiosender. Seit 2009 lebt sie in Berlin und ist als freiberufliche Synchronsprecherin und Schriftstellerin tätig. Sie ist glücklicher Single. »Unanständig« ist ihr autobiografischer Debütroman.

Rosa Sophie Mai
UNANSTÄNDIG
Roman

ANAIS Band 26
ISBN 978-3-86265-092-7
ANAIS ist ein Label des Berliner Schwarzkopf & Schwarzkopf Verlages.
© Schwarzkopf & Schwarzkopf Verlag GmbH, Berlin 2011. Alle Rechte vorbehalten. Dieses Werk ist urheberrechtlich geschützt. Jede Verwendung, die über den Rahmen des Zitatrechtes bei korrekter und vollständiger Quellenangabe hinausgeht, ist honorarpflichtig und bedarf der schriftlichen Genehmigung des Verlages.

Lektorat: Maren Konrad
Titelbild: © Moritz Thau

KATALOG
Wir senden Ihnen gern kostenlos unseren Katalog
Schwarzkopf & Schwarzkopf Verlag GmbH | Leserservice ANAIS
Kastanienallee 32 | 10435 Berlin
Telefon: 030 – 44 33 63 00 | Fax: 030 – 44 33 63 044

INTERNET | E-MAIL
www.anais.de | info@anais.de